本书为河南省重点学科『广播电视艺术学』、平顶山学院『伏牛山文化圈研究中心』学术成果

与矿山

刘庆邦创作论

盖 伟 ◎著

郑州大学出版社

图书在版编目（CIP）数据

乡土与矿山：刘庆邦创作论 / 盖伟著. -- 郑州：郑州大学出版社，2023.9
ISBN 978-7-5645-9972-0

Ⅰ.①乡… Ⅱ.①盖… Ⅲ.①刘庆邦 - 小说创作 - 文学创作研究
Ⅳ.①I207.42

中国国家版本馆 CIP 数据核字（2023）第 182717 号

乡土与矿山：刘庆邦创作论
XIANGTU YU KUANGSHAN：LIU QINGBANG CHUANGZUO LUN

策划编辑	孙理达	封面设计	孙文恒
责任编辑	郜 静	版式设计	孙文恒
责任校对	张卫明	责任监制	李瑞卿

出版发行	郑州大学出版社	地 址	郑州市大学路 40 号（450052）
出版人	孙保营	网 址	http://www.zzup.cn
经 销	全国新华书店	发行电话	0371-66966070
印 刷	郑州宁昌印务有限公司		
开 本	710 mm×1 010 mm 1 / 16		
印 张	14.25	字 数	192 千字
版 次	2023 年 9 月第 1 版	印 次	2023 年 9 月第 1 次印刷

书 号	ISBN 978-7-5645-9972-0	定 价	68.00 元

中原作家群研究的新收获——序

河南出作家。在当代文学的版图上,从姚雪垠、李準到张一弓、乔典运、周大新、二月河、李佩甫、刘庆邦,再到邵丽、乔叶,都有为人称道的名篇。作家们洞察纷乱的世事,发现社会的复杂、人间悲剧的一言难尽,又能写出一方水土的风土人情、文化底蕴。记得多年前,南阳作家就曾经打出了"南阳作家群"(包括姚雪垠、二月河、周大新等人)的旗号,引人瞩目。这些年,随着中原作家群佳作迭出,对这一拨作家的研究也成为评论界探讨的一个热点话题。这些探讨对于深化当代乡土文学的研究、剔发中原作家群对于当代文学的独特贡献(例如姚雪垠、二月河的历史小说,李佩甫、邵丽的乡土政治小说,还有梁鸿的非虚构文学,等等),都不可或缺。记得十多年前有过一本题为《一部河南史半部中国史》的书,就拓展了研究河南文化的思路。而今,盖伟的这部书稿《乡土与矿山:刘庆邦创作论》也为研究河南当代作家提供了新的思考。

我记得初读刘庆邦的小说,是上海文艺出版社 1986 年出版的、轰动一时的《探索小说集》中的短篇《走窑汉》,读过以后至今还记得其中揭示的命运的悲剧、人心的偏执、复仇的可怕;也想到了一个可怕的话题:日常生活中,有多少不为人知的隐痛与报复、伤害与绝望? 后来,读到他的短篇小说《鞋》,在写出了村姑为未婚夫做鞋的心理活动的同时,还隐隐传达出作家的伤感与惆怅:原来,作家进城以后,觉得故乡的对象为自己做的那双鞋太土,回家探亲时,竟然将鞋退给了那个对象。这样当然伤害了对象的心。"我辜负了她,一辈子都对不起她。"当时,我就想到了卢梭的《忏悔录》、郁达夫的《茑萝行》、张贤亮的《土牢情话》,想到了人世间许许多多的情感伤害与后来的悔恨。我曾在《当代小说中的"鞋"》一文中谈到了这篇意味深长的作品。刘庆邦善于刻画普通人内心情感的大起大落、五味俱全,由此揭示看似平静的生活中的偏执、隐秘的心理活动,为乡土小说开掘出引人浩叹的意蕴。这样的悲剧常常并没有狂风暴雨,却对于不幸者伤害至深。命运的强大、人性的固执,阴差阳错间发生了碰撞,那份苦涩与无奈,难以尽述。正所谓:"欲说还休,欲说还休。"

盖伟在认真研读了刘庆邦的众多作品,在详尽了解相关研究成果的基础上,尝试写出自己的研究心得:一方面通过对作家生命历程的回顾,描绘苦难中的摸索与成长,使文本研究与人本研究贯通,有助于在文本研究之外,让一个从底层打拼出来的作家的心路历程得到生动的呈现;另一方面则从众多的作品中提炼出刘庆邦底层叙事的特质,在"吹响民间底层生命的唢呐""对'泥性'的书写与批判""女儿国中的反叛"这样的论述中,凸显古老中原民风的强悍与豪爽、酷烈与感伤,还有"泥性"的难以摆脱,以及因为命运的多变而产生的无数"剪不断理还乱"的困惑与麻烦,从而揭示了生活的泥沙俱下、人性的微妙变化。而这样一来,也就在一定程度上写出了社会的复杂、人性的微妙、命运的诡异。因此,"改造国民性"的沉重主题也就变得"剪不断理还乱"了。在当代,中国人的"国民性"已经发生了巨大的改变:今天的中国人,见识更开阔,情感更丰富,也更有主见与个性。可另一方面,鲁迅笔下那些可怜的灵魂在现实中不也一直存在吗?今天的人世间,阿Q、祥林嫂、闰土、孔乙己……的身影并没有绝迹。天灾人祸,固然毁灭了许多脆弱的生命;可另一方面,中国人不服气、不认输、爱憎分明、有恩报恩、有仇报仇的秉性，"知其不可而为之""明知山有虎，偏向虎山行"的任性，不是也难以改变吗？苦难砥砺了顽强（如周大新的《汉家女》），也滋长了偏执（如刘庆邦的《走窑汉》），还深化了心机（如李佩甫的《羊的门》），其中的是非曲直，常常说不清道不明，是一般的"理论"难以说清楚的。都知道文学是"苦闷的象征"，刘庆邦进而谈及"越写越痛"，是无比真切的生命体验。中原的苦难历久形成，河南作家的思考与感慨也格外有痛感，他们经历过的各种生活也因此更加发人深思、令人喟叹。在这样的基础上去读那些描绘苦难大地上混合了伤感和无奈的人情美、亲情美的作品，才格外感人至深吧。

因此，读这部书稿，使我产生了这样的浮想联翩，更因此想到高晓声的《李顺大造屋》、韩少功的《爸爸爸》、张炜的《古船》、李锐的《厚土》、贾平凹的《怀念狼》、莫言的《生死疲劳》等乡土文学的凝重之作，这些作品都足以引发我们对何谓"民风""民魂"，什么是"国民性"的深长思考。这是当今乡土文学的主旋律吧！盖伟的这本书能够通过对刘庆邦的研究触发对于苦难、人生、河南文化的深入思考，体现了一位文学研究者对研究对象的共情，也足以表明时代的进步、生活的改善，不可能使人忘记那些日常生活中的苦涩与艰难。就像许多记者仍然敢于直面惨淡的人生，很多作家依然写出了震撼人心、为民请命的作品一样。这样的共情表明：人道主义的文学传统与人类良知并没有、也不可能离这个时代远去。在这个生活多元化、文学也多元化的年代，我们常常发现最能令人感动的，还是这一类涌动着真情实感的作品。

同时，我也觉得这本书在研究"刘庆邦与中原文化"这一课题方面，还有需要深入开掘、进一步提升之处。中原文化极其丰厚也十分复杂，恐怕不仅仅是传统伦理道德以及"泥性"，还有神秘文化以及方言民谣所能包容得了的，因此，描述起来很有难度。记得多年前读过一本《李準新论》，其中就记录了老作家李準先生对河南人文化特点的看法:"河南人有点像吉卜赛人,种地就种地,流浪就流浪,挑起担子就走……""河南人被称作侉子……天真汉,幽默感,爽朗,智慧,带有某种笨拙。""战乱灾害,跑反逃荒,锻炼了人的适应性。地方戏曲,豫剧、坠子等的旋律、曲调,培养了人的热情。"(李準:《百泉三日谈》,见孙荪、余非:《李準新论》,北京十月文艺出版社,1988 年版,第 304—305 页。)这样的概括不拘一格又意蕴丰厚。李準的《李双双小传》对河南农妇泼辣性格的喜剧描绘、《黄河东流去》对河南农民在天灾打击下顽强生存、也不乏可笑之举的感人渲染,都令人难忘,已是写河南民魂的经典。这样的概括,在后来的周大新、李佩甫、邵丽的创作中,依然灼热可感。而刘庆邦笔下那些描绘底层各种活法、五味俱全的作品,也一再证明了中原人生的不易、河南民风的深不可测。生活中的悲剧与喜剧、正剧常常此起彼伏,光怪陆离。人性的善与恶、平庸与不平凡也常常难以厘清。如果作者能够将刘庆邦对于中原民魂丰富性与复杂性的描绘在与其他河南作家的相关比较中做进一步的提炼与点评,也许更能呈现出作家探讨中原尤其是豫东文化特质的匠心,这样的文学研究就会更富有文化研究的意味了。当然,这需要更长期的学术积累与更深入的思考。

好在盖伟已经开了一个好头。衷心期待她取得更大的成就!

2023 年 4 月 12 日于武昌

4

前　言

　　第一次接触刘庆邦的作品是在 2006 年,那一年读到了刘老师的长篇小说《红煤》,文中农民出身的煤矿临时工宋长玉攀附、奋斗、复仇、堕落的历程,让我看到了人性的变异和灵魂的扭曲。作为一个山东姑娘,求学、工作、成家于河南,初来时对平顶山这座煤城、对矿区工人的生活还是很有新奇感的,尤其忘不了在四矿矿院路上第一次见到刚升井的矿工突然被吓住的情景。我在不断地观察、融入这座作为我第二故乡的煤城。因婆婆家在城乡接合地带的矿区农村,有一个院子租给了矿上的工人和他们的家属居住,有国有煤矿的正式工、协议工,也有小煤矿的临时工。就像刘庆邦在作品中描写的各类人物形象那样,有一段时间我曾和他们有过较多的接触,所以也对刘庆邦的作品产生了浓厚的兴趣。尤其是当我了解到刘庆邦曾因 1996 年平顶山十矿瓦斯爆炸矿难在平顶山居住过一段时间,并将采访见闻写成了一篇近两万字的纪实文学作品《生命悲悯》时,对其作品的亲切感、亲近感愈加强烈,我开始阅读我能找到的刘庆邦的所有作品,并在 2010 年以“刘庆邦小说底层叙事研究”为题顺利完成了我的硕士论文。细细算来,与刘庆邦作品结缘已 16 年之久,虽然未曾与作者谋面,但感觉刘老师就像一名长者、师者一样在不断启发着我、感动着我。

　　除硕士论文外我也相继发表相关论文《刘庆邦小说底层叙事下的国民劣根性》《刘庆邦小说中的乡村女性书写》《黄泥地里的悲歌》《女儿国中的反叛——论刘庆邦笔下的失贞女性》等。

　　本书将个人近些年的思考和感悟以文字的形式表达出来,拟分为八章。

第一章是中原之子刘庆邦，从刘庆邦的个体生命体验出发，叙述刘庆邦的成长历程以及弥坚的亲情、柔软的乡情和执着的矿井情。第二章是吹响民间底层生命的唢呐，主要是对底层叙事，以及刘庆邦小说中的底层叙事进行概述。第三章是底层叙事下的苦难呈现，从饥饿困顿的年代、水深火热的矿井、失土与待业的痛楚、失怙与被弃少儿的成长叙事等几个方面展开论述。第四章是底层叙事下的复杂人性，主要阐述刘庆邦作品中人性的美与丑、人性的迷失与回归以及作者对底层人性之美的关注与呼唤。第五章是刘庆邦作品中的欲望叙事，通过《神木》《哑炮》《红煤》等具体文本从人类对物质的欲望、爱的欲望与身份认同的欲望几个方面展开论述。第六章是刘庆邦的女儿国。对女性的书写是刘庆邦小说的一大特色，他为我们展示了一个全方位的、充满诗性的女性王国，这部分也是本书着墨较多的一部分。第七章是父亲、老者与留守儿童，从伟岸与自私的父亲形象、孤独与被弃的父母、留守儿童的抚养与教育问题几个方面展开论述。第八章是刘庆邦作品的美学风格与生命力度，从乡村的自然之美、情感之美和风俗语言之美几个方面，尽可能全面地展示了刘庆邦小说的审美追求。

沈从文说："一个人走上文学这条路并不难，难的是走一辈子，难的是走到底。"五十年来，刘庆邦一直坚守现实主义的创作风格，在乡村与煤矿这两座文学的"富矿"上笔耕不辍，将包罗万象的社会现象和林林总总的生命形态原汁原味地展现给了读者。九年前我就有就刘庆邦作品写一本专著的想法，但是又觉自己知识储备和见解有限，一直不敢动笔。直到最近，才下定决心来完成自己许久以来的一个心愿，也是作为一名虔诚的读者，对自己所崇敬的作家所交的一份试卷。

著者

2023 年 5 月

目 录

绪　论

一、刘庆邦与中原文化

在我国第一部诗歌总集《诗经》中有"中原有菽,庶民采之"之语,这是首次出现"中原"二字的典籍,不过这里的"中原"是指原野,并不是作为地域名出现的。现在我们所说的"中原"有广义和狭义之分,广义上的"中原"指整个黄河中下游地区,狭义上的"中原"指中州,即豫州。历史上的河南属于"豫州",是中华文明的腹地,一度辉煌。所以,"目前对中原文化的理解大都是采纳的狭义理解,即指河南文化"。① 而自从远古的文明之犁在黄河流域开垦出第一片耕地之后,中原大地便开始了文明的进程,中原文明与黄河文明密不可分。神州大地上与黄河文明同时发展的有成都平原文明、江汉文明、太湖文明,而发展到今天,黄河文明、中原文化已经成为中华文明的根基、中华文化的主流。中原文化是产生于中原地区的区域文化,是以河洛文化为核心,辐射至黄河中下游地区的文化成果和文化形态。中原文化以其古都文化、圣贤文化、根亲文化为鲜明特色,是中华儿女的精神家园,是值得

---

① 周尚意、孔翔:《文化地理学》,高等教育出版社 2004 年版,第 239 页。

我们每一个中原子孙引以为豪的。

　　刘庆邦，1951年12月出生在河南省沈丘县的农村，中学毕业后当过农民、矿工，直到1978年借调至煤炭工业部，近三十年的时间都生活在中原农村和矿区。十九年的农村生活，他是一个地道的"农民"；九年的矿区生活，又让他成了一个沾满煤黑的"矿工"。当越来越多的作家把目光投向城市、投向官场、投向财富时尚的时候，他独自开垦经营着自己的文学园地，以三百余篇短篇小说和十余篇长篇小说的创作实绩和对这个世界的个性的独立表达受到了人们的关注和喜爱。豫东平原的土地，是刘庆邦记忆中的根，中原大地的自然风貌和耳濡目染的古老独特的平原文化是他创作的源泉。他的文学园地由两大块构成，"一半儿是农村、平原，一半是煤窑、竖井。农村的一半，有春夏秋冬的时序，日月星辰的照耀，鼓荡着平原的风，洋溢着农业文化的气息，那里有传统的人伦、亲情、道义和梦想；煤矿的一半，是别一种特殊的生存，进入地层深处的人们，被置入幽暗、险恶的环境，那里有死亡和本能需求匮乏的阴影，更有地下火一般的顽强和灼热"。[①]

　　刘庆邦幼年丧父，兄妹六个跟着母亲过着艰辛穷苦的日子，他的小弟刚出生就赶上三年困难时期，因为严重营养不良得了佝偻病，在六七岁的年纪就死了。他自称是一个"穷人"，在农村长到19岁，对那儿非常熟悉，他曾在《梅妞放羊》中提到："那块平原用粮食用水，也用野菜、树皮和杂草养我到十九岁，那里的父老乡亲、河流、田野、秋天飘飞的芦花和冬季压倒一切的大雪等，都像血液一样，在我记忆的血管里流淌。只感到血液的搏动，就记起了生我养我的那土地。"他在作品中展现了底层人民身上所体现出的人性美好和丑恶以及乡村的种种陋习，为我们展示了一个完整而真实的乡村。

---

　　① 雷达：《季风与地火——刘庆邦小说面面观》，载《文学评论》1992年第6期，第16页。

1970 年夏,刘庆邦到郑州矿务局新密煤矿当工人。他先是被分到矿上的一个支架厂,后来又被调到矿务局专门从事宣传工作。为了做好宣传工作,局里的下属煤矿他都跑遍了,并且主动要求下井,掘进、采煤都干,与矿工同吃同住,对矿上的一草一木都有了感情。在矿区的日子里,他体验到了矿工生活的酷烈,也看到了生活在矿区中的女人的无奈和困苦,矿井、矿工以及矿工的生活也成了他不断开采的文学富矿。他曾不无感慨地说:"要是那时候没下过井,现在写东西怎么会有体会啊!"

正是靠着多年的记者经历和煤矿生活的体验,刘庆邦创作的小说《神木》发表后反响比较大,获得业内广泛好评。该作品获得十月文学奖、老舍文学奖。"《神木》的素材就是从新闻上得来的,那时候我们煤炭报发了一个题目就叫《疯狂的杀戮》的通讯,就是报道了一个为了骗钱把一些无辜的人骗到小煤窑里打死的真实事件。我看了之后非常震惊,就把这个事情写成了小说。"刘庆邦说。

谈起在煤矿上的生活,刘庆邦深有感触地说:"矿区就是我的第二故乡。我 19 岁被招进煤矿,经历了很多,因此我在矿区工作和生活的点点滴滴,也成了我日后创作的源泉。"

二、刘庆邦作品研究综述

从二十世纪八十年代末开始,文学评论界开始关注刘庆邦的作品。《中国学术期刊网全文数据库》期刊论文显示,对于刘庆邦作品的研究范围主要集中在国内,时间主要是从二十世纪八十年代末至今,已经有三十余年的历史了,尤其是在 2000 年以后,有关刘庆邦作品的研究越来越多,刘庆邦已成为当代文学研究的热点作家,关于刘庆邦作品的研究大致分为三个阶段。

1989 年至 1992 年,是刘庆邦作品的早期研究阶段。在 1985 年刘庆邦的成名作《走窑汉》发表以后，当时林斤澜、王安忆都给予了很高的评价，王安忆把这篇小说推荐给了上海评论界，随后评论家程德培在《这"活儿"让他做绝了》中给予了《走窑汉》充分的肯定："短短的篇章，它表现了诸多人的情与性：爱情、名誉、耻辱、无耻、悲痛、复仇、恐惧、心绪的郁结、忏悔、绝望，莫名而无尽的担忧、希望而又失望的折磨甚至生与死，在这场灵魂的冲突和较量中什么都有了。这位不怎么出名的作者，这篇不怎么出名的小说写得太棒了！"①自《走窑汉》之后，有评论家认为刘庆邦的创作风格正趋于成熟，他的作品在农村与煤矿两个基点上有了自己独到而确定的风格，不动声色地在这个阵地上展开人情世相的描绘。

　　二十世纪九十年代初，随着《玉字》《曲胡》等作品的发表，有关刘庆邦作品的评论开始增多，尤其是1990年《当代作家评论》上一组评论刘庆邦的文章和刘庆邦自己的一篇创作谈（分别是何志云的《强悍而悸动不安的灵魂——读刘庆邦的小说创作》、张颐武的《话语 记忆 叙事——读刘庆邦的小说》、翟墨的《向心灵的暗井掘井——我读刘庆邦的小说》、高海涛的《浩烈情迷茫劫——刘庆邦小说的文化精神》以及刘庆邦的《痛快一回》），解读了刘庆邦早年创作风格和小说中的文化精神，这对刘庆邦及其作品的研究产生了更大的影响。

　　1992年雷达在《文学评论》上发表了《季风与地火——刘庆邦小说面面观》一文，内容深入、观点全面，剖析了刘庆邦作品的复杂性，对刘庆邦作品中的酷烈与柔美、人性的善与恶等进行了一个整体性的分析，并高度评价了刘庆邦的作品，称赞刘庆邦是"一个让人'走神'的作家，一个既关注农民又关注矿工的生存的作家，一个热衷于探究人的本体矛盾的作家，一个把创作

---

　　①　程德培：《这"活儿"给他做绝了》，载《文汇读书周报》，1985年10月26日。

的根子扎在民族人文传统土壤里的作家"。①

　　1993 年至 2001 年是刘庆邦作品研究的中期阶段。1992 年之后的很长一段时间都没有再出现评价刘庆邦作品的综合性文章,仅有几篇对单个作品或某个方面的问题进行探讨的文章。1994 年《青年文学》第二期欧阳明的短评《刘庆邦:请走出家属房》,对刘庆邦的创作提出了批评并寄予了厚望。但随着他的中篇小说《神木》获得老舍文学奖进而改编成电影《盲井》、短篇小说《鞋》获得第二届鲁迅文学奖之后,评论界又逐渐恢复对其作品的研究热情,对刘庆邦小说的综合研究又多了起来。陈思和在一次参加鲁迅文学奖评审时读到了《鞋》,他说:"我起先一路读下去,仿佛是在读孙犁的小说。我不断在问自己:'我们还需要重复孙犁写过的境界吗?'但读到最后的补白,我才感到了一阵刺心的悲哀。那个补白绝不是可有可无的结尾,也不是为了真的说明这是一篇作者的情场忏悔。有了这个补白我们才意识到,小说作者全力讴歌的生活方式已经一去不复返了。那个姑娘全身心投入做鞋的努力其实是徒劳的,当那个男人拉拉她的手走出了那个乡村的时候,已经走进了一个不再属于她的世界了,甚至也不再是那个时空了。我想刘庆邦也是会走出那个已经不存在的时空的。"②此段时间较有影响的还有林斤澜的短评《吹响自己的唢呐》,文中强调了刘庆邦"不论时尚内转外转,一路以'信'、以'鞋'、以'响器'吹响自己的唢呐。不吹'法国号',不吹'萨克斯'"③,指出其作品中"平实"的个性化风格的可贵。虽然这一阶段对刘庆邦的研究相对沉寂,但是这一时期最大的突破就是将刘庆邦写进了文学史。

---

　　①　雷达:《季风与地火——刘庆邦小说面面观》,载《文学评论》1992 年第 6 期,第 35 页。

　　②　陈思和:《在柔美与酷烈之外——刘庆邦短篇小说艺术谈》,载《上海文学》2003 年第 12 期,第 20 页。

　　③　杜昆:《刘庆邦研究》,河南大学出版社 2015 年版,第 95 页。

　　2002 年至今为刘庆邦作品研究的第三阶段。2002 年以来,当代文坛上底层叙事兴起,而这也是刘庆邦一直以来所遵循的创作观念和创作意识,故而得到很多读者的喜爱。此时刘庆邦的创作势头也十分强劲,先后推出了《不定嫁给谁》《遍地白花》《家园何处》《响器》《哑炮》等短中篇小说,还推出了《远方诗意》《平原上的歌谣》《红煤》等长篇小说,这些作品更是频频获奖。刘庆邦此时的作品对人性的探讨更加深刻,而关于刘庆邦作品的研究也出现了一个“热潮”。在 2005 年至 2009 年这五年时间里,每年都有 20 篇以上的评论性文章,尤其是 2007 年,有关刘庆邦作品的评论就有 40 多篇。其中余志平在 2007 年至 2009 年关于刘庆邦小说的研究文章就有十几篇,他从创作内容、创作意义、语言特色、研究的历史与现状等各个方面对刘庆邦小说进行了全面的解读,研究全面而深入。2011 年和 2015 年研究的热度达到了最高点,使刘庆邦成为当代文学研究中的热点作家。其中很多评论都出自高校教师,还有不少研究生的学位论文,在期刊网上显示有一百多名研究生以刘庆邦及其作品为研究对象做学位论文,如上海社会科学院文学研究所耿文彦的《论刘庆邦小说的民间立场》(2006 年)、河南大学邢滨华的《论刘庆邦小说的悲剧意识》(2007 年)、复旦大学张月阳的《论刘庆邦小说中的女性形象》(2009 年)、中国矿业大学周李帅的《刘庆邦煤矿文学的文化阐释》(2014 年)、安徽大学杨赛的《刘庆邦小说的人文关怀情感缺失叙事》(2014 年)、哈尔滨师范大学王琦的《刘庆邦新世纪小说创作的新变与局限性分析》(2017 年)等。以上论文都从不同角度对刘庆邦的小说进行了有意义的探索,极大地丰富了刘庆邦作品的研究角度与研究内容。

　　在论著方面,著名评论家兼作家北乔的《刘庆邦的女儿国》(2006 年)一书,以女性主义观点和中国乡村传统文化为切入点,对乡村女性进行了全方位的解读。52 位乡村女性,年龄从幼年到老年,涵盖了女性的一生,以优美的叙述还原了乡村的诗意和乡村女人的诗情,为我们研究刘庆邦作品中的女性形象提供了很大的帮助。左亚男的《刘庆邦小说创作论》(2020年)从小说文本出发对刘庆邦的写作发生、小说母题、叙事形态、现实风格、人物形象、叙述语言等进行了全方位的艺术考察。余志平的《刘庆邦小说创作论》(2021年)对刘庆邦小说创作的丰富性及其文学风格的特色展开了深入的研究。

2015年,河南大学出版社出版了由程光炜教授、吴圣刚教授主编,信阳师范学院文学院十几位教授、博士研究整理的"中原作家群研究资料丛刊",选取"中原作家群"中影响最大的十五位作家,整理出《李佩甫研究》《刘庆邦研究》等十三卷,资料选编翔实、准确、有代表性。其中《刘庆邦研究》由杜琨教授编著,分为《自述·访谈·印象记》《研究论文选集》《作品年表》《研究资料索引》四大部分,力图呈现出刘庆邦研究的代表性成果,也为我们进行刘庆邦研究提供了很全面的资料。

以上是三十多年来国内对刘庆邦作品研究的一个综合性的概述,研究涵盖了刘庆邦作品的主题意蕴、人物形象、美学风格等各个方面,但对刘庆邦作品的综合性研究与整体性观照还不够。本书试图对刘庆邦五十年来的创作进行全面梳理,以期对刘庆邦研究做出新的尝试。

第一章　中原之子刘庆邦

一、黄土地里走出的刘庆邦

刘庄店镇位于河南省周口市沈丘县的最南部,豫皖两省交接处,盛产小麦、玉米、棉花等农作物,是一个典型的农业大镇。1951 年 12 月,著名作家刘庆邦就出生在这里。"重凤昆启万,敦本庆家昌",这是排列在《刘氏族谱》上的字,是刘氏家族的人起名字用的,刘庆邦属"庆"字辈。在这个小村庄里,刘庆邦度过了他的童年和少年时期,乡村生活的贫穷、饥饿、苦痛与美好都给他留下了深刻的印象,无论离开多久,他都牵挂着那个让人动情的小村庄。

用徐坤的描述来说,"河南籍的刘庆邦实在是个老实人,偶尔还有一点蔫儿坏,笑时不露齿,两腮憋出酒窝,眼睛眯成一条缝。出门总是背一个军挎,夏天的时候是军挎配白衬衫,冬天或者春秋季节就是军挎配小立领的唐装。草绿色的小军用书包几乎成了刘庆邦的标志性装扮"①。

(一)苦难的童年

1944 年前后,开封尉氏县土匪很多,又加上日本侵略者,当地老百姓苦

---

① 徐坤:《好人刘庆邦》,载《时代文学》2002 年第 3 期,第 49-50 页。

不堪言,尤其是家有稍大一点姑娘的,就更加担惊受怕,得让姑娘东躲西藏,有的在家里挖地窖、有的在房梁搭浮棚子,把闺女一天到晚藏于地窖或浮棚子上,饿了,家人递饭,困了,睡在里面。即使是这样也还是有被土匪或日本人抢走的危险,一见有生人进村,或是一听见有生人说话,姑娘们就吓得大气都不敢出一下。此时一名叫刘炳祥的青年军官正在尉氏县抗日,当年19岁的张家姑娘张明兰经人介绍就嫁给了这个35岁的军官,从此,便躲避了日本人和土匪的侵扰。这对年轻人就是刘庆邦的父母。

抗战胜利后,1946年的正月,随军的张明兰在部队驻地新乡生下了一个可爱漂亮的女儿,为这个小家庭增添了生机和快乐。生下女儿不久,刘庆邦的母亲就带着孩子从部队回到了周口沈丘老家。此时家里的房子已破旧不堪,房顶苫的草沤成了泥,一下雨屋里到处漏,屋门口的水到脚脖深,家里一大一小两口锅锅底都漏,穷得吃了上顿没有下顿,日子极度贫困,又加祖母对母亲不好,母亲带着女儿艰难度日。所以母亲就托人给父亲写信,以离家相威胁强烈要求其父退伍回家,为了保住妻子和孩子,父亲答应了母亲的要求,申请退伍,家里的贫困境况有所改变。

刘庆邦的母亲一共生育六个孩子,大姐刘庆芳(1946年生)、二姐刘庆灵(1949年生)、刘庆邦(1951年生)、妹妹刘艳灵(1954年生)、大弟刘庆喜(1956年生)、小弟(1959年生)。二十世纪五六十年代以前,这种情况在中原农村比比皆是,兄妹之间年龄差距很小,家里孩子多,这也在一定程度上增加了家庭的负担。

1960年,刘庆邦的父亲因急性肠胃炎和浮肿病无药可医而去世,这一年刘庆邦9岁,上小学二年级。父亲去世,将六个孩子都留给了母亲,在那样一个困难时期,这对于刘庆邦家更是雪上加霜。为了多挣工分,养活他们兄妹六人,刘庆邦的母亲坚持和男劳力一块干活儿。"是困顿生活的逼使,把身体并不强壮的母亲变成了一个男劳动力。和泥脱坯,摇耙撒种,犁地耙地,挖河筑堤,凡是男人干的活儿,我母亲都要干。初春,队里的麦苗不够牲口吃,母亲要下到冰冷的河水里,为牲口捞水草。在大雪飘飘的冬季,妇女们都不出工了,在家里围着火盆做针线活儿。我的母亲还要冒着凛冽的寒风,和男劳力一起用大抬筐往麦子地里抬雪。"①

　　虽然母亲和男劳力一样出工干活,但在当时全国普遍贫困的情形下还是不能让一家人填饱肚子。刘庆邦说他吃过各种野草、树叶,还吃过榆树皮和柿树皮,手软脚软的他看地想吃土,看天想吃云彩。"细脖子、细腿、鼓起的肚子薄得像一层纸"这是刘庆邦对自己童年形象的描述。这可能也是当时整个中国农村孩子的群体形象,因为 1955 年出生于山东高密东北乡的莫言也曾说:"那时候,我们身上几乎没有多少肌肉,我们的胳膊和腿细得像木棍一样,但我们的肚子却大得像一个大水罐子。我们的肚皮仿佛是透明的,隔着肚皮,可以看到里边的肠子在蠢蠢欲动。我们的脖子细长,似乎扛不住我们沉重的脑袋。"②苦难与饥饿的生活给刘庆邦、莫言等作家留下了深刻的记忆,也赋予了他们丰富的想象力,成为他们日后创作的素材和财富。刘庆邦的长篇小说《平原上的歌谣》以魏月明的个人命运为线索,以文凤楼村集体饥饿记忆为题材,以现实主义的态度为我们真实地再现了三年困难时期中原农村的生活现状。在这部小说的后记中,刘庆邦道出了创作初衷,他说自己如果不写这部小说,就对不起那段历史,也对不起自己的良心,一辈子都白活了。儿童时期是一个人成长发展的关键期,记忆中的苦难让刘庆邦的心灵和情感受到巨大冲击,让他倍加珍惜现在的幸福,而苦难的岁月也为

---

　　① 刘庆邦:《走在回家的路上》,见《大姐的婚事》,河南文艺出版社 2014 年版,第290 页。

　　② 叶开:《开篇:莫言传》,载《当代作家评论》,2006 年第 1 期,第 56 页。

他提供了创作的养分。

（二）奏响北上南下的"青春之歌"

"清晨，一辆从北平向东开行的平沈通车，正驰行在广阔、碧绿的原野上。茂密的庄稼，明亮的小河，黄色的泥屋，矗立的电杆……全闪电似的在凭倚车窗的乘客眼前闪了过去。……不久人们的视线都集中到一个小小的行李卷上，那上面插着用漂亮的白绸子包起来的南胡、箫、笛，旁边还放着整洁的琵琶、月琴、竹笙……这是贩卖乐器的吗，旅客们注意起这行李的主人来。不是商人，却是一个十七八岁的女学生，寂寞地守着这些幽雅的玩意儿。这女学生穿着白洋布短旗袍、白线袜、白运动鞋，手里捏着一条素白的手绢——浑身上下全是白色。她没有同伴，只一个人坐在车厢一角的硬木位子上，动也不动地凝望着车厢外边。她的脸略显苍白，两只大眼睛又黑又亮。这个朴素、孤单的美丽少女，立刻引起了车上旅客们的注意，尤其男子们开始了交头接耳的议论。可是女学生却像什么人也没看见，什么也不觉得，她长久地沉入在一种麻木状态的冥想中。"

这是杨沫的长篇小说《青春之歌》的开篇，一个冰清玉洁、涉世不深、软弱无助的女学生林道静的形象展现在了我们面前，也触动了年少的刘庆邦。

"关于女孩子在火车上的那一段描述，读得我如痴如醉。女孩子是女学生的面貌，生得是那般秀丽。女学生着一袭白裙，身边放着乐器，姿态是那样高雅。女学生独自一人坐在一个座位上，目光久久地向窗外看着，神思邈远，似乎还有一些犹豫。读到这一段，我心底深处像是有个东西涌动了一下，这种涌动是崭新的，从前从未有过的。我第一次体会到了什么叫美感。对女学生的遭遇，我怀有深深的同情，看到女学生孤独无援，我几乎落下泪来，几乎愿意为女学生负起责任来。同时我对女学生的勇气非常感佩，这是最触动我心的地方。"①《青春之歌》是刘庆邦阅读的第一本长篇小说,女学生林道静的独自出走和旅行,唤醒了刘庆邦心灵深处出游的愿望,激发了刘庆邦的浪漫情怀。

1966年暑假过后,刘庆邦背着被子,带着粮食,和同学们从四面八方赶回学校,开启新学期的学习生活。刘庆邦很清楚初三这一年的学习对他这个农村孩子来说有多重要,他除上课认真听讲外,早晚仍旧在煤油灯下刻苦学习,因为能不能考上高中、能不能继续求学、能不能走进县城,就看这一年了。其实,他们还不知道,此时城市里的学生已经不上课了,开始扛起大旗轰轰烈烈搞革命了。很快"文化大革命"的风也吹到了这所乡村中学。刘庆邦所在的沈丘四中在得到"班级可以推选5名红卫兵代表去北京见毛主席"的消息时,刘庆邦彻夜未眠,他渴望被推举。这个渴望上北京、渴望见毛主席的半大小伙儿在那一天一夜一直在紧张着、激动着,在心里一遍遍地祈盼同学们能够推选他。但是事与愿违,他没有能够当选,此时这位不满15岁的少年强忍着泪水,挤出一点笑颜,装出无所谓的样子走出了校园,走进野地发泄自己内心的苦痛。

终于,又传来新的消息,说他们都是毛主席的红卫兵,都有权利接受毛主席的检阅。这一年的冬天,还不满15岁的红卫兵小将刘庆邦,穿着黑粗布棉袄棉裤,背着跟当过兵的堂哥借来的黄书包,带着母亲凑来的两块多钱踏上了他的北京之行。

他们一路步行来到了老城汽车站,坐上了驶往县城的长途客车,这也是刘庆邦第一次离开家乡。那一刻"我初步体会到了,离开家乡的感觉是一种悠远感,一种飞翔感,一种摆脱感,集中到一点就是一种幸运感。当然,这种

---

① 刘庆邦:《远方诗意》,安徽文艺出版社2014年版,第22页。

幸运感里面还夹杂着一些别离感,一些忧伤的情绪,也就是伤感。正是这伤感,是幸运感的重要组成部分,它不能使幸运感削弱,还使幸运感加强"。①

带着这样的一种幸运感,刘庆邦从县城到漯河,再到郑州,他采取迂回的方式,先南下汉口再北上,终于到达了北京,安顿在北京外国语学院的红卫兵接待站。经过几天的训练,1966 年的 11 月 26 日,在西郊机场见到了伟大领袖毛主席,那几秒钟被刘庆邦称为"最最幸福的时刻,最最激动人心的时刻"。

这次北京之行尽管短暂,但使刘庆邦大开眼界,他第一次走出家乡、走出豫东平原,第一次乘客车,第一次乘火车,第一次走进伟大的首都北京,第一次见到了中原大地之外的大千世界……太多太多的第一次让回到家乡、回到学校的刘庆邦心乱了,也野了,在学校有些待不住了。于是,六名热血少年在 1966 年的冬天,怀揣介绍信、三五块钱和一些全国通用粮票,开启了他们的南下"长征之旅"。

他们走过一个又一个村落、走过一个又一个城镇,每前进一步都是一个新的领域,让他们感觉到陌生和新鲜。

"少年人都有这么一个阶段,在似长成未长成之际,都以为自己已经长成了,都急于摆脱父母的监护,急于试一试自己的翅膀。似乎人类的天性本来就喜欢游荡,而不愿意把自己固定在一个地方。是时代给我们这代人创造了一个机会,上面的号召跟我们的欲望正好吻合。我们要打瞌睡,有人递给我们一个枕头。我们正想出去走走,所有的大路都向我们铺展。我们是以革命的名义,是在庄严的口号掩护下,进行我们少年的游戏。"②

就这样,刘庆邦从武汉到长沙、韶山、南昌、杭州、绍兴、上海、南京,完成

① 刘庆邦:《远方诗意》,安徽文艺出版社 2014 年版,第 38–39 页。

② 刘庆邦:《远方诗意》,安徽文艺出版社 2014 年版,第 88 页。

了他的南下之旅。这一曲北上南下的"青春之歌"让这个十五六岁的孩子感受到了外面世界的精彩和美妙,心也跑野了。

刘庆邦怀着远走高飞的志向,带着与家乡决绝的表情,一次又一次地远行,又一次又一次地回归,像是有一种无形的东西牵着,从哪里出发,还得回到哪里去。他感觉到这种无形的东西是强大的,令他无法抗拒。

(三)结束学业的无望岁月

按照初中三年的学制,刘庆邦本该 1967 年暑假毕业,但是到 1968 年春天,学校还没宣布让他们毕业离校,也没有好好复课,学生们就像一时失去了方向,显得有些盲目和无所事事。在这样的情境下,有些学生回家回到生产队挣工分去了,还有同学回家结婚了。但是刘庆邦还像往常一样周六下午按时回家,周日下午背着母亲准备好的红薯和红薯面准时返回学校,因为他对毕业升学还是抱有一丝希望的,他希望能够顺利升入高中、顺利考入大学,上出个名堂来。这也是他的母亲和姐姐妹妹们对他的期望,因为作为长子的刘庆邦情况和别的同学是有些不同的。父亲死后,为了他的学业,他的两个姐姐都中断了学业,他的妹妹更是没有上过学,全家人倾力供他上学,也可以说他承载的是全家人的希望,所以他在学业上不敢有半点怠慢。

"我们姐弟六个,活下来五个。大姐、二姐各上过三年学。我上过九年学。弟弟上了大学。只有我妹妹从未踩过学校的门。

"二姐学习成绩很好,在班里数一数二。1960 年夏天,我父亲病逝后,母亲就不让二姐再上学了。那天正吃午饭,二姐一听说不让她上学,连饭也不吃了,放下饭碗就要到学校去。母亲抓住她,不让她去。她使劲往外挣。母亲就打她。二姐不服,哭的声音很大,还躺在地上打滚儿。母亲的火气上来了,抓过一只笤帚疙瘩,打二姐更厉害……母亲说,几个孩子嘴都顾不住,能活命就不错了,哪能都上学呢! 母亲也哭了。见母亲一哭,二姐没有再坚持去上学,她又哭了一会儿,爬起来到地里去薅草。从那天起,二姐就失学了。

"妹妹比我小三岁。在二姐失学的时候,妹妹也到了上学的年龄。母亲没有让我妹妹去上学,妹妹自己好像也没提出过上学的要求。""母亲一心供我上学,就没能力供妹妹上学了。实际上是我剥夺了妹妹上学的权利,或者说是妹妹为我做出了牺牲。牺牲的结果,我妹妹一辈子都是一个睁眼瞎啊!"[1]

在学校最后的日子里,刘庆邦又等来了一丝的希望,因为后来有了新的政策,一小部分学生可以升入高中,这个消息无疑燃起了很多同学的求学希望。招生指标很快下来了,全校只有十分之一的学生可以升入高中,并且不是采取考试制,而是采取民主推荐的办法,老师和同学都参与推荐,意见各占50%。

这种推荐上学的方式,让刘庆邦对推荐结果不敢抱有太大的希望,但又心存一丝侥幸心理,希冀着能够成为五名同学中的一名。这种希望、无奈又紧张的心理那些天一直折磨着他,他每天脸上带着微笑,等待着不记名投票的集体判决。结果事与愿违,刘庆邦没有得到推荐上高中的机会,他们班推选出来的五名同学都是造反派。

既然没有机会上高中,也宣告了刘庆邦初中学业的结束,结果出来那天,他很想好好哭一场,但是却哭不出来。只是觉得自己累得很,身上一点力气也没有,就这样一觉睡了一上午,吃完午饭接着睡,直到太阳西沉,他才背着被卷走出校门,慢吞吞地往家走,他想借助夜幕给他这个失学的、落魄的孩子遮一下羞,他摸黑从村后回到了家,回到了生他养他的这片土地。

他把自己比作一只风筝或一只鸟,认为"风筝也罢,鸟也罢,我飞了一

---

[1] 刘庆邦:《妹妹不识字》,见《大姐的婚事》,河南文艺出版社2014年版,第27—30页。

圈,又飞回来了。像是有一种无形的东西牵着我,我从哪里飞走,还得飞到哪里去。这种无形的东西是强大的,我抗不过它"。① 这些天一直强忍着委屈和泪水的刘庆邦,面对自己的亲人,终于将所有的委屈倾泻而出,哭得一塌糊涂,不知不觉地睡着了,为自己的学习生活画上了一个句号。

刘庆邦是现实的,也是清醒的,他并没有像路遥《人生》中高加林回到土地时那样,把自己"乔装"成一个农民,发泄着内心的委屈和不满。

"高加林在赶罢集第二天,就出山劳动了。像和什么人赌气似的,他穿了一身最破烂的衣服,还给腰里束了一根草绳,首先把自己的外表'化装'成了个农民。其实,村里还没一个农民穿得像他这么破烂。

"第一天上地畔,他就把上身脱了个精光,也不和其他个说话,没命地挖起了地畔。没有一顿饭的工夫,两只手便打满了泡。他也不管这些,仍然拼命挖。泡拧破了。手上很快出了血,把镢把都染红了;但他还是那般疯狂地干着。大家纷纷劝他慢一点,或者休息一下再干,他摇摇头,谁的话也不听,只是没命地抡镢头……"

这是返乡回到土地的高加林出山劳动的场景。

但告别教室返回土地的刘庆邦虽然很失落,不甘心当一辈子农民,但他始终又是清醒的,始终以农民的标准要求自己。回到家的第三天,他就下地参加劳动了,他接受的第一件劳动任务是到玉米地里改水和堵水。他不怕玉米地里闷热,也不怕玉米叶子拉人,水流到哪里,他就跟踪到哪里,密切注视着水流的一举一动。徐徐的风、满地的青苗和青草的气息让他觉得很不错。

那时劳动实行的是工分制,工分的多少直接关系到年终的分粮,所以社

---

① 刘庆邦:《远方诗意》,安徽文艺出版社 2014 年版,第 165–166 页。

员们对工分都非常看重。而刘庆邦对工分的事却从来不过问,认为干活也就干了,看秋也就看了,至于记不记工分无所谓。这也从侧面反映出刘庆邦虽然身体落到了土地上,认真对待着劳动,但他的心还高着、还飞着,他不想一辈子拴在庄稼地里,安下心来当一个农民。

"而我呢,生在农村,长在农村,我的祖父和父亲都在村前的地里埋着,我没有什么理由不老老实实在农村待着,没有什么理由不把农村看成我的立足生存之地。可是不行,一万个理由都不能说服我,我一心想走出去,一心想离开我的家乡。和那些下乡知青一样,一天不离开农村,我就一天不快乐。"①

刘庆邦酷爱看书,把自己仅有的两本书《迎春花》《欧阳海之歌》和堂哥的《烈火金钢》看完后,就没书可看了。这时,刘庆邦就在每天睡觉前为家人念一段《迎春花》,无书可读、无书可念的时候,他就听村部小喇叭一天三次的广播。

"我听广播,多半是为了一点遐想。我想,这广播线是连着县城的,连着省会的,连着北京的,一听广播,我就顺着这条线想到我串联时曾去过的县城、省会和北京。北京,那是多么伟大多么美丽的地方啊! 我这样的心思,应了当时流行的一句话,叫作身在田间地头,心向首都北京。"②

1967 年的冬天,终于等来了一个可以报名参军的消息,这个消息让刘庆邦兴奋不已。因为那时对于一个农村的青年来说,一般只有两条道路可以改变自己人生,除了去上大学之外,就是去当兵。当兵时如果表现好,就可能被推荐上大学,也有可能被直接提拔成军官。刘庆邦两次报名参军,体检一切正常,但一到政治审查这一环节,因为父亲的问题,就被刷下来了,当兵

---

① 刘庆邦:《远方诗意》,安徽文艺出版社 2014 年版,第 173-174 页。
② 刘庆邦:《远方诗意》,安徽文艺出版社 2014 年版,第 178 页。

的愿望也破灭了。两次参军遭拒,让刘庆邦几乎陷入了绝望的境地。他感觉自己这辈子完蛋了,再也没有什么前途了,整天不愿理人、不愿说话,一天比一天瘦,忧郁得都挂了相。实在憋屈得受不了时,他就躲在村外的苇子棵里去唱歌,一个16岁的少年在苇子棵里把忧伤的歌曲唱了一支又一支,直到唱得泪水顺着两边的眼角流下来,并在苇子棵里睡一觉,压抑的情绪才稍稍有所缓解……

(四)从写广播稿开始

在二十世纪六十年代,一心想走出去的刘庆邦,面对残酷的现实,也没有别的办法,只有拿起笔作刀枪,举起大批判的旗帜。村部小喇叭的广播每天都广播新闻和当地人写的批判稿。刘庆邦听来听去,发现那些大批判稿都是其他公社、大队的人写的。"我们公社也不小,人口也不少,怎么就没人写稿呢,我能不能写一篇试试?"萌发了这个念头后,他开始"写作"了。家里只有一盏煤油灯,原本是母亲纺线用的。黄豆般大小的灯头,灯影摇曳,母亲让给了儿子。他把稿子悄悄投进公社邮电所的邮筒,没想到几天后,沈丘县人民广播站真就播出了署名"贫农社员刘庆邦"的广播稿。受到鼓励的刘庆邦接二连三地写开了,每一篇都被广播了,母亲为了他听广播方便,还特意买了一只小喇叭,装在他们家里。有点儿名气的刘庆邦,好事也接踵而来,公社专门点名将他抽调到公社的毛泽东思想宣传队。

在宣传队,每天和一帮青年男女唱歌跳舞,移植革命样板戏,到各大队巡回演出,这段日子刘庆邦过得是欢快的。但是宣传队的性质是临时性的,头年秋天成立,到第二年的春天就解散了。刘庆邦只得又扛起锄头,重新回到农民的行列。

(五)走出黄土地

1970年7月,刘庆邦终于等来了一次招工的机会。当时,新密煤矿(现在的郑煤集团）到村里招工，一个大队就有一个名额，刘庆邦努力抓住了这个机会，在乡亲们艳羡的目光中，被招工进城当了一名工人。这意味着他从一个挣工分、分粮食吃的农民一下子变成吃商品粮的国家工人，命运发生了根本转变。

1976年2月26日，当莫言爬上装运新兵的卡车时，当那些与他同车的小伙子流着眼泪与送行者告别时，他连头也没回。他感到自己如一只飞出了牢笼的鸟，希望汽车开得越快、开得越远越好，最好能开到海角天涯。走出黄土地，被招工成为煤矿工人的刘庆邦此时也怀着一种逃离之情，走出了他做梦都想逃离的黄土地。

到煤矿参加工作后，一开始，刘庆邦并没有下井采煤，而是被分配到水泥支架厂的石坑里采石头。厂里用破碎机把石头粉碎，掺上水泥，制成水泥支架，运到井下代替木头支架支护巷道。在支架厂干了两年多，因给矿务局广播站写了几篇稿子，刘庆邦被调到了矿务局宣传部，先是编矿工报，后是当新闻干事，从事对外新闻报道工作。为了更好地做好新闻报道工作，刘庆邦主动要求下井，和矿工兄弟同吃、同住、同劳动，先后当过掘进工、采煤工、运输工，对井下所有的工种了如指掌。在当采煤工的过程中，还经历过矿压所造成的冒顶、片帮等危险，真正体会到了矿工的艰辛和危险，与矿工兄弟在同甘共苦中也结下了深厚的友谊。

当上工人之后，刘庆邦对写作的喜好还保持着。下班后经常坐在小马扎上，趴在自己的床铺上写东西，先后写了广播稿、豫剧剧本、恋爱信、恋爱抒情诗和短篇小说处女作。因为"有才"，刘庆邦谈了对象，成了家，同时也开始了自己的写作。

"我们厂附近有高高的伏牛山，有深深的山沟。春来时残雪还未化尽，我们一起踏雪去寻访黄灿灿的迎春花。秋天，我们一起到山沟里摘柿子，摘酸枣,到清澈见底的水边捉小虾。初冬,我们登上山的最高处,聆听千年古塔上的风铃声,眺望山下一望无际的麦田。从山里回来,美好的印象还保留在脑子里,让人感到一种愉悦的滋味。突然想到,何不试着把美好的感受写出来呢?"[1]

1972 年,趴在宿舍的小方凳上,为了赢得心仪姑娘的爱情,他完成了第一篇小说《棉纱白生生》,他的女朋友读得小脸通红,一再说好,得到他的第一读者也是唯一读者的赞赏,刘庆邦越写越多,越写越来劲。

"当时写文章的动力,源于对漂亮姑娘的追求,那个时代的漂亮姑娘爱的是才华,不是金钱。那时候写东西很大的动力就是写后拿给女朋友看,也因此获得女朋友的芳心。"刘庆邦说。

他的第一篇小说《棉纱白生生》,表现了女工厉行节约的精神,文章写得很好,但因当时全国都忙着搞生产,几乎没有什么文学刊物可以发表,暂时沉睡箱底。1977 年各地刊物越来越多,文学的春天到来了,刘庆邦也迎来了他的文学的春天。当他看到《郑州文艺》上发表的小说时,突然想起来他曾经也写过一篇小说,于是翻出来重新誊写、润色,寄给了《郑州文艺》。1978年,处女作《棉纱白生生》在《郑州文艺》第 2 期发表,刘庆邦从此进入文坛,也调入了北京。

(六)赶上了好时候

因为能写,且写得不错,1978 年春天,刘庆邦被借调至煤炭工业部,在一个刊名叫《他们特别能战斗》的杂志社当编辑和记者。一年后,他和妻子、女儿举家正式调入北京。到了北京,实现了当编辑和记者的愿望,年轻的刘庆邦愿意多多干活儿,还主动往基层煤矿跑,写一些有分量或批评性的稿子。

---

[1]　刘庆邦:《从写恋爱信开始》,见《送你一片月光》,人民日报出版社 2018 年版,第233 页。

1983 年底,《他们特别能战斗》杂志先是改成了《煤矿工人》,接着由杂志变成了报纸,叫《中国煤炭报》,报纸一创办,刘庆邦就主动要求到副刊部当编辑,随后被提拔为报社的副刊部主任。

到北京当了编辑和记者之后,刘庆邦业余时间一直在写小说。1980 年,他的第二篇小说《看看谁家有福》在《奔流》上发表,这篇小说描述了三年困难时期的一些真实的生活情境,在读者中引起了很大的反响,并被美国的一位汉学家翻译到了美国,《剑桥中华人民共和国史》还为这篇小说列了一条。1981 年,他的第一部中篇小说《在深处》刊登在《莽原》第 3 期的头条位置,并获得了河南省首届优秀文学作品奖。1985 年,文坛多元化的文学思潮出现,文学进入了自由发展的时期,刘庆邦凭借短篇小说《走窑汉》在文坛一鸣惊人,并于 1986 年创作了第一部长篇小说《断层》,由中国文联出版社出版,并获得了首届全国煤矿长篇小说"乌金奖"。刘庆邦在二十世纪八十年代的文坛中有了一席之地,被列入了青年作家行列,参加了 1986 年年底在北京京丰宾馆召开的全国青年文学创作会议,其后一直保持旺盛的创作力,不断有佳作问世。

2001 年,北京作家协会要吸收一批驻会专业作家,刘庆邦顺利调入作协,成为一名专事写作的作家,一心一意地投入文学创作之中。至今已发表《鞋》(1997)、《幸福票》(2001)、《骗骗她就得了》(2013)、《最高楼》(2022)等短篇小说 300 余篇,《家园何处》(1996)、《神木》(1999)、《到城里去》(2022)等中篇小说 40 余篇,《断层》(1986)、《红煤》(2006)、《女工绘》(2020)等长篇小说 10 余部,并有不少散文、随笔、报告文学问世,刘庆邦以蓬勃的创作活力不断丰富我们的阅读记忆。其短篇小说《鞋》获 1997 年至 2000 年度第二届鲁迅文学奖,中篇小说《神木》《哑炮》分别获第二届、第四届老舍文学奖。根据其小说《神木》改编的电影《盲井》获第 53 届柏林电影艺术节银熊奖。长篇小说《平原上的歌谣》获得了第三届老舍文学奖提名奖;长篇小说《红煤》获得了第五届北京市政府奖。刘庆邦曾获北京市首届德艺双馨奖,其多篇作品被译成英、法、意、俄等外国文字。

在新中国成立六十周年的时候,刘庆邦曾写过一篇文章叫《赶上了好时候》,发表在《人民日报》上。有记者问他最感幸运的是什么,刘庆邦不假思索地回答:"是赶上了好时候,能够选择我所喜爱的写作,先是新闻写作,后是文学创作。"

每个人都是他所属文化的产物,文化积淀是养成人们心性并与人们一身相伴的重要因素。"'中原作家群'是指以中原文化为背景,包括河南本土作家和外地豫籍作家在内的文学创作群体。"①在中国当代文学的地理版图中,他们以乡土文学为大端,建构了一个深具中原特色的乡土世界。刘庆邦在中原大地度过了他的少年和青年时期,身处中原乡土文化的场域,中原文化内涵和历史传统无时无刻不在影响着他的创作,作品中洋溢着浓郁的中原文化风情。

二、老父与幼子

由于父亲去世时刘庆邦只有 9 岁,对父亲的记忆还不是太深刻,所以刘庆邦在文字中记录父亲的事情比较少。可能写得最多的应该是父亲的身份问题,因为父亲的身份在很长一段时间里给刘庆邦甚至他们全家带来了不少麻烦。另外一个原因是刘庆邦和父亲年龄的差距,按照母亲的讲述,父亲属鸡,比她大 16 岁,那么刘庆邦的父亲应该是 1909 年出生,刘庆邦出生于1951 年,父子俩在年龄上相差约 40 岁。这样一种年龄上的差距加之整日繁

---

① 刘保亮:《中原作家群的乡土情怀》,载《牡丹》2021 年第 2 期,第 103 页。

忙的劳动,让老父幼子的交流很少。这种推测在刘庆邦 2015 年的文章中得到了印证,他说:"父亲是一位抗战老兵……父亲生前,我跟他没什么交流,父亲留给我的印象不是很深。因为我们父子年龄差距较大,我在很小的时候,就觉得父亲已经变成了一个老头。他不像是我的亲生父亲,像是一个与我隔辈的人。不熟悉父亲,缺少感性材料,只是我没想写父亲的次要原因。更主要的原因是,长期以来,父亲给我的心灵留下的阴影太大,或者说我对父亲的历史误会太深。"①所以,喜欢讲故事的刘庆邦讲述父亲的故事较少,透过仅有的叙述,有关他父亲的几件事印象还是比较深刻的。

父亲在世时勤劳能干,给母亲和兄弟姐妹们建造了一个舒适安稳的家,因为和孩子们的沟通较少,所以作为小孩子的刘庆邦只管无忧无虑地过好自己的童年,也没有过多留意父亲的一举一动,这也可能是刘庆邦对父亲印象不深的一个原因。关于父亲的勤劳,在陪护母亲日记中多有体现。如在 2022 年 4 月 12 日记有:"母亲在床上半躺着,跟我讲过去的事情。说过去没有化肥,种庄稼全靠粪当家。说我父亲拾粪很上心,每天夜里都起来两次,到外面拾粪。村后有一棵白桑葚子树,有猪去树下吃掉落的桑葚子,边吃边拉。父亲瞅准时机,有时一次就能拾到一筐粪。父亲勤劳,我家的庄稼就长得好,打的粮食多。"②2002 年 5 月 12 日的日记中再次印证了父亲的勤劳能干:"父亲很能干,回家当年就解决了房漏和锅漏的问题。父亲种了一堆淮草,把房顶的旧草换上了新草,下再大的雨也不漏了。我家有块靠坑边的地,父亲把坑底挖深,把坑沿垫宽,在宽出来的坑沿上种了麻,然后把麻卖

①　刘庆邦:《父亲的纪念章》,见《在夜晚的麦田里独行》,大象出版社 2017 年版,第162 页。
②　刘庆邦:《我就是我母亲——陪护母亲日记》,河南文艺出版社 2017 年版,第 16页。

掉,一下子买了两口锅。"①能干的父亲为孩子们遮挡了一片天,所以孩子们只顾快乐地生活,可能忽略了对父亲的过多关注。

2015 年,在纪念抗日战争胜利 70 周年之际,刘庆邦写了一篇文章《父亲的纪念章》,从这篇文章里我们得知,刘庆邦的父亲叫刘本祥,在部队时叫刘炳祥,生于 1909 年,当兵时还是一个未成年人,曾在冯玉祥的部队当号兵,冯玉祥部队被整编后留在了孙连仲的部队,是孙连仲部下的一名军官。在孙连仲部队由新乡调往北平时,在母亲的要求下父亲转业回家。戎马一生的父亲很多遗物都已经被烧毁,唯一留存下来的是两枚纪念章:"一枚纪念章正中的图案是青天白日旗,纪念章上方的文字是'军政部直属第三军官大队',下方的文字是'同学纪念章'。另一枚纪念章的图案是一朵金蕊白梅,上方的文字是'中央训练团',下方的文字是'亲爱精诚'。"②以纪念章上的文字为线索,刘庆邦追寻到父亲戎马生涯的一些足迹。

2015 年刘庆邦还曾写过一篇短篇小说《银扣子》,讲述了刘少年在镇上银匠炉当学徒的坎坷故事。因夜里擦扣子时瞌睡不小心将为财主家女儿打制的一枚银扣子掉进自己衣服上的补丁缝里,引起了老银匠的误会,拒收他为徒弟。小说的结尾这样说道:

"少年当了二十多年兵,从少年当成了青年,又当成了壮年。他很幸运,那时兵荒马乱的,他不但没死在战场上,还当上了一个小军官,并在外地娶了太太,生了孩子。

---

① 刘庆邦:《我就是我母亲——陪护母亲日记》,河南文艺出版社 2017 年版,第 65 页。

② 刘庆邦:《父亲的纪念章》,见《在夜晚的麦田里独行》,大象出版社 2017 年版,第 165 页。

"他,就是我们的父亲。"①

刘庆邦有一篇小说叫《发大水》,首发于《钟山》1998 年第 2 期,在这篇小说的结尾记有"此文献给我那过世 37 年的父亲",这应该是笔者所查到的刘老师第一次专门写的献给父亲的文章。文章讲述了豫东平原发大水后,一位老父亲带幼子冬生在地里逮鱼的故事,字里行间都闪烁着父亲的智慧和父爱的光辉。父亲引导冬生逮鱼的整个过程和父亲怀里给儿子揣着的那块热红薯,让我们感受到了父爱的无言和伟大。在这篇文章中,作者也写道:"这位父亲的样子有些老,头发花白,脸上皱纹很多。他得儿子比较晚,儿子刚六七岁,他已经五十多了。儿子胖胖的,鼓鼻子鼓脸,嫩得像个鹅娃子。相比之下,冬生不像是他的儿子,更像是他的孙子。"因刘庆邦老师出生在冬天,文中的儿子"冬生"很可能就是刘老师本人,这篇文章也可以看作是刘老师对父亲的怀念。

三、慈母与孝子

刘庆邦曾在一篇创作谈中讲道:"母亲不仅是我的第一个老师,是我一生的老师,还是我一生中最好的老师……若有人问我信仰什么,我会说首先信仰我母亲。有人说我们没有宗教,我说不,宗教是有的,我的宗教就是我母亲。"

(一)我就是我母亲

2017 年刘庆邦的非虚构著作《我就是我母亲——陪护母亲日记》出版,这部著作由作者在母亲生病数年间陪护母亲的一篇篇日记构成,他用简笔记事的语言风格倾听和记录着母亲最后的时光。也许是受限于日记体的平

---

① 由于各种原因,笔者没有向刘庆邦老师本人求证这个少年的银匠学徒是不是他的父亲。

实、普通的简笔叙事,很难让读者产生审美上的震撼和愉悦,所以在学界产生的影响并不大。但是细细读来,赤子之心、慈母之爱、典型的中国式深厚人情尽在其中,是刘庆邦对亲情乡情世情的守望。

这部作品中的亲情让我们感动。刘庆邦幼年父亲早逝,母亲一人拉扯他们姐弟长大成人确属不易,母亲和兄弟姐妹是作家创作的情感资源,也是作家不断创作的情感动力。

在书中,刘庆邦并没有用大段的篇幅去描述母亲的音容笑貌,而是通过她的一些言行举止来塑造母亲形象、诠释母爱。日记中写道:"母亲就是这样,对在远方的孩子,她从来是报喜不报忧。前不久,母亲得了镇政府奖给她的教子有方的奖状,还得了一条作为奖品的床单,母亲在电话里告诉我了。而她肚子疼的事,却一字都没提及。"生病的母亲为了不让在外工作的孩子牵挂而选择独自承担疾病痛苦。还有怕耽误儿子写作,母亲鼓励儿子"该写还得写,时间长了不写,手就生了",并不断地给儿子讲述老家的故事,看似唠家常似的故事,其实饱含着母亲对儿子写作事业的支持。他的许多作品中都有母亲的影子,温情的母亲和坚韧的母亲是刘庆邦主要塑造的两类母亲形象。母亲生病陪护这段时间也可能是刘庆邦走出乡村后与母亲相处最多的日子,陪护日记也是我们全面深入地理解刘庆邦作品中母亲形象塑造的一个重要渠道。除了母亲,还有姐姐和妹妹,她们为他也做出了很大的牺牲——二姐放弃了学业、妹妹从未迈进过学校的大门。同时她们也是刘庆邦笔下幼女和少女形象的主要来源。

刘庆邦曾说,他最早的文学启蒙是祖父给予的,刘庆邦的祖父是一个热衷于听故事的人,在刘庆邦很小的时候,就被祖父搂在怀里听别人讲故事。刘庆邦的母亲更是讲故事的高手,她虽然不识字,但很有文学的天赋,讲起故事来让人听得津津有味。母亲知道儿子需要写作,需要大量的创作素材,只要有时间、有气力,母亲就给刘庆邦讲故事,不但自己讲,还发动刘庆邦的姐姐们讲。刘庆邦很多作品的素材也来源于母亲和姐姐的故事。母亲住院期间,当听说刘庆邦买了一本土匪的书,就马上给儿子讲土匪的故事。母亲手术后病情稍有好转,就接着给儿子讲故事。

刘庆邦曾说:"虽说母亲不识字,但是我敢说,母亲是有文学天赋的。母亲很善于讲故事,一讲就讲得有因有果,有头有尾,头头是道。特别之处在于,母亲所讲的故事里总是有文学的因素,文学的细节,我把它称之为小说的种子。"①在《我就是我母亲——陪护母亲日记》中,刘庆邦记下了母亲讲述的很多精彩故事,真的让我们佩服这个大字不识的农村老太太超强的记忆力和故事讲述能力。其实细细想来,这位普通而伟大的母亲,一定是每天都在有心地回忆和思考着身边发生的每一个事件,给儿子提供更多的写作素材,无声的母爱流淌在一个个的故事之中。

母亲讲述的故事,为刘庆邦重新建构起来豫东老家沈丘县的历史过往。母亲的讲述将改革开放之前豫东底层生活的残酷的一面透彻地呈现出来,饥饿的记忆、人性的美好与人伦的失位等都展现其中,这些故事也都成为刘庆邦日后创作的重要素材,如《嫂子和处子》《开馆子》《抓胎》《在牲口屋》《灯》《走新客》等作品就来源于这些故事。作者不仅看到了故乡的美好人性、人情,还看到了在礼俗掩护下暴力、落后、愚昧的另一面,一个个故事的背后,隐藏的是一个有良知的知识分子的心声和情怀。

(二)母亲的长子

母亲在六个孩子中对刘庆邦是怀有偏爱的,刘庆邦也是被寄予更大的期望的一个,很重要的一个原因是他的长子身份。因为父亲的早逝,作为家

---

① 刘庆邦:《祖父、母亲和我》,载《北京观察》2019 第 8 期,第 61 页。

里的长子，母亲把他推到了户主的位置，遇到大事都要征求一下他的意见，希望他能够早日为这个家支撑门户。在《我就是我母亲——陪护母亲日记》中记有："手术前，我作为母亲的长子，在医院提供的三份协议书上签了字。"从很多记述和作品中，我们都能感受到长子文化对母亲和刘庆邦的影响是比较深的。

刘庆邦的堂嫂曾给其大姐介绍了一门婚事，母亲认为这是他们家的一件大事，需要和刘庆邦商量一下。因为给大姐介绍的对象是在县城读书的高中生，虽身材、面貌、学习都不错，但家庭成分是富农。在那个"以阶级斗争为纲"的年代，一个人的家庭成分对一个人的命运几乎起着决定性的作用。又因刘庆邦父亲的历史问题，他们已经饱受歧视，几乎成了惊弓之鸟。所以，在大姐毫不知情的情况下，长子刘庆邦就断然否定了这门亲事。几十年过去了，刘庆邦仍然为当时自己的年少无知、短视、自私和自以为是所做出的这个决定忏悔，觉得有些对不起大姐。

在两次报名参军都失败的那段时间，刘庆邦的心情陷入低谷，每天都想哭，吃不下饭，几乎产生了绝食的想法。看着一天比一天消瘦的刘庆邦，母亲看在眼里，疼在心上，于是每天给他煮一个鸡蛋吃。母亲将鸡蛋切成几瓣，放在蒜汁或辣椒水里腌一下，让他当菜吃。刘庆邦家有两个母鸡轮流下蛋，攒够一定的数量拿到集市上卖掉，可以买取盐、煤油、火柴等全家人必不可少的生活用品。现在我们对每天吃一个甚至几个煮鸡蛋会感觉没有什么，但是在那个年代，这颗鸡蛋对刘庆邦家的意义和贡献是重大的。时间过去五十多年了，有关吃鸡蛋的记忆在刘庆邦的脑海里却愈发清晰，这段经历几乎成了他的一种心理负担，心怀对母亲、大姐、二姐、妹妹和弟弟的愧悔，经常自问：凭什么我可以吃一个鸡蛋。在母亲最后的日子里，刘庆邦对着母亲将他的愧悔说了出来，母亲却说："都是过去的事了，你这孩子，还提它干什么!"

力是相互的,爱亦如此。父亲去世后,母亲曾对刘庆邦说:"以后在外边别跟人家闹气,人家要是欺负了你,你爹不在了,我一个妇女家,可没法替你出气。"为了不让母亲担心,从那时起刘庆邦是带刺的树枝不摸,有毒的马蜂不惹,热闹场合靠后,见人打架更是躲得远远的。

即使这样小心他还是被人打了。一次被同班同学无缘无故地按倒在地,用鞋底子抽他的后背,把他后背抽得红紫,有的地方还浸着血。怕母亲心疼,直到母亲去世,他都没有将那次挨打的事情讲给母亲。另外一次,却没能瞒过母亲。一次在放学的路上,外村一名孩子被刘庆邦堂哥揍过,为了报复用羊头大的一块砂姜砸破了刘庆邦的头。为了不被母亲发现,他把伤口捂了好一会儿,直到不再流血才戴上帽子回家。几年后,伤疤被母亲发现,他只好把受伤的过程对母亲讲了,母亲心疼地抱住了刘庆邦的头,说:"说是这样说,你在外面受了气,回来还是应该跟娘说一声,你这个傻孩子啊!"

兄弟姐妹相继长大后,都组建了自己的家庭,有了自己的工作,家里只剩下母亲一个人。母亲老家难舍,不想跟着刘庆邦或者弟弟刘庆喜在城里常住,一个人在祖祖辈辈传下来的老宅中留守。为了和母亲保持经常性的联系,刘庆邦给母亲在家里安了一部电话,只要不出差,每天下班前刘庆邦都要给母亲打一个电话,一根电话线牵动着千里之外母子两人双向的关心。后来,母亲曾对刘庆邦说,她每天没什么别的什么盼头,就盼着儿子给她打电话。能接到儿子的电话,她吃得好,睡得好,一天都很高兴。如果哪天接不到电话,她心里就空落落的,不踏实。

(三)勤劳的母亲

刘庆邦的母亲在1957年曾获得过沈丘县的劳动模范,一个普普通通的农村妇女能获得这个荣誉是很不容易的。据说,每个公社只有几个劳动模范的名额,当劳模应该是万里挑一的,这充分证明了刘庆邦母亲的勤劳能干。刘庆邦的大姐、二姐回忆说:"母亲干起活来只有两个字——要强。往地里挑粪,母亲的粪筐总是装得最满,走得最快。麦季在麦田里割麦,不用看,也不用问,那个冲在最前面的人一定是我们的母亲。有一种大轮子的水车,铁铸的大轮子两侧各有一个把手,绞动大轮子,带动小齿轮,把水从井里抽出来。别的妇女绞水车时,都是一次上两个人。而母亲上阵时,坚持一个人绞一台水车。她低着头,塌着腰,头发飞,汗也飞,一个人就把水车绞得哗哗地,抽出的水水头蹿得老高。"①

　　1960 年,刘庆邦的父亲去世,此时刘家上有年近七旬的爷爷,下有六个未成年的孩子,最大的大姐十三岁,最小的弟弟还不满周岁,全家八口人全靠母亲一个人养活。为了多干活、多挣工分,母亲天天跟男劳力一块儿干活,犁地耙地、放磙扬场、和泥脱胚、挖河盖房,凡是男劳力能干的活儿,刘庆邦的母亲都一点不落地跟着干。小说《平原上的歌谣》中的母亲魏月明便是以刘庆邦的母亲为原型的。关于勤劳的母亲形象,刘庆邦在很多作品中都有所体现。受母亲的影响,勤劳在刘庆邦眼里有着特殊意味,当有人希望他在书上留下寄语时,他经常会写下"天道酬勤"四个字。刘庆邦从农村到煤矿、从乡村到城市,从报社记者做到专业作家且四十多年来笔耕不辍,他是勤奋和高产的,因为母亲的身教告诉他——勤劳不只是生存的需要,还关乎人的品质和道德。

　　(四)母亲的教诲

　　在刘庆邦小时候,母亲让他和两个姐姐到地里去拾豆子。那天他拾的

---

　　①　刘庆邦:《在夜晚的麦田里独行》,大象出版社 2017 年版,第 170—171 页。

豆子不多,担心母亲嫌他拾得少,他用拾到的豆粒和村里的一个小伙伴交换了一些豆角子并把豆角子垫在茶缸地下,上面盖上豆粒,这样从上面看豆粒几乎是一茶缸。但是他弄虚作假的事被母亲发现了,母亲很生气,认为这是一件严重的错事。母亲一改往日的温和,严厉地批评了他,母亲认为从小就这么不诚实,长大了不知怎么哄人呢。并且母亲还对他做出了处罚,不允许他吃早饭。这件事给刘庆邦留下了很深的印象。

母亲是孩子的第一任老师,她们的言传身教对孩子影响深远,巴金曾将他的母亲陈淑芬称为他的第一位先生,他自称从母亲那里学会爱:"她很完满地体现了一个'爱'字,她使我知道人间的温暖,她使我知道爱与被爱的幸福,她常常用温和的口气,对我解释种种的事情。她教我爱一切的人,不管他们贫或富;她教我帮助那些在困苦中需要扶持的人。"①

莫言的母亲对莫言的影响也是巨大的,他获得诺贝尔文学奖在瑞典演讲讲到几个关于母亲的朴素小故事,给听众留下了特别深刻的印象。他说:"我最后悔的一件事,就是跟着母亲去卖白菜,有意无意地多算了一位买白菜的老人一毛钱。算完钱我就去了学校,当我放学回家时,看到很少流泪的母亲泪流满面。母亲并没有骂我,只是轻轻地说:'孩子,你怎么能这样?你怎么能多算人家一毛钱?你今天让娘丢脸……'"可以说,母亲教会了儿子什么是诚实和耻辱,什么是担当和责任,让以后成为作家的儿子始终有忧患的意识和悲悯的情怀。

刘庆邦的母亲36岁时守了寡,刚强、勤劳的她一生都在为家、为子女操劳。孤儿寡母,总有受欺负的时候,但母亲每次总是以她的宽容来包容这些不公平的人和事。

① 丁帆、朱晓进:《中国现当代文学》,南京大学出版社2007年版,第99页。

在刘庆邦的故乡,村里人只要上了一定的岁数,就开始为后事着想。在母亲身体还好着的时候,她就把孩子们给的钱攒着,准备给自己盖一间"大堂屋"。所谓的"大堂屋",就是棺材。母亲放弃耐沤的柏木棺材,坚持选择红松木做棺材,一个很大的原因是,她认为柏木棺材太沉了,担心会压着抬棺材的人。这个连后事都为别人着想的人,就是刘庆邦的母亲,她以她的行动,教给孩子们一条做人的道理:人不管什么时候,都要为别人着想。

孝顺的刘庆邦始终在自己的作品中保持着对母亲的崇拜和讴歌,母亲是他一生取用不尽的精神财富。他曾坦言:"母亲去世十多年了,我还活着,因为我长得像我母亲,有认识我母亲的朋友对我说,看到了我,就像看到了我母亲一样。这表明母亲在给我生命的同时,还给了我遗传基因。继承了母亲的遗传基因,在某种意义上说,等于母亲的生命还在延续。这还不够,我的意愿是,还要接过母亲的精神和灵魂,通过不断自我修行和自我完善,使母亲的灵魂得到发扬光大。"

第二章　吹响民间底层生命的唢呐

当过农民和矿工的刘庆邦一直默默关注着底层社会的人和事,他怀着对人民的热爱与关怀,对生命的敬畏与尊重,以朴实无华的语言记载着民间生活的苦乐酸甜,挖掘着底层人物的灵魂,吟唱着民间社会的生命之歌。

当有人问刘庆邦是一种什么样的力量支撑着他始终保持着对文字与生命的虔诚,书写民间的声音时,他回答说:"真正的文学是反娱乐的。莫言讲过一个故事,故事的结论是,在大家都哭的情况下,应当允许一个人不哭。我想说,在目前大家都在笑的情况下,应当允许一个人不笑。这个不笑的人不是别人,是作家,是文学。真正的文学作品从来不是什么欢乐的表现,而是人类痛苦的表现,文学让人沉思,让人清醒。每个作家都有着忧患意识和悲悯的情怀,他们在心里为人类痛哭,也为自己痛哭。作家生来是为还眼泪的,在还眼泪的过程中不断完善自己。"①

一、底层及底层叙事

世纪之交,我国社会快速转型,社会各阶层之间的矛盾日显突出。直接

_____

① 刘庆邦、高方方:《在现实故事的尽头开始书写——对话刘庆邦》,载《百家评论》2013 年第 2 期,第 46 页。

经历或目睹了底层弱势群体的困境后,越来越多有强烈社会责任感的作家纷纷将笔触投向底层社会的人们,写他们的追求与抗争,为他们呐喊、替他们代言,创作了大量书写底层社会真实生活的作品,形成一股强大的底层文学潮流。

"底层"原本是一个社会学的概念,源于意大利的马克思主义研究者安东尼奥·葛兰西的《狱中札记》,他在书中用了"Subaltern Classes"一词,可译为"底层"或"底层阶级"。从书中看来,"底层"主要是指欧洲社会那些被排除在主流之外,从属的社会群体。"底层阶级"主要是指马克思理论中的无产阶级,是作为一种革命力量存在的。查特吉指出,"葛兰西的底层理论实际仍是无产阶级专政理论,他通过论述底层在各种统治中的作用而论及底层在自己的政党领导下取得霸权的问题,就是说,葛兰西的'底层'首先是作为一种革命力量存在的,而底层的其他方面是被置后的"。[①]

在中国,"底层"的出现与国外的"底层理论"没有多大关系。1996 年评论家蔡翔发表的散文《底层》是国内最早在当下意义上提及底层的文章之一,他认为工人是城市社会的底层。梁晓声在 1997 年出版的《中国社会各阶层分析》是第一部以理论化的语言来系统论述中国社会各阶层的著作,他将工人和农民划归为社会的底层。所谓底层就是处在社会最下层的人群,"其主体的构成实际上就是工人和农民,他们的主要特征就是:政治上基本无行政力;经济上一般仅能维持生存,至多保持'温饱';文化上受教育机会少,文化水平低,缺乏表达自己的能力。"[②]只要满足以上一个或全部条件的都可以称为底层。随着社会的飞速发展,一个大规模的底层群体正在形成。

文学是对社会生活的反映,一批作家的视线开始下移,来关注在政治、

---

① 蔡翔、刘旭:《底层问题与知识分子的使命》,载《天涯》2004 年第 3 期,第 36 页。
② 张晓娟:《底层叙事》,载《长江师范学院学报》2009 年第 3 期,第 30 页。

经济、文化上处于弱势的底层群体,关注底层的作品纷纷涌现,对底层的表述成为文学的一个重要命题,涌现出一批关注底层的作家和作品,如葛水平的《喊山》《黑脉》,曹征路的《那儿》等,在文学评论界底层叙事或底层写作备受关注。2004 年 2 月《天涯》杂志专门刊发"底层与关于底层的表述"专栏,专门探讨二十世纪九十年代以来中国社会转型中的社会分层趋势。接着《上海文学》《北京文学》《文学评论》《文艺理论与批评》等刊物都参与了讨论。孟繁华、南帆、李云雷、王晓明等文学批评家也致力于底层和底层写作的研究。在《底层文学,或一种新的美学原则》一文中,李云雷、刘继明对底层文学是这样命名的:"在内容上,它主要描写底层生活中的人与事;在形式上,它以现实主义为主,但并不排斥艺术上的创新和探索;在写作态度上,它是一种严肃认真的艺术创造,对现实持一种反思、批判的态度,对底层人民怀着深切的同情;在传统上,它主要继承了 20 世纪左翼文学与民主主义、自由主义文学的传统,但又融入了新的思想与新的创造。"[①]

单正平则认为社会底层就是社会弱势群体,底层叙事就是"关注弱势群体",他说底层叙事起码应满足三个要求:①必须真实表现底层民众的生活;②必须传达底层民众的心声;③以上两点在叙事中是否实现不能由作家说了算,也不能由评论家来评判,而应该由底层民众自己来判断,否则就很可疑。[②] 他得出结论,认为底层叙事只能是非文学意义上的叙事,最多只能是泛文学的叙事,与一般意义上的文学叙事有着根本的不同。文学评论家南帆、王尧等也都提出了对底层的不同认识。至今文学界对底层这个概念没有一个确定的界定,我们所说的文学意义上的底层更具有情感化,侧重于对

---

① 李云雷、刘继明:《底层文学,或一种新的美学原则》,载《上海文学》2008 年第 2 期,第 75 页。

② 单正平:《底层叙事与批评伦理》,载《汉江大学学报》2006 第 5 期,第 37 页。

"弱势群体""边缘群体""平民群体"的叙述。

二、刘庆邦小说中的底层叙事

一直以来,底层在权力话语和文化话语自我表述中存在障碍,一些有责任感的作家意识到这个问题后,开始关注底层民众生活状态,产生了为底层代言的意识,描绘底层的生存困境,展现他们在这种生存境遇中的生命情怀、血泪痛苦、挣扎与无奈,揭示他们在困境中的人格裂变并赞扬他们的精神坚守,书写底层在生存困境中的人性景观。

"苦孩子"出身的刘庆邦认为知识分子应该从历史和人文的高度关怀底层民众,对包罗万象的社会现象和林林总总的命运形态进行反映,他四十多年来的文学创作充分体现了一个作家的责任感。在创作中,他始终把目光对准农村,对准处于城乡交叉地带的煤矿,把农民和煤矿工人作为作品的主角,对于这些草根阶层,没有知识分子式的挑剔,没有如所谓"现实主义冲击波"那样煞费苦心地去写他们与体制之间的冲突,也没有如新写实小说那样去写他们对苦难现实的认同,而是简单平易地叙述了底层惊心动魄的苦难生活,并尖锐批判了底层在苦难中的人性异化,更重要的是歌颂了底层在苦难中不屈的韧性,以及他们在苦难中展现出的人性光辉,让我们看到底层在困境中生发的人生希望,从而对底层在人生惨淡时表现出的人性升华有了信心。

(一)对底层乡土的执着书写

故乡沈丘是刘庆邦乡土书写的源泉和原型,这片土地处于中原文化发源地的河南,这里具有中国最具代表性的原生态、纯粹的乡土形式。刘庆邦的底层叙事受到了鲁迅和沈从文的影响,他说:"在中国的作家中,我比较喜欢曹雪芹的小说,再就是爱读鲁迅和沈从文的小说。我把鲁迅的小说和沈从文的小说做过比较,他们的小说有着不同的风格。鲁迅重理性,沈从文重感性;鲁迅重批判,沈从文重抒情;鲁迅的小说读起来比较坚硬,沈从文的小说读起来比较柔软;鲁迅的小说更深刻一些,沈从文的小说则更优美一些;鲁迅小说的风格是沉郁的,沈从文小说的风格是忧郁的。这两位文学大师的小说都对我的创作产生了影响。在鲁迅的小说里,我看到了非同凡响的思想之美,并使我认识到,作家对社会和人生的思考非常重要,一篇作品的高下,在很大程度上取决于作家的思想是否深刻和独特。沈从文的小说让我享受到超凡脱俗的情感之美和诗意之美,他的不少小说情感都很饱满,都闪射着诗意的光辉。"[1]

作为中国新文学的奠基人,鲁迅是第一个真正写农民的作家,他从启蒙主义的文学观念出发,开创了现代文学表现农民的重要题材,冷静、客观地描摹了底层农民的生存状态,揭示出几千年的封建统治对农民所带来的精神创伤。因此鲁迅说:"说到'为什么'做小说罢,我仍抱着十多年前的'启蒙主义',以为必须是'为人生',而且要改良这人生。……所以我的取材,多采自病态社会的不幸的人们中,意思是在揭出病苦,引起疗救的注意。"[2]因此对"国民劣根性的"的揭示与批判成为鲁迅书写的重点。他在对民族文化、民族精神以及心理研究的基础上,着重分析了几千年的封建制度和思想给人民的精神所带来的毒害,以及由此形成的民族性格上的弱点,塑造了闰土、祥林嫂、阿Q这一系列的艺术形象,奠定了他作为乡土文学开山鼻祖之地位。刘庆邦是一个责任感很强的作家,面对底层生活的艰辛与沉重,底层人民的麻木与愚昧,他继承了鲁迅先生对"现实乡土"的揭示和批判,继续着

---

[1] 杨建兵、刘庆邦:《"我的创作是诚实的风格"——刘庆邦访谈录》,载《小说评论》2009 年第 2 期,第27-28 页。

[2] 鲁迅:《我怎么做起小说来》,载《鲁迅全集第五卷》,同心出版社 2014 年版,第55页。

鲁迅先生对"人性"的书写,对乡村陋习、人性的丑恶、人与人之间的冷漠、底层人民的麻木与愚昧、"看客"的心理等都进行了大胆的揭露与批判。《平地风雷》《嫂子与处子》《只好搞树》等就是这类小说的代表。

而二十世纪三十年代以沈从文为代表的京派作家以"浪漫乡土"作为自己的文学选择,京派小说的突出特点就是对乡土的梦幻般描摹,以文化关照表现最普通的中国人生。"强调与都市文明相对立的理想化的宗法制农耕文明生活,使他们的创作多带有怀旧色调和平民性,对原始、质朴的乡俗和平凡的人生方式取认同态度,热衷于发掘人情、人性的美好,并让这些美好与保守的文化和传统秩序融为一体,在返璞归真的文学世界中来实现文化的复苏与救世。"①沈从文的"湘西"代表了一种健康完善的人性,一种"优美、健康、自然,而又不悖乎人性的人生形式"。② 正如他所说的,他只想造希腊小庙,这神庙供奉的是"人性"。芦焚、汪曾祺等创作对宗法制的乡村民俗也多采取宁静的认同态度,努力从中开掘淳朴的人性美、人情美,静穆的自然美和奇特的风俗美。刘庆邦自觉接受了京派小说的文学价值取向,以豫东平原的老家为基地,尽情地展示了中原大地底层人民的人情与人性之美,犹如一幅恬淡静谧的风俗画,《梅妞放羊》《鞋》《相家》等就是"浪漫乡土"底层叙事的代表作。

在一篇访谈录中刘庆邦自陈道:"我写小说基本上两个路子,简单归纳起来,就是柔美小说和酷烈小说。柔美小说是理想的,酷烈小说是现实的;柔美小说是出世的,酷烈小说是入世的;柔美小说是抒情的,酷烈小说是批判的;酷烈小说如同狠狠抽了人一鞭子,柔美小说马上过来抚慰一下。我就

---

① 温如敏:《中国现当代文学专题研究》,北京大学出版社2002年版,第113页。

② 沈从文:《习作选集代序》,见《沈从文选集第五卷》,四川人民出版社1983年版,第231页、第228页。

这样处于矛盾中,一直是自己跟自己干仗。我自己偏爱柔美小说。可写了两篇觉得不过瘾,又经不住现实生活的诱惑和纠缠,就得写两篇酷烈小说。我写了酷烈小说,觉得很紧张、很累,甚至觉得人活着特没劲,就回过头来再写点柔美小说。"①

关于"酷烈小说"和"柔美小说"我们可以用"现实乡土"和"浪漫乡土"来概括。

刘庆邦的作品"从少年、青年的成长写到中老年的生存状态,从顽强坚韧的生命写到无以抵抗的疾病与死亡,写女性的温柔甜美也写男性的粗犷与强悍,写人性的善良淳朴也写人心的歹毒和邪恶,描摹历史与现实也展开艺术的遐想与创造,可以说他的小说涵盖了人的整个生命流程以及这个流程中的方方面面,其丰富多彩,绚丽多姿,堪称一部现代底层农民与矿工的生命史"。② 刘庆邦就是这样在"浪漫乡土"和"现实乡土"之间穿梭,从而形成了他创作风格的两面。而在这种创作现象的背后,表现出的则是刘庆邦在文化立场和价值观念上存在着深刻的矛盾与困惑。他既鞭挞乡土文化,又挽悼;既看到传统的宗法文化阻碍了人性的健康发展,又恋恋不舍传统乡土文化的魅力;一方面深刻眷恋着那方"净土",另一方面又深刻批判着乡村。这种精神上的矛盾和困惑使得刘庆邦的创作充满了张力,也使得他的底层叙事充满了活力和魅力。

(二)对煤矿文学的不辍耕耘

作为"煤矿文学旗手"的刘庆邦,一直情系煤矿,以煤矿为题材的作品占据了创作数量的一半以上,它们作为中国当代文学的重要组成部分,再现了

---

① 刘庆邦:《民间》,新疆人民出版社 2002 年版,第 357–358 页。

② 余志平:《吹响民间底层生命的唢呐——底层叙事视野中的刘庆邦小说》,载《南京师范大学文学院学报》2009 年第 1 期,第 76 页。

当代煤矿的真实状况,反映了煤矿工人普遍的生存状况。

伴随着煤矿行业的发展,煤矿文学也随之诞生。我国二十世纪二十年代诞生了最早的一批零散的煤矿文学,一些文学创作者将矿工作为反映底层人民疾苦的对象,如龚冰庐的《炭矿夫》、萧军的《四条腿的人》等。其中龚冰庐的煤矿小说"集中笔力写他比较熟悉的矿山生活和处于社会最底层的劳动者,通过这一部分人群的描写反映了旧中国最悲惨的人生和最残酷的阶级压迫"①,被认为是创造社"普罗小说"中的杰作。曹禺的《雷雨》不仅代表了戏剧文学的最高成就,也是早期煤矿书写的扛鼎之作,它反映的煤矿主和矿工之间的矛盾是当时社会的一个缩影。

二十世纪四五十年代,在"延安讲话"精神指引下,一批作家自觉地将目光投向煤矿题材并深入煤矿进行创作,如萧军的《五月的矿山》、康濯的《黑石坡煤窑演义》、艾青的短诗《煤的对话》等,真实记录了当时煤矿工人的精神风貌和战斗精神。苗培时、萧军、康濯三人被誉赞为"煤矿文学之祖"。

二十世纪七十年代末到九十年代初,煤矿文学走向了规模化、组织系列化的创作道路。当时,我国出现了一大批经典的以煤矿为题材的文学作品,刘庆邦、谭谈、周梅森等一批优秀的煤矿作家一边积极投身于煤炭事业建设,一边用笔记录下了煤炭事业的兴衰荣辱,体现了煤矿工人独特的精神风貌和价值取向。如刘庆邦的《走窑汉》、谭谈的《山路弯弯》、周梅森的《沉沦的土地》等作品,不仅在国内文学界获得了好评,并被翻译为英、法等多种文字。1982 年中国煤矿文学研究会成立,1984 年中国煤矿文化宣传基金会成立,并设立了专属于矿区写作的"全国煤矿文学乌金奖",至今(2023 年)已举办了八届,它为繁荣煤矿文学创作、培养煤矿艺术人才、推出煤矿文学精

_____

① 宋彬玉、张傲卉:《创造社十六家评传》,重庆出版社 1998 年版,第 135 页。

品发挥了极其重要的作用。刘庆邦的中篇小说《东家》(第二届)、中篇小说《家道》(第三届)、短篇小说《屠夫老塘》(第三届)、长篇小说《黑男白女》(第七届)先后获此殊荣。

刘庆邦的煤矿叙事,从创作时间上看,是开始于文学上的"新时期",但所叙之事,却横跨了近七十年的社会主义建设的两大阶段。前一个阶段以1978年为界的"改革开放"前后,如《守身》《一块板皮》等反映的是"文革"时期的社会生活,可以归入社会主义前三十年的历史时期。而其创作更多叙述的是"改革开放"以来的煤矿,《断层》《走窑汉》《家属房》《别让我再哭了》《踩高跷》《月光依旧》等都属于此列。《断层》是刘庆邦创作的第一部长篇小说,从故事的内容看,属于改革文学的行列,所以在人物塑造上与典型的改革文学作品《乔厂长上任记》模式相似。作品遵循人物塑造的二元对立模式,正面人物常江敢于改革,有开拓进取的精神,有技术、有魄力,在与保守势力的斗争中表现得顽强且毫不妥协。文中另一个正面人物李石驹患了鼻咽癌仍然坚持工作。这些人物形象的塑造都未脱离"文革"和"十七年文学"中的那种高大全的模式。对于反面人物则极尽夸大其丑陋与邪恶,如文中的张国亮、丁昌仁等形象。

如果以后一个阶段为分界,则刘庆邦的煤矿叙事是关乎"计划经济"时期国营大煤矿上矿工及其眷属的生活,前举《走窑汉》《家属房》就属此列。而在"市场经济"时期,刘庆邦一方面继续挖掘国营大煤矿的"艰难时世",如《月光依旧》《别让我再哭了》等;另一方面,也将目光投向了应运而生的私营小煤窑,如《车倌儿》《神木》《鸽子》。矿工是煤矿世界的主体,他们的生与死、喜与乐构筑了别样的矿井世界,所以,以底层为切点,关注底层矿工的生存困境与悲剧命运以及与矿工相关的各类人物,如矿工家属、矿区干部、小煤窑主、服务人员等是刘庆邦煤矿书写的重要组成部分。

走进新世纪后,刘庆邦的煤矿文学创作并没有变成反映新世纪的镜子,反而通过对以往时光的重新挖掘来展现煤矿世界的独特性与人的深刻性。在《家道》中,刘庆邦通过记者"我"道出了自己的心声:

"国有大煤矿使用机器采煤,人也比较机器化,在那里越来越难找到像样子的故事。小煤窑采用的还是近乎原始的手工挖煤手段。矿工也多是雇佣来的外地农民。在那里,人和金钱的关系,人跟自然的抗争关系,人和死亡的关系,剥削和被剥削的关系,男人和女人的关系等,都非常紧密而赤裸,每一层关系里都饱含着人性的复杂和人性的魅力。

"那些偏僻的小煤窑,使我想到生命的渺小和生命的伟大。生命的悲壮和生命的壮丽。为方便起见,我总把一些煤矿生活故事的背景放在落后的小煤窑,而不是放在先进的国有大矿。我这种干法只能说明我是小说创作领域的小生产者,缺乏大工业生产的技能和魄力。"[1]

总之,坚持对矿井世界的书写并将矿井故事延伸至更广阔的社会现实,这是刘庆邦煤矿写作的升华,也是他一直秉承的对矿井世界的深情,是他对人类生存、人性、情感的思考。

---

① 刘庆邦:《家道》,见《家园何处》,上海文艺出版社 2003 年版,第 232 页。

第三章　底层叙事下的苦难呈现

　　"苦孩子"刘庆邦拥有一般作家不具备的底层经验。十九年的农村生活,让他倍加珍惜现在的幸福,而苦难的岁月也为他提供了创作的沃土。八年的矿区生活,他在巷道里采过煤、做过运料工,开过运输机,挖过窑道,矿区恶劣的生存环境和现实环境刺激着他,使他真切感受到底层生活的艰难和辛酸。物质的困顿、矿难的残酷、情感的缺失、成长的苦恼、待业的痛楚都一一呈现在他的作品之中。

一、饥饿困顿的年代

　　饥饿与困顿,紧紧扼住人们生命的咽喉,给人们带来了巨大的苦难和精神创伤。进入现代以来,河南以徐玉诺、苏金伞等为代表的现代作家和李準、刘庆邦等当代豫军中坚,都对灾害作出了文学回应。

　　作为"五四"时期河南文学创作的第一人,出生于平顶山鲁山的徐玉诺对河南乡村的天灾人祸进行了集中展示:《农村的歌》揭示了兵灾、苛税压迫下农村的穷困无粮;《母亲》描述了荒旱年间为保孩子活命,母亲用自己的衣服换了糠麸却虚弱得无力回家;《火灾》记录了劫后的村庄……其诗歌《歌者》《问鞋匠》《谁的哭声》和小说《一只破鞋》反映了现实破败、歉收饥饿、土匪横行的社会现状。

当代河南作家对过往灾害的关注相对集中，其视点主要聚焦在 1942 年前后的河南大饥荒和 1959—1961 年的三年困难时期。李準的《黄河东流去》是 1942 年河南大饥荒书写的代表性文本。刘庆邦的小说《看看谁家有福》《到处都很干净》《平原上的歌谣》等，都展现了那一特定年代的情景与人事关系。

"我饿得成了大头，长脖子，细腿，连走路都费劲。去学校上学需要翻过一条干坑，以前我在这条坑里跑上跑下，如履平地。饿成瘦鬼后，过那条干坑就难了。此岸，我屁股贴着岸边往下滑；彼岸，我得把自己变成一只小兽物，四肢着地一点一点往上爬。这年夏天，父亲病死了。作为父亲的长子，为父亲送葬时由我扛幡、摔老盆。堂叔大概怕我瘦得没劲儿，替我把陶制的盆摔碎了。食堂面临断顿，不少人得了浮肿病，人们的生存受到了极为严峻的考验。"[1]

《看看谁家有福》描写 1960 年南柳庄村的饥饿贫困状况，像孩子们口中的顺口溜："食堂的馍，洋火盒，大人俩，小孩仨，小小孩儿，摊不着。"但就是这样的馍馍，在村民误解之下，刘彩云家被扣了一天的口粮，屋子里没有一粒米，甚至一片树叶都没有。

《到处都很干净》仍以"饥饿"为叙述中心，讲述了那个荒唐年代一个家庭或者一个村庄的饥饿史。"猪呀，羊呀，鸡呀，都没有了，狗、猫、兔子、扁嘴子等等，也没有了。没有了好，没有了就干净了。没有了家畜家禽，连野生野长的屎壳郎也不见了。以前，这里的屎壳郎很多，起码比村里的人口多。小孩子随便对着地上的洞眼滋一泡热尿，不一会儿，便有一只屎壳郎，顶着

---

[1]　刘庆邦：《平原上的歌谣》，北京十月文艺出版社 2009 年版，第 358 页。

一头泥浆,从浑浊的尿水里爬出来。……这样好,街面上干净得连清洁工都用不着了。"

文章看似幽默的开头,一连用五个"没有了"展现了"干净"意味着清除,意味着匮乏,也意味着饥饿,意味着虚无。接着,写了在这样"干净"的状态下人的饥饿状态。

"洪长海以前不是一个爱干净的人……洪长海现在变得干净起来,躺在床上,闭着眼,不吃也不喝,不吭也不动。并不是因为他生了病,是生生饿成了这个样子。他不吃不喝,是因为大食堂断炊了,从食堂里再也领不出一口吃的和一口喝的。他不吭不动,是想省些气力,把一口气保持得稍稍长一点,能多活一天是一天,能多活半天是半天。说他变得干净起来,并不是说他表面有多干净,是指他的肚子干净了,肠子干净了,肚肠里空空的,已没什么可拉的,也没什么可撒的。"

为了挽救丈夫的性命,把丈夫从饥饿的垂死状态中拉回来,"性"成了获取食物的交换物,"身体"成了用来战胜饥饿的最后的资源。妻子杨看梅去讨好曾经对她垂涎三尺的粮仓管理员周国恒,用身体换回了一块好年好景用来作肥料的芝麻饼,终于把自己的丈夫从死亡线上拉了回来。

《逃荒》更是展示了绝望时刻人性裂变的极端与残酷,"村里的食堂断炊三天了。人饿得恨不能啃砖头,连吃自己舌头的心都有"①。奶奶为了大家活命,要求女儿严妮改嫁换六个救命的馍。特定环境下,这种荒诞的绝情似乎也有了不合理的合理成分。

刘庆邦从个人的记忆出发,写出了那个饥荒的年代人们面对饥饿的切肤体验,那种撕心裂肺的痛感直逼人心。刘庆邦用他的文字让我们记住了

---

① 刘庆邦:《逃荒》,见《风中的竹林》,求真出版社2012年版,第225页。

这段历史,同时也让我们的民族保存了这段历史。

作家关注灾害,是知识阶层责任意识的体现,文学反映灾害,是其社会使命的内在要求。作家对于灾害的记录见证、想象反思或隐喻哲思式的多样书写,融入河南历史和文学的发展整体,成为另一种历史形态和重要的文学主题,对河南形象的自我呈现和文学河南的印象构建具有切实意义。

二、水深火热的矿井

矿工们生活的世界是一个典型的底层世界,底层在这里具有双层的含义,一是指矿工们的工作环境在地底深处,二是指矿工们物质生活条件的贫窘、精神生活的贫瘠。刘庆邦经历了八年的矿区生活,经常下井和矿工兄弟们在地下千米深的地方摸爬滚打,井下的好多种工种他都做过。最初下井时,他常常感到耳膜像被加厚了好几层,对于井下工作的危险性他也是感同身受,既遇到过冒顶,也遇到过瓦斯爆炸,以至于"现在想起来我还有些害怕"。刘庆邦曾坦言:"我觉得自己不算一个好矿工,每次下矿井就发愁什么时候能上去,每次能够平安回家,我就会觉得取得了很大的胜利一样。"[①]由于自己也曾在漆黑一团狭窄闷热的井下体验过渗水、矿压、起火、瓦斯爆炸等随时危及生命的焦虑,由于长时间和矿工兄弟们密切交往,刘庆邦在作品中真实地描摹和再现了改革开放以来矿工物质生活的匮乏、生存的艰辛、劳作的艰苦与矿难等带给矿工家属的创伤。

(一)底层矿工贫穷的生存状态

矿工们的工作环境在地底深处,这是一个独特又复杂的存在,这里缺乏新鲜的空气,也没有阳光。"窑下到处都是黑的,水是黑的,空气是黑的……

---

① 范宁:《刘庆邦:写煤矿写乡村,写的还是人》,载《长江文艺》2014 年第 5 期,第 98 页。

空气是死滞的,散发着腐朽坑木的气息和毒蘑菇滑腻腻的气息。""矿工和大自然的抗争是最直接、最严酷的。井下的瓦斯爆炸就是雷电,透水就是洪涝,落大顶卷起的飓风就是横扫一切的台风。"①来到矿区的"走窑汉"们整日在黑暗的地下劳作,暗无天日的煤窑巷道里处处充斥着危机,稍有不慎便会成为被活埋的人。

中国煤炭行业的发展大致经历四个阶段:第一阶段是二十世纪四十年代末至八十年代,为计划经济时期;第二阶段为二十世纪八十年代至九十年代中期,为粗放发展时期;第三阶段为二十世纪九十年代末至二十一世纪初,为煤炭行业整顿治理时期;目前处于第四个新阶段。刘庆邦在作品中为我们展现的多为第二、第三阶段的煤矿行业发展状况:煤炭行业的现代化发展还不够,矿工的工作环境相对较为恶劣。

工作环境恶劣,劳动强度大。井下都是苦力活儿,又脏又累,不管是打眼工、采掘工、装卸工、运输工等没有一样工作是轻松的,且工作时间特别长。大型煤矿工人工作是八小时,但是加上上井下井的时间差不多也要十个多小时,而当时小煤矿的矿工更为辛苦。在小说《卧底》中,实习记者周水明所卧底的小煤矿窑工是两班倒,一个班干十二个小时。在《别让我再哭了》中的窑工一天要干十四个钟头的活儿,连饭都不让工人吃饱,每个窑工一到窑厂都被人圈起来,周围有铁丝网,有狼狗,日夜还有打手把门。我们可以看出当时矿工的劳动强度之大,工作环境之恶劣。

物质条件差,居住条件简陋。《卧底》中的实习记者周水明为了能够拿出一篇有重量的稿子,来证明他的实力,在新闻行业站得住脚,他装扮成一个打工的农民工,深入一个小煤矿去卧底。窑主让他在窑洞里住,"窑洞里

---

① 刘庆邦:《逃不过自己》,载《啄木鸟》2004 年第 8 期。

浊气逼人,有汗酸味,臭脚丫子味,尿臊味,还有一种说不出来的恶腐味。窑洞里面不通风,那些浊臭味似乎已经囤积得很多,很结实,推都推不开。加上窑洞里潮得厉害,把那些能量本来已经很大的浊臭进一步渲染着,膨胀着,增强着,使浊臭变得滑腻腻的,哪怕你闭着嘴巴,屏住呼吸,无孔不入的浊臭之气也会钻进你的肺腑里。周水明被混合型的难闻气味噎得喘不过气,差点呕出来。窑洞里没有床,地上铺着一层谷草,窑工们就睡在谷草上。每个窑工的被子都很黑,看去像一堆堆的煤。铺边胡乱扔着一些沾满煤尘的窑衣,也像是煤。墙角的瓦碗里,或扔着半块馒头,或残留着几口米饭。一两只老鼠大模大样地爬进碗里啃吃剩饭"①。

随时面临身体创伤。煤瘢,这是矿工的特殊标记。煤矿工人常年在地下与铁器、石头、火药打交道,几乎每个人的身上都受过伤,都被打上了煤的烙印。矿工在井下受伤时,伤口很容易沾上煤粉末,伤口愈合后,煤末就嵌进皮肉里去了,煤尘渗透,会形成蓝色的煤斑,还带那么一点绿。矿工身上的煤瘢没有固定的形态,看什么像什么,煤瘢镶嵌在哪个部位的都有,可以说无处不在。这些烙印一经打上,就将伴其终身,这是只属于矿工的特殊标记,无论他们走到哪里,只要是同行,一眼就把他们认出来了。

另外,矿工长期在地下采煤,卡在喉咙里的煤,一部分咳出来了,一部分就吸进了肺里,侵占了肺泡,久而久之就患上了尘肺病,这是矿工最常见的职业病。《哑炮》中的老矿工江水君就死于尘肺病。因为"积存在江水君肺泡里面的煤不是粉末状态,而是完全纤维化了。换句话说,他的两叶肺已不是正常人的人肺,基本失去了呼吸的功能,肺被异化成了两块沉沉甸甸的煤。把这样的肺拍成胶片,迎光一照,可见两块肺是乌黑的。把这样的肺制

---

①　刘庆邦:《卧底》,四川文艺出版社 2007 年版,第 17 页。

成剖面标本,横断处如起伏着道道蕴煤的山脉"①。

"患尘肺病的人经不起忽热忽冷,下雪天寒气袭来,康新民连用来咳嗽的气力似乎都没有了。不管是站着,还是趴着、跪着;不管他是头朝上,还是头朝下,都呼不出多少气,也吸不进多少气。他把嘴巴和鼻孔都张到最大限度,甚至连身上的汗毛孔好像都打开了,仍无济于事。他的脸憋得黑紫,紫得他的脸好像也变成了一块煤。由于憋气,他的眼珠子越鼓越高,似乎眼看就要从眼眶里掉下来。他的眼睛还能看见自己的老婆,还想跟老婆说话,就是说不出话来。"这是在《乌金肺》中,患有三期尘肺病的窑工康新民在尘肺病后期的痛苦状态。

溽热潮湿的煤窑被黑暗笼罩,高强度的劳动以及恶劣的劳动条件无情地摧残了矿工的身心健康,他们恐惧下井但迫于生计又无可奈何,在枯燥和繁重的劳作中备感窒息。《离婚申请》中矿工李云中在井下工作时被突然掉下的铁梁砸到,脑袋瞬间被穿透敲漏了。《光明行》中的凌志海被哑炮炸瞎了双眼,另外一个矿工老孔两个膝盖也被炸穿了。《踩高跷》中乔明泉的生父丧命于透水事故,害怕矿井的他为了生计不得已下井,却在矿难中砸断了腿。

《福利》中窑主许给冒死挖煤以求生存的矿工们的福利,竟然是代表着死亡的棺材,面对不祥的棺材,矿工由恐惧到亲近,当棺材成了流浪汉的避难所,卖淫女的交易地时,刘庆邦用其黑色幽默般的手法将底层生存的卑微凄凉撕开给我们看。

(二)躲不开的悲剧:矿难

煤矿生产总是伴随矿难的发生,国家煤矿管理部门每年都会在安全生

---

① 刘庆邦:《哑炮》,载《北京文学》2007 年第 4 期,第 29 页。

产会议上公布百万吨死亡率。刘庆邦在小说《别让我再哭了》一文中曾提及:"一个大矿,地下巷道纵横,面积跟一个小城市差不多,每年都要死几个人。"

1996 年 5 月 21 日,平顶山十矿发生瓦斯爆炸事故,造成 84 名矿工死亡,68 名矿工受伤,时任《中国煤炭报》记者的刘庆邦马上赶赴平顶山。当时矿务局统一安排,把工亡矿工的善后处理工作分散到下属的 20 多个单位,刘庆邦以八矿的一名工作人员的身份跟随八矿的同志,在平顶山体育宾馆不分昼夜地去听工亡家属们的哭诉,感情受到强烈的冲击。随后刘庆邦写成了报告文学《生命悲悯——平顶山十矿重大瓦斯爆炸事故部分工亡矿工家属采访笔记》,以他特有的感受展现了人们的生命悲悯情形。

"因为煤矿经常坍塌,矿工随时都有可能会死,他们会说:今天晚上把鞋脱在井上,不知明天还能不能穿;今天把你搂在怀里你是我老婆,不知明天还能不能搂你做老婆。在他们跟矿主签的合同里就清楚订明断一只手赔偿多少钱,断一条腿又赔多少钱,他们将自己出卖了。"[1]这是对矿工井下工作所面临的生命危险的真实写照。资料显示:"以每百万吨煤炭产量的死亡率计算,在二十世纪的最后 25 年,国有煤矿的死亡率下降了,其中,八十年代的下降最为明显。1979 年,国有重点煤矿的死亡人数是 2183 人,地方国有煤矿的死亡人数是 1970 人。到 1990 年相应的数字分别降到了 978 和 1016 人。"[2]这是国有煤矿的情况,小煤矿的矿难死亡人数更是触目惊心。在小煤窑,利益至上成为窑主的处事原则与终极目标,因而矿工的生命安全更是没有任何保障的。"死两个人算什么! 吃饭就要拉屎,开矿就要死人,怕死就

---

① 刘庆邦:《不看重眼泪是不对的》,载《出版参考》2006 年第 23 期,第 12 页。

② 吴敬琏:《比较》,中信出版社 2004 年版,第 34 页。

别到窑上来!"①在小说《福利》中有这样的情节:窑口放着棺材,这是窑主为窑工们预设的福利待遇,也叫看得见摸得着的精神安慰,为的是解除窑工们的后顾之忧。这个情节是内蒙古西部山区某煤矿的写实再现。一溜的棺材,齐刷刷地一字排开,形成了强烈的视觉冲击,死亡如此靠近,令人惊颤。同时,窑主还和窑工签订合同,规定手指头断一根五百元,断十根一千五百元,用血淋淋的数字和金钱衡量生命的价值。

《离婚申请》中,李云中在井下被砸死,工友们说:"不行了,李云中的脑袋漏了。"在这里,作家刘庆邦特意对"漏"字进行了一番解释。脑袋被砸出了一个洞,血从洞里流出来,止不住地流,不快不慢的平静,如同凝固了的画面,但是血不会一会儿就流尽了。从血流不止的惊悚,到生命如水的流逝,犹如电影慢镜头的回放,呈现出生命的原始状态。一个"漏"字,一个看似轻巧、随便的比喻,尽显矿工生命的卑微与廉价。

《一块板皮》里被石头和顶板砸死的王军山生前是矿上的先进典型,死后却无人问津。骨灰盒在太平间放了三十多年,最后还是曾经一起工作的矿友用一块板皮作为墓碑,为他立了名。《黑庄稼》里168名矿工在一次瓦斯爆炸中遇难丧生。《走进琥珀》中的"他"在黑风洞一样的隧道里挖煤,突遇石头砸落,强忍粉身碎骨的剧痛,面临毫不通融的泥沙矸石,没有哭泣和叫喊,静待死亡的降临。而《踩高跷》中乔明泉的生父则丧命于透水事故。

矿难摧残着窑工的生命,给家人带来了难以言说的痛楚。"众多生命不可逆转的丧失,无数家庭命运的转折,使亲人的生变成了向死而生,对今后的生活和人生的尊严构成了严峻的考验。"《09号矿灯》中田春好的父亲田开阳为了拯救井下百余名矿友免遭毒烟的威胁,冒险只身一人前去通报消息,最终光荣牺牲。田春好只能远离家乡,只身一人来到矿区讨生计,无亲

① 刘庆邦:《无望岁月》,中国工人出版社2003年版,第47页。

无故,孤苦伶仃。

《车倌儿》中宋春英的丈夫在煤窑下被毒烟熏死,她没有了生存的依靠,整个天都塌了。但是丈夫死后,宋春英和儿子在窑上没有走。窑上停产整顿四五个月,宋春英成天一点事干都没有,但她仍然坚持不走。她的老家在四川,离窑上很远。老家就那么一点点山地,每年打那么一点粮食,恐怕连供孩子上学也不够。

一场矿难所造成的并不仅仅是经济损失,它带来的还有精神的无限痛苦。2000 年冬天徐州大黄山煤矿透水事故的采访现场也是触动刘庆邦心灵的一次采访。矿工家属在大雪纷飞的雪地里站着,他们都不说话,也不敢哭,表情都很凝重,那种父盼子、妻盼夫、儿盼父的场面,给人一种说不出的震撼和疼痛,短篇小说《雪花儿那个飘》的素材就来源于此次事故。刘庆邦曾说:"一个矿工的死亡所造成的精神痛苦是广泛的,而不是孤立的;是深刻的,而不是肤浅的;是久远的,而不是短暂的。"①

三、失土与待业的痛楚

自古以来,在家守着老婆孩子安安稳稳过日子是千万中国农民的传统理想。新旧农民的不同,大概就体现在对土地的依恋与否上:老一代农民是不得已才出来的,他们有着深深的"归根""恋土"情结;新一代农民却是自觉地挣脱土地,希望另辟天地、重新扎根——到城里去。

(一)到城里去:失去土地的无依感

二十世纪八十年代末九十年代初,伴随着城镇化和市场化程度的加深,很多农民开始涌向城市。中国传统的农耕社会"以农为本""重农轻商"的思

---

① 刘庆邦、高方方:《在现实故事的尽头开始书写——对话刘庆邦》,载《百家评论》2013 年第 2 期,第 43 页。

想在一定程度上影响了农业人口的流动,农民一辈子与土地打交道,祖祖辈辈过着面朝黄土背朝天的生活。但随着城市化进程的进一步加快,城乡贫富差距在进一步拉大,农村的可耕地逐渐被城市建设和工业用地所挤占,同时机械化的生产也解放了大量的农村劳动力。为了寻求新的生存之道,一些农民从土地上剥离出来,纷纷涌向城市讨生活。如《秋风秋水》中写道:"徐海清在失踪之后,他的妻子雇人在河里试图打捞他的尸身时,前来围观的人并不多,不过三个五个。现在的乡下哪有多少人呢,能动换儿动换儿的,差不多都到城里打工去了。"①

但是对于一些进城务工的农民工而言,城市并不是幸福的开端,而是另一种苦难的开始。很多初次进城的农民工没有一技之长,只能从事繁重的体力劳动,收入低微、地位低下,逐渐沦落为城市的底层。刘庆邦关注农村农民生活的疾苦,不仅看到了农民物质生活上的贫困,而且关注到了农民内心的挣扎与痛苦,尤其是农民工进城后所遭遇的种种困难,他们面临着物质上和精神上的双重困境。

《月光依旧》中的叶新荣,靠着丈夫"农转非"来到了城里。出行前,乡亲打趣叶新荣说:"等她进了城,成了国家的人,风刮不着,雨淋不着,日头晒不着,脸捂得跟屁股一样白,眼睛长在腔沟子里,说不定怎样小瞧妯娌们呢,恐怕连用眼夹夹都不夹。"②但叶新荣进城后并没有过上衣食无忧的幸福生活,日子反而更加拮据和窘迫,连基本的物质条件都不能满足。矿上没有分给他们房子,只好自搭棚屋;丈夫所在的国有煤矿因亏损发不出工资,一家人连温饱都成了问题,没有耕地,只能看着空虚的米缸干发愁。为了解决现实生活中的物质窘迫,她只能重新回归土地,农村的家是回不去了,所以她带

---

① 刘庆邦:《秋风秋水》,载《十月》2006 年第 3 期,第 83 页。
② 刘庆邦:《家园何处》,上海文艺出版社 2003 年版,第 157 页。

着女儿在矿山上开辟了一片贫瘠的"新土地"。当重新回到土地上的时候，她感慨万千，赞美说世界上啥也没有土地好。这种窘迫的生活让她无数次陷入迷茫之中："这算什么一回事呢？我是个城里人还是农村人呢？"进城的失落与失却乡土的失落同时发生，在进城梦破的同时，乡土也成了回不去的精神福地。

《到城里去》中的宋家银，一心想过上城里人的生活，丈夫当临时工的预制板厂倒闭之后，她仍不停地催促丈夫外出打工。对于没有知识、没有技能的农民来说，要想在城里找到一份正式工人的工作简直比登天还难，他只有选择在城里捡破烂的生活，每天一手提着一只脏污的蛇皮袋子，一手握着一根铁钩子，穿行于城市的楼群之间扒垃圾、捡破烂。当宋家银带着无限的憧憬来到城市以后，她才亲身体会到农民要想变成城里人的艰难程度，对城市有了新的认识：城市是城里人的。你去城里打工，不管你受多少苦，出多大力，也不管你在城里干多少年，城市也不承认你，不接纳你。

《麦子》里的建敏在城市的一个小餐厅打工，这里并没有她想象中的那般美好。当她看到酒店门口有一块空地时，突发奇想将从家里带来的小麦种子撒在上面，以解念乡之苦。

《月子弯弯照九州》中的罗兰，只身一人来到城市，无依无靠，即使有人"帮助"她，也是利用她的单纯、善良和美貌，最后上当受骗却浑然不觉，无形中成了她所向往的都市的牺牲品，最终一步步毁掉自己的人生。

在《红煤》中，刘庆邦对被城市随意拒斥的农民矿工及其家属的生存状况进行了深入揭示。农民矿工宋长玉因追求矿长女儿唐丽华而被矿长唐洪涛随意开除；因矿难而精神出问题的孟东辉在合同期满后被矿上退回了农村；因矿难而失去丈夫的遗孀，矿上也不做任何安排，妻儿只能返回原籍或是自谋生路。

在《胡辣汤》中，矿工羊的老婆和三个孩子跟随羊"农转非"来到了矿上，一家五口仅靠羊的死工资糊嘴都紧巴，别说孩子上学了，羊的老婆就在单身矿工宿舍的墙根旁开了一个简易的小吃店赚个活便钱，老婆烧胡辣汤，妻妹小慧烤烧饼。当小慧遭到别人的侮辱时，羊的老婆说气话要回老家，但是"羊知道老婆无处可去，老家的户口注销了，责任田已被收走，从一出来就断了退路"①。

失去土地的底层农民在城乡之间游离，寸步难行，上演着各种各样的不幸："有的在工地上干活被卷进搅拌机搅成了肉酱；有的在城里犯了罪杀了人被枪毙掉；更多的是无奈捡起了破烂。他们居住在臭烘烘的工棚里，穿着从垃圾箱里捡来的破衣服。"②当宋家银看到农村妇女随手捡起城里人晾在院子里的衣服而被误会要求下跪的时候，她沉默了，她"不知道那妇女的膝盖疼成什么样，她还没有下跪，就似乎觉得自己的膝盖已有些隐隐地疼了"③。

在这类作品中，刘庆邦写出了农民渴望进城但却又被城市所拒绝的尴尬与困境。"进城农民行走在农耕文明向城市文明转型的历史过渡地带，他们有幸成为中国农村城市化的先行者，又不幸成为两种文明嬗变之间的历史'中间物'。"④

（二）在城里：待岗待业的痛楚与无奈

失去土地的农民在城市生存窘迫，那么那些本身出生在城里，或者是有

---

① 刘庆邦：《胡辣汤》，见《刘庆邦短篇小说编年（卷二）》，上海文艺出版社 2018 年版，第 167 页。

② 令狐兆鹏：《作为想象的底层——当代乡下人进城小说研究》，中国文史出版社 2013 年版，第 215 页。

③ 刘庆邦：《到城里去》，中国广播电视出版社 2005 年版，第 219 页。

④ 丁帆：《中国乡土小说的世纪转型研究》，人民文学出版社 2012 年版，第 66 页。

着城市人身份的待岗工人、待业青年,他们的处境又是如何呢?

《美发》中的矿工胡建敏,因所在的矿井被封闭,他只好待岗。他的妻子杨爱玉是跟着胡建敏"农转非"到矿上来的,在矿上只有户口没有工作,所以胡建敏是一家的经济支柱。待岗期间,矿上只给他们发很少的生活费,短期还可以维持,但面对没有尽头的待岗,家里的经济很快就陷入了危机,两个孩子学费生活费都成了问题。胡建敏只好每天扛上铁锹,到劳务市场找活儿干,却因为自己是少白头连给人放羊的活儿也没人让他干。无奈的胡建敏"双手抱头,先是把十指插进头发里,使劲揉搓,而后往下揪自己的头发。他的头发长得很结实,揪一次揪不下几根。他揪下来的头发都是白的。他把头发扔在地上,白发似乎很不屈,落在地上还在动。胡建敏想起妻子杨爱玉对他说的两个没想到……妻子的第二个没想到是:'我想着跟你到矿上享福来了,没想到一点儿福都享不到。'"①对于这第二个没想到,胡建敏承认,别说妻子没想到,他也没想到。他也很无奈。

《雪花那个飘》中老矿工的儿子徐海洋矿务局技校毕业,因为国营煤矿人事编制紧张且效益日渐下降,他在家已待业四年,等待矿上的分配。在一个大雪纷飞的白天,徐海洋的父亲在井下发生了透水事故,被困井下。父亲的被困使得徐海洋的心似沉到了井底一般,他每天都在大雪里等待,希冀着父亲能够平安归来。度日如年的四天过去了,徐海洋还没有等来父亲生还的消息,他强忍着泪水继续等待。但在等待的过程中,他的心里是矛盾的:一直待业的他一方面考虑父亲遇难工亡后,他不仅可以得到赔偿金,还可以顶替父亲参加工作;另一方面暗地里骂自己不孝。这对于一个长期待业的青年来说是情有可原的。父亲工亡可以给孩子带来利益,这是小说或者说

---

　①　刘庆邦:《美发》,见《风中的竹林》,求真出版社 2012 年版,第 209 页。

是生活的残酷之处。故事的结局在意料之外却又情理之中,在被困的第七天父亲得救了,徐海洋的心情极其复杂,父亲的生还是天大的好事,但是自己的工作泡汤了、女同学的事也告吹了,他失声痛哭起来,也不知是为了父亲获救激动而哭还是为自己希望破灭而哭。两相矛盾的心理描写既丰满了主人公徐海洋的形象,又反映了底层矿工残酷的生存环境。

《别让我再哭了》运用闹剧中蕴含悲剧的荒诞手法,讲述了在某煤矿中,矿上工作人员在处理矿难事故后续事宜时,竟然用哭的方式去安置赔偿遇难者家属的荒诞事。在解决新发生的事故时,主人公孙保川再一次用哭的本领,却发现遇难者是为了让儿子获得顶替自己工作的机会而主动放弃生命,从而牵出来当年孙保川自己的父亲也是因为同样的原因死去的真相,故事的表面是一出闹剧,而轻松戏谑的背后是底层生存的艰辛与无奈。

《晚上十点:一切正常》中的李顺和原是国有大矿的瓦斯检查员,因矿上连续六个月发不出工资,生活所迫只好趁下班到附近小煤窑背煤。后来因上班时间到小煤窑背煤时恰巧井下发生瓦斯爆炸,李顺和被矿上开除,他的儿子李同辉也在这场事故中丧命,儿媳视他为仇人,换掉了家门的锁。失去工作、失去儿子、失去家的李顺和只好再次返回小煤窑背煤,但又因没法帮窑主借到原来矿上的瓦斯检查器,连在小煤窑背煤的工作也被停止了。"李顺和无处下窑,他身上的煤却越来越多,手上,脖子里,脸上,全是煤垢,仿佛一揭就能揭下一层。他乱蓬蓬的头发里也储满了细煤,他往哪里一躺,头部的地上就留下一层乌金一样的煤粉。有人看见他在矿上堆积如山的煤堆边掏洞子,洞子塌了,他再掏一个。哪一个不塌,晚上他就蜷在里面睡觉,睡完觉他把洞子弄塌,下一次睡觉前他再掏。他像是找到了新的乐趣,并乐此不疲。"①家庭的破裂让李顺和变成了无家可归的流浪汉,工作的丢失让他失去最后的寄托,当所有的苦难无法支撑之时,最终导致了他的精神崩溃,成了精神病患者。

失去土地、失去工作的矿工的处境让人心生悲悯,他们不仅面临着物质上的困顿,也忍受着精神上的折磨与煎熬,面对冷酷的社会现实,他们只能默默承担着这份苦痛。

四、失怙与被弃少儿的成长叙事

在中国的传统文化中,作为长子在家庭中有着和弟弟妹妹完全不同的身份和责任。"小户主"是刘庆邦在他的"无父文本"中塑造的最为典型的一类形象。长兄如父,在弟弟妹妹面前担当着父亲一样的责任,父亲的早逝使生活的重担落在失怙少儿柔弱的肩膀上,也压在他们弱小的心坎上。在中国现当代的作家长廊中,少年失怙的作家不在少数,鲁迅、周作人、茅盾、巴金、老舍、郁达夫、萧乾、张承志等,他们对失怙少儿的生活有着深切的体验,但在他们的作品中却很少塑造失怙少儿的形象,也许是作家们不想回忆这段苦难与不幸的经历。

刘庆邦九岁丧父,失去父亲的刘庆邦作为家中的长子,母亲把他推到了户主的位置,遇到大事都要征求一下他的意见,希望他能够早日为这个家支撑门户,这样的一种成长经历给刘庆邦留下了深刻的记忆。他认为:"写作是一种回忆状态,想象是在回忆的基础上展开的,是记忆的增长和延伸。从这个意义上讲,乡村童年生活的苦难经历当然是我创作的动力和源泉。"②所

---

① 刘庆邦:《晚上十点:一切正常》,见《刘庆邦短篇小说编年(卷四)》,上海文艺出版社 2018 年版,第 13 页。

② 北乔:《刘庆邦的女儿国》,社会科学文献出版社 2006 年版,第 301 页。

以刘庆邦在他的作品中,为我们塑造了一系列幼年失怙的长子形象,如《远足》中的金生、《少男》中的河生、《拉网》中的"我"、《户主》中的"我"等。父亲去世,家庭的重担就落在了长子的肩上,他们过早地承担起家庭的责任、过早地成熟,也极为敏感。

(一)被推上户主位置的无奈与紧张

刘庆邦作品中的失怙少儿,不过是一群十岁左右的孩子,如果父亲还活着的话,他们本该过着家里什么事都不用管的生活。但是无论年纪多小,只要是长子,父亲去世后,作为长子的他们不得已要用稚嫩的肩膀承担起"户主"的责任。

《户主》中的"我",因为父亲的早逝,母亲就让他代理父亲的职务,不但生产队的账本上换上了他的名字,而且家里一切重大的事情都由他说了算。如决定大姐的婚事、是不是该给父亲上坟等家里一切大事的决定权都由长子"我"来承担。"少年丧父和母亲的推举,使我养成了病态般的自尊",这样的角色给年幼的"我"带来一种孤立无援的忧郁心情。"我"把这种心情带到了学校里,很少主动和同学说话,别的同学和"我"说话时,"我"的回答也尽量简单,在表面上给同学和老师们留下了一个郁郁寡欢的印象。

《拉网》中的"我",虽然是一个未成年的孩子,但是父亲不在了,在不允许妇女参加捕鱼的风俗下,"我"只能作为一家之主参加拉网。堂叔将拉网捕鱼的事通知"我"时喊的是学名而不是小名,"在我们家乡,长辈的人一旦开始叫你的大名,事情就比较郑重了,预示着他们将把你当大人看了"。以前"我"曾跟在父亲身后参加过拉网,知道这是一件很有趣的事情,但是当"我"被指派视为其中的一员而不是配角时,就意味着承担了一份责任,使原本还是少年郎的"我"高兴不起来了,心事重重,而母亲的郑重其事让"我"感觉到了更大的压力。在捕鱼的整个过程中,"我"不断地因为年纪小、使不上大力气而感到惭愧、自卑和敏感,甚至差点流泪。在第二次捕到鱼,切鱼分段的时候,母亲去了,母亲分回来的鱼不是鱼头部分,也不是鱼尾部分,而是鱼的中段,这一细节其实强调了"我"在村里家族中的地位。在吃鱼时,母亲对姐姐说:"这鱼是你弟弟逮的,吃吧。"对妹妹和弟弟说:"这鱼是你哥哥逮的,吃吧!"这两句话具有特别强的仪式意味,母亲借此有意识地来树立"我"类似于父亲的家长式权威。

(二)迅速成长的责任感

生活的不幸,使失怙少儿迅速成长,使他们对人生、对社会、对自我的认识都会有突飞猛进的变化,最后脱去幼稚的胎骨,成熟深沉起来,成长为一个个"小大人"。

刘庆邦的这类成长小说往往描述青少年在一个重大事件发生之后,主人公身心迅速成长的过程。刘庆邦笔下的失怙少儿,由于父亲逝去后某个仪式性事件(诸如定亲、远足、拉网等),其人格心理与思想发生突变的同时,他们身上更激发出一种蓬勃旺盛的生命力和积极向上顽强不屈的可贵精神。

《户主》中的"我"因姐姐的亲事蒙受巨大委屈,但从此变得勇于承担家庭责任了。"母亲不会想到,她把家庭的重大责任交给儿子承担,她的未成年的儿子会蒙受这么大的委屈。我的表现还算可以,回到家里,我没有提起过自己所受的委屈。你既然把责任拉过来了,就该咬紧牙关负责到底。"[①]

《远足》中的金生,在表嫂的娘家受到委屈后,眼里泪汪汪的,原本打算回家见到母亲以后再大哭一场,发泄自己内心的委屈和不满,但是"现在他改变了主意,回到家坚决不能再哭了,他要做得高高兴兴地回家见母亲,要

---

① 刘庆邦:《户主》,见《刘庆邦短篇小说编年(卷五)》,上海文艺出版社2018年版,第212页。

让母亲知道,她的儿子出门远行之后,已长成一个大人了"①。

《美少年》中的文周,父母早逝,家里只剩下自己和外出打工的姐姐,孤苦无依的他不堪容忍村里人对他姐姐的恶意诋毁。体弱敏感的他觉得自己作为家里唯一的男子汉,应该承担起一家之主的责任,他必须肩负起捍卫家族尊严、捍卫名誉的责任。

《少男》中的河生,父亲去世时,家中的兄弟姐妹,父亲谁都没喊,唯独喊了河生。父亲什么都没交代,只是深沉地看了河生一眼,这一眼意味深长。从此作为长子的河生,就要顶替父亲承担起"户主"的责任。"队里分红薯时,会计需在分给他家的那堆红薯中挑一个最大的红薯刻上户主的名字,母亲郑重提议,户主不再刻父亲的名字了,换上他的名字。"他心里明白这是家里人在有意地锻炼他,逐步确立他的长子地位。十二三岁的他,虽然对于家中遇到的事情还说不出什么像样的主意,但是他开始长心了,有事无事都蹙着眉头,一副小父亲的样子。他也学会沉思、学会权衡、学会决断。当姐姐遭退亲后,他心里突然升起一个庄严的念头:从今以后,要好好读书,要让母亲和姐姐不再受委屈,为家里争气。著名评论家雷达认为"《少男》这个作品,首先好在它善于描绘一个处在青春期的少年因自尊和责任而引起的苦闷和烦恼"②。当一个少年人开始学会掩饰自己的真实情感,学会善意地撒谎,在与成年人对抗中逐渐懂得他们为人处世的方式的时候,他开始成长,也即社会化,这是背后的责任意识起作用,因为不想让在乎自己的人受伤,他们勇敢地承担起了那份属于自己的责任。

(三)失怙后的敏感

幼年失怙,是人生的一大悲剧。父亲的早逝使生活的重担落在失怙少

---

① 刘庆邦:《远足》,见《刘庆邦短篇小说编年(卷三)》,上海文艺出版社 2018 年版,第 113 页。

② 刘庆邦:《刘庆邦短篇小说选(点评本)》,作家出版社 2012 年版,第 74 页。

儿柔弱的肩膀上,也压在他们弱小的心坎上。从此,他们再也不能像别的孩子一样享受父亲的疼爱与呵护,不能无忧无虑地嬉戏玩耍。幸福平静的乐园一去不复返了,苦涩而沉重的生活使他们原本明朗的天空变得阴云密布,使他们满怀希望的心灵变得茫然失措,忧心忡忡。"过早的丧父使我们的心受了伤,并使我们变得心重,这一点要影响我们一辈子,我的小说不知不觉就打上了这种心灵的烙印。"①

《远足》中金生随表哥到他家住一阵子,虽说表哥家离他家仅有十几里地,但是从未出过远门的金生感觉就是千里之行。父亲的死让金生变得异常敏感,当到了表哥的村庄,村里人议论他就是死了父亲的孩子时,金生意识到这件事情这么远都被人知道了,于是自卑感涌上心头。这也许就是成年人无意识的一种交流,但是他们不知道一些话语说出口会对少年的心灵造成什么样的伤害,不懂得少年的自尊,他们也渴望被尊重。

《美少年》中的文周因父亲的死、姐姐的沦落而被村民无情地耻笑和欺辱,他感到屈辱和愤怒,一次次与赖货进行较量,先是在暗夜里砍倒了这个懒汉地里的玉米,被发现后弱小的文周与赖货在玉米地里展开了一场较量,也走向了无谓的死亡。

由于过早涉入成人世界,这群失怙少儿对周围人们的一举一动,一言一行都极为敏感,他们既盼望得到众人的同情又害怕受到别人的伤害,显出过分自卑。

(四)被弃少儿的无所归依

除失怙少儿外,刘庆邦还将关注的目光投注到了被收养的儿童身上,向我们揭示了非血缘亲子关系的脆弱性及被弃孩子的自卑与敏感。《少年的

---

① 北乔:《刘庆邦的女儿国》,社会科学文献出版社 2006 年版,第 298 页。

月夜》中的小帆和小瑞就是一对被抱养来的孩子,小帆是父亲从上海抱回来的别人的婚外子,小瑞是非婚生女。小帆和小瑞虽然乖巧、懂事,但在被收养的家庭中却没有得到父母的疼爱。养母李冬云动不动就给两个孩子使眼色,养父的软弱无能和不敢反抗丝毫保护不了两个孩子。小帆在偶然得知自己是从上海要来的孩子后,既有不知自己是谁的迷惑,又在家庭中得不到丝毫温暖,甚至不得不帮母亲向父亲掩盖母亲出轨的事实。看到同样被领养的妹妹小瑞被母亲打骂,小帆心里想帮忙却不敢帮。看透父亲收养孩子只是为了维系和妻子无法生育而破裂的夫妻关系后,心灰意冷的小帆最终走上了自杀的绝路。成年人的狂欢却给无辜的孩子带来了无尽的伤害,被收养家庭家长的失格也给收养儿童带来了难言的心灵伤痛。

刘庆邦的小说显示着悲凉的基调,他的或倔强或温柔的文字中充满了对底层人的关心和同情,同时透露着他悲悯苍生又无可奈何的情感。他通过对底层人物命运的悲剧性展示,传达着对底层人的关怀,而悲剧命运“就是悲剧人物的全部可能性的充分实现。在戏剧的发展过程中,人的可能性的实现逐步展示出来,而终于落得一场空”①。

---

① 苏珊·朗格:《情感与形式》,刘大基等译,中国社会科学出版社 1986 年版,第 360 页。

第四章 底层叙事下的复杂人性

正如陈思和先生所言:"民间是一个藏污纳垢的形态。"有善、有美就有与之对立的丑、恶的存在,唯有如此,才是一种真实的底层民间生活。作家只有深入生活的实际,沉入底层,才能真正发现底层生活的种种形态。评论家邹平认为:"底层写作的特点是自己亲身经历体会深刻,才可能写得好。如早年的艾芜的《南行记》,日本作家五木宽之的一些作品。"①刘庆邦在农村生活了十九年,在矿上待了八年,深受乡土民间文化的浸淫,农民出身的他对民间的人物喜怒哀乐价值判断与道德标准都了如指掌,一直坚守着以平民的立场写底层人性的闪光点和劣根性,表现出他对国民性的极大关注。

一、对国民劣根性和乡村固有法则的批判

正因为底层具有"宗教、哲学、文学艺术的传统背景,用政治术语说,民主性的精华与封建性的糟粕交杂在一起,构成了独特的藏污纳垢的形态,因而,要对它作一个简单的价值判断,是困难的"②。从此角度来讲,对农村的价值判断是复杂的,不可一味地歌舞升平,予以歌颂,还必须将"藏污纳垢"

---

① 朱小如:《审美与正义:"底层写作"的困惑》,载《文学报》2006年10月15日。
② 陈思和:《中国文学关键词十讲》,复旦大学出版社2002年版,第128页。

的底层放置于阳光之下示众,对之进行批判。因而,刘庆邦作品中写了恶的东西,但他在写人性之恶时,带有一种明显的启蒙与劝善目的,表现了他对底层极大的关怀。

（一）书写看客——对国民劣根性的批判

新文学的伟大先驱鲁迅先生一直致力于对国民性的批判与建构,他一针见血地指出了封建礼教吃人的本质。在几千年中国封建社会的长期统治下,更多的中国民众死在了"无主名无意识的杀人团"的虐杀之中。他指出:"群众,——尤其是中国的,——永远是戏剧的看客。牺牲上场,如果显得慷慨,他们就看了悲壮剧;如果显得觳觫,他们就看了滑稽剧。"① "只愿暴政在他人的头上,他却看着高兴,拿'残酷'做娱乐,拿'他人的苦'做玩赏、作慰安。"②

刘庆邦继承了鲁迅对国民劣根性的批判,揭示出了底层民众"看客"的丑恶嘴脸,这一麻木、无聊的看客群体,在很大程度上促成了作品中悲剧的发生。

《平地风雷》中,在一群冷漠无聊的"看客"的煽风点火下,酿造了队长和货郎的惨剧。刘庆邦说,也许队长不愿意过分整治货郎,货郎一开始也没有想到打死队长,但由于社员们的推动,他们都有些身不由己,一步步走向毁灭,完成别一种人生悲剧。

"村里人传说,货郎要做队长的活儿。"在货郎和队长未出场前,这些底层的民众就在相互传说着,并期待着悲剧的上演。当队长质问货郎为什么来上工并且要求他回去时,"队员们都停止扒粪,瞪大眼睛看着队长和货郎

---

① 鲁迅:《娜拉走后怎样》,见《鲁迅全集(第一卷)》,同心出版社 2014 年版,第 84 页。

② 鲁迅:《暴君的臣民》,见《鲁迅全集(第二卷)》,同心出版社 2014 年版,第 46 页。

的一举一动。粪堆那边的人赶紧转过来了,他们担心粪堆挡住视线,会漏看一些动作性很强的细节。没有一个人说话和咳嗽,场面有些静。只有一个社员很快地瞥了一眼东边的启明星,像是通过记启明星所在的位置记下本村重大事情即将发生的大致时间"。当货郎并未听从队长的命令反而拿着钉耙冲着队长走过去时,队员们高兴了:"看来今天有戏! 大家心里有些惊喜的暗叫。"然而故事并未像社员同志们所期望的方向发展,货郎把钉耙扒在粪堆上了。"他低着头,干得很专心的样子,一点也不考虑社员同志们对他的期望和关注。别提社员们多泄气了,他们退回自己的位置,面对粪堆继续捣粪,有人无所指地骂娘,以发泄心中的不满。有人叹气,觉得一切都太无聊,太沉闷。"最后在张三爹、赵四婶这些麻木、冷酷的"好心人"的"帮助"下被逼无奈的货郎终于满足了这帮"看客"看"戏"的愿望,出手打死了队长。而"货郎用钉耙做队长的活儿,在场的其他人差不多都看到了,但没人说话,也没人出来制止。"队长死后,村民们群情振奋,莫名其妙地叫着,"像是过大年,像是围猎,又像是举行武装起义……人们蜂拥上去,一顿乱器,把货郎打倒了……不一会儿,货郎就被整得烂糟糟的,像捣碎的一摊红粪"。①

　　本可避免的悲剧,在群体之恶的策动之下终于上演了。物质的贫困已经让货郎难以维持生计,群体精神世界的荒芜就像催化剂一样将货郎逼上绝境。刘庆邦以犀利之笔,深刻批判了这帮冷漠无聊的乡愿式看客的麻木、空虚、冷硬与残忍。一群无聊的看客在释放群体之恶时,孤独的货郎是那样的可怜和无助,最终以两条生命为代价,满足了群体之恶挑起事端的欲望。

　　刘庆邦在揭示这种无聊冷漠的看客的同时,更深入地揭示了产生这类人物的文化土壤。书中对于村民的传统嗜好是这样写的:

----

　　①　刘庆邦:《平地风雷》,见《民间》,新疆人民出版社 2002 年版,第 197−198 页、206−207 页。

　　前年,有一家马戏团到村里来玩老杆,一个演员在几丈高的老杆上做动作。不知为何,村里人都觉得那家伙会从老杆上掉下来,要是掉下来,一定像摔没扎毛的老鸹儿子一样,死得透透的。有意思的是,那演员还真的从老杆上摔下来了。目睹者奔走相告,无不为之夸耀。然而,那演员拉到医院经过抢救又活过来了……大家顿时觉得无话可说。他们一直纳闷,那家伙从那么高的高处摔下来,怎么可能不死呢!有人甚至怀疑那家伙要了花招,用轻气功之类的玩意儿,骗得大家空欢喜一场。①

　　正是这种以别人痛苦为乐子的畸形心理,孕育了张三爹、赵四婶、王三爷等这帮别有用心、污浊龌龊的看客,也酿制了底层乡村的不幸。货郎给我们留下的,除了三个难以生存的可怜孩子的哀号声外,就是无尽的冰冷和深思。刘庆邦对于"无主名无意识的杀人团"的深刻揭露与无情批判,赋予了他底层叙事小说一种苍凉的历史深度与超凡的文化品格,较好地实现了现实性与超越性、政治性与文化性的有机统一。

　　刘庆邦2017年小说《谁都别管我》跳出了农村,讲述了挖煤工人潘新年为了讨要被拖欠的工资选择在临近年关时在煤业集团公司机关大楼楼顶跳楼的故事。关于工人用跳楼的方式来讨薪水的故事并不少见,小说的主人公潘新年选择爬上九层楼高的楼顶,站在女儿墙上,并非真的想自杀,只是想采用这样的一种方式引起注意,以达到讨薪的目的。开始,见多了如此场面的煤老板不屑地说潘新年是在演戏,任由他闹去,但是面对围观群众的七嘴八舌、煽风点火,怕真的闹出人命的派出所所长命令老板抓紧把拖欠的工资付给潘新年,最终,潘新年讨薪成功了。这看似是一个简单的讨薪的故事,且结局圆满,但是细细品味,那一群极具中国特色的"看客"让艰难的讨

---

① 刘庆邦:《平地风雷》,见《民间》,新疆人民出版社2002年版,第204页。

薪场面好似上演了一出闹剧,"看客"们的各种表现令我们深思,在潘新年"表演"的开始,"看客"们的表演也开始了,对于这部分的描写作者着墨较多。

得知潘新年因讨不到薪水要跳楼时,"楼下聚集有几十人。他们都仰脸看着潘新年,目光的焦点都集中在了潘新年身上。即将发生的事刺激着他们神经中比较兴奋的部分……有人颈椎有毛病,不能长时间仰着脸往上看,就回办公室拿出了充气脖套,套在脖子里。拿脖套时,他是跑着进去,跑着出来,像是生怕错过了目睹最精彩的那一幕。有人拿出了俄罗斯军用望远镜,把镜头对准潘新年的脸,在仔细观察一个绝望者的表情变化。……观众越来越多,楼前已是黑压压一片。迟迟不见潘新年跳下来,性急的人有些等不及了,有人冲潘新年喊:你怎么还不跳,磨磨蹭蹭地干什么,谁有那么多时间在这儿陪你!"并且有人还指导潘新年如何才能轻松地跳下来。所以当潘新年在楼顶上蹲下身子休息时,"别提人们多失望了"。等到潘新年情绪激动,表示真的要跳楼时,"观众再次兴奋和紧张起来,他们纷纷拿出手机,举过头顶,对着潘新年拍照、拍视频。……他们全神贯注,都希望能拍到自由落体的画面"。[①]

这很容易让我们想起鲁迅先生著名的短文《复仇(其一)》中那对裸身男女,面对越来越多涌过来看热闹的"看客",偏是静止在那里,什么动作也不做,不让那些看客们看戏。最后,潘新年"跺脚震了震鞋子上的落雪,走了",那些喜欢看热闹的"看客"们也只好无聊地走开,这样的结尾意味深长,在鲁迅看来,这就是对"看客"们最好的复仇。

(二)审视底层宗族势力——对以强凌弱的国民劣根性的批判

刘庆邦笔下的底层民众本身就是社会的弱势群体,陈思和指出:"民间

---

①　刘庆邦:《谁都别管我》,载《广州文艺》2017年第1期,第40—47页。

是在国家权力控制相对薄弱的领域产生的,保存了相对自由活泼的形式,能够真实地表达出民间社会生活的面貌和下层人民的情绪世界;虽然在政治权力面前,民间总是以弱势的形式出现,但总是在一定限度内接纳国家权力对它的渗透。它毕竟属于'被统治'的范畴,它有着自己独立的历史和传统。"①

在政权意识面前,民间的文化形态是弱势的,而在民间这一底层文化的内部,人与人之间的关系又是剑拔弩张的。如作为本村的大姓户人家跃居强势话语之列,而村中的外来户往往是处于弱势的。在底层文化内部,强势话语对弱势话语进行欺负与侮辱,而弱势话语的报复性反抗,往往对他者造成一种报复性的伤害。也让这些被欺侮者在反抗中扭曲了自己的人性,形成了一种变态心理,这一切应归根于这种"以强凌弱"的民间封建文化糟粕。《只好搞树》《双炮》《人畜》等作品就是对这种底层文化形态中宗族势力"以强凌弱"的国民劣根性的深刻揭露与批判。

《只好搞树》中的杨公才是外来户,一来就比本村姓赵的低三辈,只能是"孙子辈"。在祖孙三代都受到大赵庄人的欺侮之下,心理出现了扭曲,在不能明着对抗的情况下,采取了另外一种对抗方式:暗地里对赵姓家的女人和赵姓家的树下手,从而得到一种复仇的快感。

杨公才不但自己搞赵姓家的女人来发泄心中的怒火与怨恨,而且得知儿子也搞到了赵姓家的女人后,感到很欣慰。杨公才并不是因为内心情感的需要才去搞赵姓家的女人,也并未想从赵家女人身上得到太多性爱的快感,他从赵家女人身上得到更多的是一种复仇的快感。然而,当势单力薄的他不能从赵家女人身上得到这种报复的快感之后,他便对着赵家的几千棵

---

① 陈思和:《陈思和自选集》,广西师范大学出版社1997年版,第207-208页。

桐树苗下了手,一夜间将其全部砍光。但是使用这样卑劣手段的杨公才并未让读者感到可恨,反而透过这一反常态的心理与行为,我们看到了"欲做奴隶而不得"的外来户杨公才内心的委屈与处境的艰难,这是底层社会"以强凌弱"的封建糟粕文化所带来的变态心理特征及行为。

同样"以强凌弱"的宗族文化不但在本村不同姓氏家庭之间存在,就是在姓氏不同的夫妻之间也是存在的。这种现象在《双炮》中表现得尤为突出。

翠环嫁给了本村的外来户范家的双胞胎儿子大炮,而翠环家则是本村的大户姓林姓的女儿。因此翠环也依仗娘家的势力在夫妻生活中占有了强势地位。当大炮因翠环蹬了一脚恼火骂了翠环时,翠环恼了,她说:"好你一个姓范的,在我们家门口,你敢骂我!你再骂一句试试!"①当翠环跑回娘家时,作为外来户的大炮也不敢到翠环的娘家去找翠环。在这里我们看到的是同一个屋檐下生活的夫妻也因这种宗族势力的压迫而产生这种"以强凌弱"的劣根性。

《人畜》中,作为村里唯一的外来户老祥,他处处被队长和村里人欺负着,对于整个村子来讲,老祥是一个孤独的弱势话语的表现者,尤其是在强势话语代表者队长面前。自卑、暴躁、犟脾气的老祥在长期的心理压抑下,形成了变态心理,他对客观世界的认知完全变了:他认为骡子看向他的目光是"恶狠狠"的,"小母马羞怯的目光里有些许笑意,那是一种掩饰不住的讥讽之意"②。

老祥把对队长的怨恨发泄到了无辜的骡子身上,在他的心中,骡子就是

---

①　刘庆邦:《双炮》,见《刘庆邦短篇小说编年卷六(2002—2003)》,上海文艺出版社2008年版,第381–382页。

②　刘庆邦:《人畜》,见《民间》,新疆人民出版社2002年版,第223–224页。

队长的替身,对骡子的毒打与伤害,就是对队长的复仇,从中得到报复心理的满足和复仇之后的快感,其实这更深刻地衬托出他被宗族势力欺压下的自卑心理。心理学家认为"人并不是被动地接受外界条件,也不是环境本身,而是在当前条件下的人的活动,在人的实际生活经验中形成和改变的"①。老祥与村里人紧张的关系及日积月累形成激烈的矛盾冲突,导致老祥高度警觉的变态心理,他这种心理有着其存在的合理性与逻辑性。

《红煤》中农村青年宋长玉,出身贫寒、早熟敏感,拥有奋斗自强的梦想。他早期的奋斗精神是值得我们学习的,但是在奋斗中,他一步步接近梦想,却也一步步丧失原本美好的人格,人性中的劣质开始浮现。当宋长玉转为正式工的梦想被矿长唐洪涛轻易击碎后,仇恨激发了他心中潜藏的极为邪恶的报复,造成了他人性的变异和灵魂的扭曲,原本善良淳朴的宋长玉从此走上了复仇之路。为了报复唐洪涛,他先是向上级部门揭发唐洪涛贪污受贿的情况和对矿难隐瞒不报的事实,进而又通过占有唐洪涛女儿唐丽华对唐洪涛进行报复。同时为了报复当年压制自己一家的村长宋海林,他利用给家乡投资的机会将宋海林赶下了台。当上矿长的宋长玉渐渐退去了身上原有的质朴、善良,对煤矿工人进行压榨,面对矿难,他只是想着自己如何脱逃,毫不关心遇难矿工。

刘庆邦将宋长玉身上发生的变化一一展现在我们面前,以审视的目光深入农民心灵深处,着力展现了这些底层人物的狭隘、势力和鄙俗的一面,深化了其对国民劣根性的批判。

(三)对底层固有法规的书写与批判

俗话说,国有国法,家有家规。底层也有底层的法规,这种法规在一定

---

① 鲁宾斯坦:《心理学》,人民教育出版社1957年版,第56页。

程度上就是那个底层小王国的国法,生活在底层的人往往依靠他们朴素的理解来判定他们底层的善与恶、对与错,以此来统治他们的底层小王国。

《在牲口屋》写了乡村妇女金宝与杨伙头相好了二十四年,而她的丈夫老房却一直忍气吞声,从不碍事,甚至还故意给他们行方便。但是因为金宝与杨伙头的事,金宝的儿子大梁几次都没能定亲,当金宝想结束这种旷日持久的情恋时,杨伙头却不同意。终于在金宝的引诱下,在他们幽会了二十多年的老地方——牲口屋,杨伙头死于老房和大梁父子的乱棍之下。"最后由村长出面,让金宝家的人买了一副棺材,把杨伙头盛进去埋了。事情就这样完了。"①大家无须质疑,也不用惊叹,这就是一种原始的底层法规。

《五月榴花》中的涂云与丈夫张成原本有着美好真诚的爱情,但因涂云落入日本兵之手被轮奸羞辱,她的丈夫张成把她"撕成了两半"。这不仅仅是其丈夫张成的残忍与狠毒,更是一种传统习俗暴虐而强大的惯性使然。即使丈夫张成不撕毁涂云,涂云也会被底层法规所杀害,这便是这种底层固有法规的威力。

《玉字》中的张玉字,被流氓强暴后被隔离在了亲情之外,再也感受不到人与人之间的温暖与和谐。她的父亲觉得这是件见不得人的事,不愿为她伸张正义;她的哥哥甚至递上一瓶农药,嚷着让她自杀。她的父兄并不能体会理解玉字的痛苦,反而是为了捍卫他们的门风,将玉字推入更为悲惨的困境。因为失去贞节在村民们眼中身价暴跌,连她的母亲都降低了为玉字说亲的条件,认为失身后的玉字就讲不了什么条件了,二婚也可、进门当娘也行,只要知道穿衣吃饭,半吊子也没啥。玉字作为受害者不仅没有得到安抚,还要承受贬斥。在乡土社会中,女性的"忠贞""节烈"是公认的行为规

① 刘庆邦:《在牲口屋》,见《民间》,新疆人民出版社2002年版,第194页。

范,这种道德的压力就像往伤口上撒盐一样再一次加重了对玉字的伤害。

同时,乡间群体的"注视",就像鲁迅笔下"无主名无意识的杀人团",将玉字推向了复仇的深渊。整个的乡村群体都认为玉字已经不贞洁了,都在背地里对她指指点点,用尽污言秽语侮辱玉字的人格。群体的目光将玉字钉在了"失节"的耻辱柱上,让玉字感到无法摆脱的羞耻和无处可逃的痛苦。在"饿死事小,失节事大"的道德评判规范下,玉字连最基本的生存权利也要被整个无主名无意识的乡村群体所剥夺,连邻村的人都来打听玉字死了没有,听说玉字没有死都觉得很稀罕。

刘庆邦继承了鲁迅先生对国民性弱点的批判,在揭示乡村丑恶、残暴的事件的同时,以更深的笔触来挖掘残暴与丑恶背后的元凶——"无主名无意识的杀人团"。张成恪守的节烈观与面子观致使他拼死拼活地从日本人手中救回遭凌辱的涂云,但又把她赤身裸体地藏于地窖。当涂云不堪饥寒冲出地窖时,他却把妻子撕成了两半。"无主名无意识的杀人团"酿制乡村一切不幸的总根源。呼吁底层社会更需要文明与法制之光的照耀,呼吁更多的人来关心底层人民的生活,这应是刘庆邦此类小说的现实意义。

劝善是作家的愿望,但不论哪种文学样式,对人心的劝善作用都是有限的。当今社会,从物质层面和科技层面来讲,的确大大进步了,可经济的发展,没有让人心变得善良,有时反而把人性恶的潜能激发出来了。如果是一个个的恶释放出来,那么就是社会之恶,即"多数的暴虐",这是社会出了问题。这恰恰表明刘庆邦对农村社会现实的清醒认识,在歌颂之余进行着理性的关怀与批判,这与当下河南作家一味强调乡土文学的负面价值也有着截然的不同。

二、对宿命的书写

宿命,即生来注定的命运,是唯心主义哲学的经典词汇。先秦儒家的

"畏天命",道家的"委天之命",古希腊斯多葛派"服从命运"都是宿命论的观点。朱光潜曾提出宿命观就是对超人力量的迷信,认为这种力量预先注定了人的遭遇,人既不能控制它,也不能理解它。

(一)一句话的事

刘庆邦的短篇小说《一句话的事》就向我们讲述了这样一个有关宿命的荒唐故事,体现了这种超人力量对底层民众的控制。故事的女主人公玉佩十九岁嫁入姓高的一户人家,有一个幸福如意的小家庭。"高家庄外有良田,庄里有院落,棚里有骡马,车屋里有大车,叫唤的是猪羊,乱绊脚的还有鸡鸭鹅,家境相当不错。认识玉佩的人都说,玉佩这一辈子算是掉进福窝里去了。"[1]玉佩自己也觉得自己的男人有力气、会干活、会疼人、穿着有着乡下人难有的讲究,是个百里挑一的好男人。对于一个乡村女孩而言,有着这样一种如意殷实的生活,这一生应该踏踏实实地过下去了,而玉佩却没有这样。

有着安稳生活的玉佩,竟然和一个当兵的马夫私奔,抛弃了原本幸福安康的生活,过起了流离失所、担惊受怕、遭人非议的日子。这让我们常人感到不可思议,然而不傻不呆的玉佩这样做只因一句话。在她十二岁那年,一个算卦先生说她这一辈子要喝五眼井的水,也就是说要嫁五个男人,一个男人就是一眼井。玉佩试图忘记这句话,心里也在抵抗这句话,但这句话已深入她的灵魂深处,挥之不去,并在心里产生了一种宿命般的观念,马夫的眼睛一勾,她就认命似的跟着走了。

玉佩从第一个男人身边逃走,迈出了她人生宿命路程的第一步。马夫的意外死亡,进一步强化了话语的权力性,意味着第二眼井的水已喝完。而

---

① 刘庆邦:《一句话的事》,见《刘庆邦短篇小说编年(下)卷一(2003—2005)》,河南文艺出版社 2009 年版,第 1 页。

当玉佩面对生命中的第三个男人时,她已经麻木了,完全成了话语的奴隶,她已变得无所谓,她认为她嫁给谁谁倒霉。可见,玉佩已完全被那句话所控制。她与王存信在一起的时间较长,生有一儿一女,并对王存信感情日益加深,玉佩很想一直这样过下去,不想再喝第四眼和第五眼的水了,王存信也对那句话产生怀疑,力图颠覆它,但是他的突然病死似乎又一次验证了那句话的效力,使得玉佩已完完全全被算卦的那句话所控制。她悲痛地哭着:"这就是我的命啊,啊啊啊！她一遍遍这样哭,一遍遍这样承认。"①如此一来,男人怎样于她并不重要,所以玉佩接受了和她隔着一辈且已结婚生子、肚子大、屁股尖的长得很难看的四叔,这就是玉佩的第四个男人。

玉佩的第五个男人是一个叫秋鸽子的男人,"给秋鸽子做了老婆,玉佩才彻底踏实了","其间,又有别的男人想跟玉佩好一好,玉佩说,她已经够了"。玉佩终于走完了自己的奋斗之路,可以完完全全放松、欢呼胜利了,而我们的心情却异常沉重。

玉佩的一生充满着荒诞的逻辑,一直被一只神秘的大手所控制,被命运之手所操纵,刘庆邦在作品中展示给大家的正是一种充满悲剧色彩的深刻的命运观。面对命运,玉佩没有反抗,也没有做逆来顺受的羔羊,而是用一种近似迎合的心态完成了"那句话"的使命后,才踏实下来开始过日子,荒唐背后显示出了宿命的可悲。

(二)金玉之说

同样,在长篇小说《红煤》中,宋长玉之所以非常顺利地娶到红煤厂村支书明守福的女儿明金凤,有他本人魅力的原因,但更深层次的原因在于算卦先生的那一卦。结婚后明金凤曾告诉宋长玉,她的母亲曾找算卦先生给她

---

① 刘庆邦:《一句话的事》,见《刘庆邦短篇小说编年(下)卷一(2003—2005)》,河南文艺出版社2009年版,第10页。

算过一卦,说因为她名字里有一个"金"字,找对象时最好找一个名字里带
"玉"字的,正所谓"金佩玉,主富贵;玉佩金,一辈子荣华富贵扎下根"。

面对算卦先生的说辞,一开始明金凤不以为然,她原本不信这一套。但
是当宋长玉来到了红煤厂村,她一知道宋长玉的名字,第一个感觉不是高兴
而是害怕,那种宿命感油然而生。"她想,坏了,名字带玉字的男人来了。一
开始,她一看见宋长玉就害怕,害怕得身上打哆嗦,收都收不住。她觉得宋
长玉不是一个人,一定是老天爷派来的,不然的话,怎么就那么寸呢! 她正
找不到名字里带玉的,带玉的人就来了,而且和她的岁数大小差不多,她还
要天天给宋长玉做饭吃。有一天,她越想越害怕,竟掉了眼泪。"①就这样,金
凤很顺利地和宋长玉结了婚。村长明守福之所以没有反对女儿嫁给一个漂
泊的外乡揽工汉,算卦先生的话是起了很大作用的。

(三)躲不开的悲剧

其实,在刘庆邦一系列有关矿难的书写中,有一种宿命的解释悲剧的思
路,让我们觉得,很多看似偶然的死亡事件背后都有着不得不如此的必然
性。刘庆邦有一篇小说的名字叫《躲不开的悲剧》,刘伟厚在一篇文章中用
"躲不开的悲剧"来概括刘庆邦矿井小说中的人物命运。1996 年 5 月平顶山
矿务局十矿发生特大型瓦斯爆炸时,刘庆邦前往采访后曾写了一篇报告文
学《生命悲悯——平顶山十矿重大瓦斯爆炸事故部分工亡矿工家属采访笔
记》,其中,他采访了遇难矿工陈广明的家属杨翠兰,在瓦斯爆炸的前几天因
为母亲生病,陈广明曾回过一趟老家给母亲买药送药。"返矿时,妻子杨翠
兰不愿让他走,说蚕老一时,麦熟一晌,眼看麦子就要动镰了,让他在家帮着
把麦子收完再走。陈广明说,那不行,他跟队长说好了,麦收期间在矿上出

---

①　刘庆邦:《红煤》,北京十月文艺出版社 2006 年版,第 216–217 页。

勤下井,人说话得算数。他还对妻子说,在麦收期间,矿上对出勤人员实行奖励,这样下来,他一个月的收入可能比妻子种一季小麦的收入都多。杨翠兰是个爽朗的人,平时爱跟丈夫说笑话,她问丈夫,是钱值钱还是麦子值钱?丈夫还没回答,她先把答案说出来了,她认为麦子值钱,因为钱一个月可以挣那么多,而麦子呢,经风经雪,过冬过春,要长好几个月呢!丈夫不同意这个比法,他拿煤和麦子比,说煤在地底下几千万年才长成呢!"①妻子没有挽留住丈夫,这段夫妻的对话虽然不无艺术的想象与虚构,但可以想象妻子是怎样恋恋不舍地放丈夫回矿上的。而接着发生的瓦斯爆炸事故,一方面让杨翠兰陷入了深深的自责之中,要知道会出事故,她无论如何都会把丈夫挽留下来,所以,她一遍又一遍悔恨不已地说"我真该死啊"。另一方面,则是宿命般地将丈夫陈广明的遇难理解为"躲不开的悲剧",她只能被动而无奈地接受下来。

在刘伟厚看来,煤矿工人情感上的空缺和身份归属的苦痛,加上煤矿生产条件的局限,使刘庆邦"大力向人性深处开掘,带上了较为自觉的人文关怀,保存着他的爱心,更添一抹悲悯情怀"②,也不得不将矿难看作偶然却"躲不开的悲剧"。而这种"躲不开",很大程度上既有工作环境的因素,也有社会的因素,还有人性的局限和人心的偏狭在其中发挥的重要作用,但归根结底,刘庆邦并不以宿命论的眼光来看待这一切。

同样,在《家园何处》中,停的三哥因外出打工被窑厂上做砖坯的机器切掉了半条腿,对于变成瘸子的三哥,三嫂虽然流露出鄙薄之意,但她却用宿命的观点来解释这一切,认为"命里只有五升,不可强求一斗,三哥生来就是

---

①　刘庆邦:《生命悲悯——平顶山十矿重大瓦斯爆炸事故部分工亡矿工家属采访笔记》,载《劳动保护》1997 年第 10 期,第 9 页。

②　娄奕娟:《刘庆邦:守持与转变》,载《当代文坛》2003 年第 2 期,第 29 页。

面朝黄土背朝天的命"①。还有,当媒婆为停介绍对象方建中时,见过面后她非常满意甚至感觉在梦里见过这个人。"在梦里,她追着这个人走了很远,可是这个人老是不理她。现在媒婆一牵线,这个人就来了,就理她了。她认为这是命。她在心里赞叹自己的命真好。"她用宿命的观点来解释,认为"父母过世后,她受苦太多了,她的命太不好了,老天要给她的命运来一点转机,要赐给她一些福分,才把方建中派来了"②。

三、对"泥性"的书写与批判

作为承载历史文化记忆的人文景观是刘庆邦小说中对现实环境忧虑并进行隐喻式表达的具体承载物。豫东平原特有的"黄胶泥"作为一种自然景观成为作家映射现实中国民文化的"泥性"对人心的纠缠与构陷的承载物:"泥巴不是黏在靴底就完了,它还调皮地爬上脚面,连靴子上面都粘了泥。这里的泥巴对人脚是拥抱型的,它抱住人脚就不愿意松开,渴望移动的人脚把它带走,带到别的地方去。麻烦的是,渴望让人脚带走的泥巴太多,以致拖累得人脚都迈不动了。"

刘庆邦说:"(我们)对国民性负面的东西也应当有清醒的认识。也许不少人都发现了,我们的国民性中有一种泥性,也就是纠缠性、构陷性。这种泥性一旦爆发,会形成集体的、无意识的人性恶,有着强烈的攻击性和破坏力。"③黄胶泥象征着国民的劣根性。刘庆邦正是利用家乡的"黄泥"与国民性中的构陷性、纠缠性和人性中恶的天然的互文特性,来完成自己对国民性的独特思考的。

---

① 刘庆邦:《家园何处》,上海文艺出版社 2003 年版,第 93 页。
② 刘庆邦:《家园何处》,上海文艺出版社 2003 年版,第 107 页。
③ 刘庆邦:《书写疼痛,超越疼痛》,中国青年网,2020 年 4 月 28 日。

　　2002 年，刘庆邦曾写过一个短篇小说《黄胶泥》，通过"我"的所见所闻讲述一个乡党委书记方良俊短暂而充满戏剧色彩的一生。方良俊，"我"的同学兼同乡，一个基层乡党委书记，在他刚刚开始"辉煌"的时候，就因为贪污腐败、违法乱纪被判刑七年。出狱后，他洗心革面，重新做人，意欲东山再起，却再也得不到人们的谅解，甚至因遭人污辱而被活活气死，最后被埋进了黄胶泥之中。在刘庆邦笔下，黄胶泥绝不仅仅是作为故乡的一种自然环境来写的，它更是一种社会文化环境的象征。

　　2015 年，刘庆邦又创作了长篇小说《黄泥地》，通过对底层知识分子房国春悲剧人生的描绘，深刻地展现了当代乡村政治的复杂性与国民文化的劣根性，从文化性和人性的角度让我们感受到了国民劣根性中的泥泞感和纠缠性，也正是这种泥泞感和纠缠性导演了黄泥地里的一曲曲悲歌，引发了我们对当代乡土社会的现代转型及当今知识分子如何面对现实语境并安置自身的思索。诚如刘庆邦所说的，"我不喜欢轻飘飘的东西。我们的历史是沉重的，现实是沉重的，作家的心也是沉重的。一个诚实的劳动者不知不觉就写出了沉重的东西，这没办法"。①

　　"越写越痛"是刘庆邦的一种创作体验，而《黄泥地》亦是一部让我们"越读越痛"的沉思之作。很多评论把《黄泥地》定位为描写基层腐败的一部现实题材的长篇力作，其实透过基层腐败这一现象，我更倾向于从文学的角度把它定位为一曲展现当代乡土文明进程中的人性悲歌。尤其是对底层知识分子房国春悲剧人生的描绘，深刻地展现了当代乡村政治的复杂性与国民文化的劣根性，用刘庆邦的话来说就是国民性中的"泥性"，也就是"纠缠性"和"构陷性"。

---

　　①　刘庆邦:《作家应该拿作品说话》，载《中华读书报》2007 年 8 月 22 日。

（一）"泥性"的悲歌

房户营村的村民不满于房光民接替父亲担任新支书,却又都不想得罪具有一定势力的支书一家,于是就哄抬村里德高望重的中学教师房国春出面反对,使得他不由自主地卷入其中且越陷越深无法自拔。当村民们的愿望满足以后,房国春一家却遭到了房守本家族疯狂的打击报复,直至妻死子亡。而面对这一系列的遭遇,村民们却一改往日的尊重,表现出了一种漠不关心、冷嘲热讽的态度,用人性中的恶唱响了一曲黄泥地上的悲歌。

国民文化的"泥性"是国民劣根性的表现形式之一。提到国民劣根性,首先想到的是我们的文学先驱鲁迅先生,作为批判国民劣根性的圣手,鲁迅先生为我们开创了"看客"这一形象,让我们感受到的是国民的愚昧与人性的冷漠和悲凉。如果说鲁迅笔下的"看客"是不觉悟的民众,是"无主名无意识的杀人团",那么在《黄泥地》中刘庆邦为我们展现的"看客"则是"有主名有意识的杀人团"。他们不再是冷漠的旁观者,更是积极的参与者与导演者,在满足精神观看的同时更看重争斗过后的利益,因为"他们的目的都很明确,就是借助房国春的力量,把立足未稳的房光民拿下来。他们的手段也很明确,不用给房国春送礼,也不用请房国春喝酒,只动动嘴皮子,哄抬房国春就行了"。① 正所谓"鹬蚌相争,渔翁得利",因此在"谁为祥林嫂之死负责"的疑问中,我更想问"谁要为房国春之死负责"。

也许在文本的开篇就为我们隐喻了答案。"这里的泥巴起来得可真快,看着地还是原来的地,路还是原来的路,可房国春的双脚一踏进去,觉得往下一陷,就陷落进去。稀泥自下而上漫上来,并包上来,先漫过鞋底,再漫过脚面,继而把他的整个脚都包住了"。这不仅是对房国春境遇的描写,更应

---

① 刘庆邦:《黄泥地》,北京十月文艺出版社 2014 年版,第 96 页。

该是作者对国民性中"泥性"的一种隐喻和思考。刘庆邦曾指出,"我给小说命名'黄泥地',有一种借喻:我们国民文化有一种'泥性',有一种'构陷性',人一旦陷进去很难自拔"①,这种"泥性"的力量使得房国春无法自拔地走上了家破人亡的悲剧人生。

（二）乡绅的悲歌

所谓乡绅,是地方上的文化精英,他们近似于官而异于官,近似于民而异于民,他们是儒家文化最可靠的信徒。中国文化在乡村,很大程度上由乡绅承载,房国春无疑是一个典型的乡绅文化的承载者。"曾几何时,房国春家作为房户营村的文化中心、话语中心,甚至是政治中心,是何等地吸引人,房国春是何等地受人推崇。"②然而随着时代的发展,金钱和权力却慢慢替代了乡绅的地位和作用,成为现代乡村的主导。骨子里的自命不凡和缺乏对自身困境的反思造就了房国春的悲剧人生。

现代文学中的知识分子形象自鲁迅开创以来,随着社会的发展进步也在不断地演变。作为当代乡土小说中少见的知识分子形象,房国春具有一种浓厚的封建士大夫情怀:天下兴亡匹夫有责。他凭借自己几十年教书的威望和人脉关系,为村里修路、为因矿难死亡的乡亲争取最大额度的抚恤金,他宁可自己饿着也会给去县城找他的乡亲一顿好吃的,即使自己穷着转借同事的钱也会借钱给乡亲……从这些事情上看,房国春是一个舍己为人的人,是一个宁可自己吃亏,也要维护自己在乡亲们心中良好形象的人。也正是这种心理,让他觉得在这个乡村处处高人一等,具有一种优越感。他认为自己就像古代兼济天下的士大夫一样可以为民立命、为民"代言",这也是他顺理成章地一步步落入自己和村人集体为他挖的陷阱中的主要原因。他

①　刘庆邦:《从'黄泥地'中思考国民性》,载《北京晚报》2015 年 2 月 2 日。
②　刘庆邦:《黄泥地》,北京十月文艺出版社 2014 年版,第 286 页。

仅是一名中学教师,并不是权力阶层的代表,在利益、权势之下,他所倚重的人情纽带在金钱的冲击下已断裂,他的学生杨才俊在收了房守本 300 块钱的贿赂之后也不再理他。但他仍旧对自己的身份和地位缺乏一个清醒的认识,正如作者所剖析的"房国春很看重自己在房户营的良好形象和不可替代的威望,他之所以敢于揭露房守本、房光民的卖地行为,敢于和他们作斗争,正是为了保持自己的良好形象,维护自己在村民中的威望"[1]。由为民立命孤身挑战村支书一家演变为为个人诉求的上访之路,并且在上访的征途中又被别的上访户所鼓动。就这样,这个像古代斗士一般的知识分子就像他脚下的黄胶泥一般,陷入一张自己和众人集体编织的无形网中难以自拔,以致家破人亡。

房国春作为一个知识分子,带有他独特的高傲倔强的性格,从某种意义上说,他不是一个好丈夫、好父亲。面对妻子和孩子,他永远是高高在上的,他就是家中的独裁者,妻子永远是作为他的附属品而存在的,为他生儿育女、端茶倒水,还要忍受因丈夫告状所带来的辱骂、殴打。面对儿子,他采用的则是巴掌式的教育,因儿子房守良学习成绩不是太好,房国春动不动就抽儿子耳光,伤及儿子的耳膜,致使儿子出现了耳聋的症状,为儿子日后的丧命留下了隐患。他的孙女小瑞也因为爷爷的告状,连在自己村里上学的权利也被剥夺了,被迫每天跑十几里路到邻村学校上学……但这一系列的家庭悲剧并未引起这个独裁者的反思。

刘庆邦在文本的最后提到,有人说房国春是中国知识分子的优秀代表、是中国的最后一位乡绅、是光荣的人民教师。纵观房国春的一生,让我们看到了一位斗士式的知识分子面对现实的无能为力与失语状态;看到了他固

---

[1]　刘庆邦:《黄泥地》,北京十月文艺出版社 2014 年版,第 268 页。

执背后对自身困境缺乏反思的执拗与孤傲；看到了现代乡土社会传统知识分子阶层的衰落。房国春的悲剧人生是一曲乡绅的悲歌，同时这个悲剧的乡绅也导演了一曲女性的悲歌。

《黄泥地》是一部充满厚重感和历史感的沉甸甸的小说，从文化性和人性的角度让我们感受到了国民性中的泥泞感和纠缠性，也正是这种泥泞感和纠缠性导演了黄泥地里的一曲曲悲歌，引发了我们对当代乡土社会的现代转型及当今知识分子如何面对现实语境并安置自身的思索。

四、对底层人性之美的关注与呼唤

文学的美实际上就是情感的美。刘庆邦的作品让人感受到了一种平和、温馨、柔软的情感，作品中荡漾着一股诗意的美、人性的美。2003 年刘庆邦获得了北京市首届德艺双馨奖，他这样解释"双馨"："作家的德是什么？我认为，善是作为一个作家的最高道德。表现在所创造的文学作品上，也是劝善的，改善人心和人性的。双馨就是双善。"①

（一）无私与奉献

在《草帽》中，刘庆邦向我们谱写了一曲如草帽一般纯朴的情感赞歌。矿工小范的遇难，使得他的妻子蓝翠萍和三岁的女儿断了生路。为了帮助蓝翠萍渡过难关，队长梅玉成和赵明几次做蓝翠萍的工作，让她到井口卖馄饨，为的就是给她一条生路，并且制定了一个谁也不能对外讲的约定：班上每个人每天都要吃蓝翠萍的一碗馄饨，为的是让蓝翠萍的生意支撑下去。他们的一举一动被妻子刘水云和马金织发现后，就悲哀地认为自己的男人"花"了，但当她们得知了真相后，也加入了吃馄饨的行列中。即使到了煤矿

---

① 刘庆邦：《我就是我母亲——陪护母亲日记》，河南文艺出版社 2017 年版，第 241 页。

放假,生活有些拮据时,他们仍旧像上班时一样每天到蓝翠萍的馄饨摊吃馄饨,当蓝翠萍知道了他们的约定后,"这位矿工妻子顿感五内沸然,痛哭一场",再也不到井口卖馄饨了。这个矿工及其家属为了在艰难的环境中共同生存下去相互关爱的故事,让我们体会到了人间的温情和纯朴无私的爱,这种爱不同于施舍和捐助层面上的爱,而是一种超越了自身生存安危后的同甘共苦的深厚情谊,是对物质上极度困乏的底层人们美好情感诗性的折射。

《清汤面》中向秀玉的丈夫在井下遇难,留下向秀玉与女儿喜莲相依为命,周围的人心疼她们母女,总是以各种借口来帮助她们。如喜莲去面馆吃饭老板不要钱,中秋节张老师借口家里月饼太多吃不完来给他们母女送月饼,秋风微凉王奶奶就给喜莲送来了新衣服。矿上为了照顾秀玉母女,不仅给秀玉安排了收入较高的活儿,还总有人匿名送来各种食物。但周围人帮助向秀玉和女儿时,总是小心翼翼地维护着她们母女的尊严,想尽办法找各种理由送去关心与疼爱。

同样作为工亡矿工家属的杨旗,在矿上的生活区开了一家清汤面馆,生意红火,但有一天杨旗突然告诉向秀玉,自己准备关掉面馆,去矿上捡矸石,原因是"现在她才明白了,那么多人到她的面馆吃饭,不是因为清汤面有多好吃,是矿上的人在抬她的生意"。杨旗说:"再这样下去,我得欠矿上的那些弟兄们多少情啊!"纸短意长,朴实简单的生活细节展现了普通人善良美好、乐观向上的高贵品格,散发着自强不息的正能量。2013 年 10 月 30 日《人民日报》副刊全文发表了小说《清汤面》,中宣部《学习活页文选》11 月 7 日也对小说进行了全文转发。

《远山》中,荣玉华的丈夫死于矿难,为了养活儿子,她不得不乔装成丈夫杨海平去煤矿做工,虽然荣玉华把自己裹得很严实,但是她的女人身份还是暴露了。煤矿上是严令禁止女性下井的,当矿工们得知荣玉华的实际情况后并没有揭穿她,反而暗中帮助她,让她的工作更加轻松。在这里,我们看到了人与人之间的理解和关爱,看到了人们对于需要帮助的人温情和暖意,呈现出了一幅充满爱的生活画卷。

(二)纯真与善良

纵观刘庆邦的作品,他写的最美的还是少女,他对情窦初开的少女对爱情的向往、矜持、羞涩、恐慌等诗意的情感之美写得惟妙惟肖。

在《春天的仪式》中,少女星采在热闹的庙会上寻找着她的那个人,她的心思和热闹的人群形成了一种一动一静的反衬,当她懊恼地归来却发现那个人就在那儿时内心涌动着喜悦,有一种"众里寻他千百度,蓦然回首,那人却在灯火阑珊处"的古典诗意之美。

在小说《灯》中,双目失明的小姑娘小连按照当地的风俗在元宵节这一天做了很多碗灯放在家门口,希望村里的孩子都能够来偷吃,一生都能够拥有一双明亮的眼睛,人性深处的纯真与善良犹如一首赞美诗呈现于这一习俗之中。

《醉酒之后》讲述的是在偏远山区教书的初二班主任项云中的点滴小事,项云中因没有调回市里工作,女友选择了和他分手,不堪失恋之痛的项云中在思念中大醉了一场。正当项云中打算请调回市里时,他发现善良的孩子们为了给他买一双皮鞋放学后自发去山里采药材,孩子们的爱感动了项老师,于是当晚,项老师撕掉了写好的请调报告,选择继续留在山里教书。孩子们的单纯和天真在一言一行中得到体现,人与人之间的爱在这里淋漓尽致地展现了出来。

小说《开馆子》有个残酷的故事内核,讲述的是一个血淋淋的故事,然而在残酷的背后我们又看到了乡村女性人性的光辉。男主人公汉收和妻子换在镇上经营着一家小餐馆,由于丈夫厨艺高超并且只有他们一家,餐馆的生意红火。但是当同村的二宝也开起餐馆,并且以独特的创意、新颖的饭菜在竞争中占了上风时,汉收家的餐馆生意惨淡了。为了让自己的生意红火起来,汉收采取了卑劣的手段,面对这一状况,妻子换以拒绝吃丈夫馆子里的东西和拒绝到丈夫馆子里帮忙的做法唤回了丈夫的良知。换以实际行动向我们阐释了传统文化概念中的"义重于利",展现了现代文明下人性的底蕴。

刘庆邦善于从平民生活中挖掘人性的美好,透过生活艰辛的表象,直抵高尚的灵魂,为我们建构了一个闪耀着人性光辉的理想社会。

第五章 刘庆邦作品中的欲望叙事

生理需要、安全需要、归属和爱的需要、尊重需要、自我实现需要是马斯洛所提出的著名的需要层次理论，这一理论体现了人由低级需要向高级需要发展的一个过程。人只有在低级需要满足之后才会出现高一级的需要。生理需要，即物质需求，具有自我保存和种族延续的意义；安全需要是人们对于周围环境的依赖和信赖；在生理需要和安全需要基本满足之后归属和爱的需要就会产生，爱的需要包括给予爱和接受爱，归属和爱的需要如果得不到满足，就会使人感到孤独和空虚。人的需求无法满足时就会造成欲望的过度膨胀，在这一过程中，人性中恶的因子就会展现出来，酿造出一出出的悲剧。刘庆邦始终以关注人的生存状态、关注人性的膨胀忧思为己任，其作品《神木》向我们展示了底层矿工在物欲无法满足下人性泯灭的救赎与回归之路，《哑炮》向我们展示了爱欲无法满足下人性泯灭的救赎与回归之路，而《红煤》则讲述了底层农民"轮换工"宋长玉为了能够彻底告别农民的身份获取身份认同与尊重的欲望，不择手段向上爬的故事。

一、物质的欲望——评《神木》

关注人的生存状态，关注人性的膨胀忧思，是当代文学的主旋律。刘庆邦以其对乡村和矿区的执着书写、对底层人性的深刻剖析为我们谱写了一曲曲悲喜交织的生活乐章。他笔下矿工的生存状态,实际上是中国农民的另一种生存形态。改革开放后,较早进城寻求更好生活的城市务工者,虽然离开了土地,但他们仍保持着农民的心态和农民的传统,他们远离故土亲人,来到矿区,被称作"走窑汉"。他们的工作和生存环境十分恶劣,整天在黑暗的地下工作,稍有不慎便性命不保,被称为"被活埋的人"。物质的困顿、精神的贫瘠、生存的艰辛、劳作的艰险,让他们受尽了人间的苦难。所以,刘庆邦笔下的矿区,是一个充满了丑陋与邪恶的世界,他的作品展现出了在这种环境下,矿工们异化的人格、扭曲的人性、淡薄的亲情与友情。

生理的需要,即物质需求,是马斯洛需要层次理论中最基本的需求。对矿工来说也是一样,吃饱穿暖是生存的最基本条件,也是矿工们冒着生命危险换取的生活,在这一过程中,物欲的膨胀却导致了人心理的变异、人性的泯灭。《神木》是一部很沉重的小说,一个关于贪婪、谋杀的现代寓言,该小说曾获得 2002 年老舍文学奖。《神木》的成功之处并不在于它有令人读后震惊不已的故事情节,也不在于它揭示了诸如农村的贫困、私人煤矿忽视生产安全、矿工生命得不到保障、地方官员的腐败的诸多问题,而在于对人性进行的深层次的探索,对人性由缺失到回归这一演变过程进行的淋漓尽致的描绘,它写出了人性本身的复杂状态。

灰蒙蒙的小城,四处飞荡的尘土,浑浊的天空,光秃秃的矿山,漆黑的矿井……这就是小说《神木》所发生的环境。天还没亮,三个矿工轮流贪婪地吸完一支烟,就坐上吊车进入井下。可是在黑暗的矿井下,只是为了讹诈矿主的三万块钱,宋金明和唐朝阳在谈笑间毫无预兆地就杀死了假冒的弟弟唐朝霞(元清平)。从他们熟练的手段和冷漠的态度,可以看出两人早已熟谙此道。然后,农村少年元凤鸣(元清平之子)进入他们的视野,成为他们的下一个"点子"。由此,一场人性善与恶的厮杀无声无息却又惨烈异常地展开了。从元凤鸣身上,宋金明看到了自己儿子的影子,他人性中善的一面受到了刺激,人性中那尘封已久的善的一面逐渐被唤醒。在"办不办"元凤鸣的问题上,他犹豫了。如果只是他一个人,这件事也许就会到此为止,不了了之。但是他的同伙唐朝阳却并不这样想,他对未来没有期待,对元凤鸣也没有丝毫同情,在他眼中,这个农村少年只是一个可以换钱的筹码,几乎已经等同于死人。这正像有人说的:一个杀手如果有了感情,他离死也就不远了。最后,宋金明在与唐朝阳的争吵中失手打死了对方,然后叮嘱元凤鸣:"说我们是冒顶砸死的,跟窑主要二万块钱,你就回家好好上学,哪儿也不要去了!"最后在矿井下自杀。故事并不复杂,然而却渗入我们的内心深处,震撼着我们每一个人的心灵。

(一)物质的困顿

小说中矿工宋金明和唐朝阳以诱骗憨厚无知的农民到矿井挖煤,制造井下事故将其杀害,并以亲属的身份骗取煤矿高额抚恤金为赚钱谋生手段。这样一种残忍的生活方式让我们悚然,但是这种残忍的背后,是他们面对的养家糊口的压力,是无力摆脱现实生活困境的痛苦挣扎。在谈到矿工的生存状况时,刘庆邦用了一个很形象的比喻,"矿上就像吃甘蔗,把矿工最甜的那几节吃掉,把渣吐出来。如果死于矿难,一具棺材可能就是他们最满意的福利"①。

而宋金明和唐朝阳身上则背负着农民和矿工这双重的苦难。"我干吗要同情他! 同情他,谁同情我!"宋金明的这句话或许真的揭示出了他们生存的无奈。我们很难简单地把宋金明和唐朝阳归为"恶人"的行列,在矿井

---

① 李冰:《刘庆邦:短篇王是纸糊高帽》,载《北京娱乐信报》2004 年 7 月 18 日。

暗无天日的黑色,超负荷、高强度的劳作,一无所有的安全保障,只能维持温饱生活这样非人的环境下,他们被迫选择了这样一种"残忍的生活方式"。我们应该看到,在这种"残忍"的背后,他们面对的是衣食住行的压力,是在这样一种无望的环境中痛苦的挣扎。这生存不仅仅是为了自己一个人,他们拖家带小,对于他们而言,家庭才是个体,而个体生存的物质基础就是金钱。没有钱,就没法摆脱自身的贫困;没有钱,就没法使下一代过上衣食无忧的生活,得到良好的教育;没有钱,就找不到在社会上的自尊和自由。就像《神木》中火车站广场上那个跪着讨钱老妇人和年轻女人一样,他们都是在为人最基本的生存而挣扎,不同的只是他们所选择的生存方式而已。

宋金明和唐朝阳所选择的这种生存方式,让我们感觉到他们身上人性的缺失,然而却又对他们恨不起来,因为我们知道,他们并不是"恶人",他们身上人性的缺失源于我们不曾经历过的深重的苦难。"据统计,2001 年到 2005 年期间在中国煤矿事故中死亡的矿工有 3 万多人,按照国家安全监督管理总局局长李毅中的算法,2006 年全国矿难死亡人数不超过五千就是一大进步。"①在谈到为什么中国的小煤矿屡禁不止时刘庆邦说:"成倍增长的能源需求和能源欠账让很多的不安全小煤矿有机可乘。没有钱,没有生存保障,矿工为了养家糊口明知危险还是要去的。"②在井下挖煤的都是年轻人,大多数是农民工,而农民又是目前中国最缺乏竞争力的一个群体,他们绝大多数人吃的都是青春饭。

从宋金明回家和妻子儿女团聚时内心的忏悔,从他对邻居铁军慷慨解囊时的真诚,我们似乎依稀看到了他身上所闪烁出的人性的善。由此可见,

---

① 谢有顺:《话语的德性》,海南出版社 2005 年版,第 257 页。
② 路斐斐:《矿工作家刘庆邦用笔穿越黑暗的煤层》,载《三月风·新闻人物》2003 年第 2 期,第 41 页。

他们并非杀人不眨眼的恶魔,也不是没有人性,只是迫于生存的无奈,将自己人性中善的一面暂时压抑,从而呈现出一种"缺失"的状态。他们处于社会的最底层,其中的辛酸和艰苦也许他人永远无法真正了解,为了活下去,他们无所不用其极,也许残忍,也许荒诞,但是我们有资格去批评什么吗?没有!当生存变成一种奢侈,当付出自己的全部努力仍无法维持自己和家人的基本需要时,人性也只能是遥远的梅子,止不了眼前的渴。它展示了人在面对生存时最赤裸裸的表现,从生存的角度看,他们所呈现的只是人性的暂时性缺失,而绝非恶的表现。

（二）人性的泯灭

如果说从一开始宋金明和唐朝阳选择这样一种残忍的生存方式多少有些无奈,是一种人性的缺失,那么小说后来则是把笔触深入人物灵魂的深处,揭示了在生存困境压榨之下变异惨烈的人性之恶。"把矿灯一熄,窑底下漆黑一团,比最黑暗的夜都黑,在这里出手杀个把人,谁都看不见。别说人看不见,窑底下没有神,没有鬼,离天和地也很远,杀了人可以说神不知、鬼不知、天不知、地不知……窑底是沉闷的,充满着让人昏昏欲睡的腐朽和死亡气息。人一来到这里,像服用了某种麻醉剂一样,杀人者和被杀者都变得有些麻木。"[1]

现实中的人性自私冷漠和恶劣的生存环境对矿工生命的贱视也导致了他们对自己生命的贱视,膨胀了他们攫取金钱的欲望。他们仇恨窑主,反抗窑主的时候,人性向恶也使其潜在地认同了窑主的逻辑——不把工人当人看,采取了跟窑主一样的手法——跟自己的同伴过不去,把他们杀死,以换取个人的利益,这是多么悲哀而又残忍的现实。黑色的矿井已然成了人性

---

[1]　刘庆邦:《神木》,见《家园何处》,上海文艺出版社 2003 年版,第 16 页。

无底黑洞的预示。

通常,在砸死"点子"之前,按照惯例,宋金明他们会让"点子"吃一顿好饭,用酒肉来给"点子"送行。于是,这两个笑容满面的恶魔,轮番把"点子"喊成大哥,轮番向"点子"敬酒。等不到天明这个时候,他们的"点子"就该上西天了,他们已经提前看到了这一点。宋金明他们的人性此时已经完全泯灭,"笑容满面"的伪装背后是杀人的恶念,是用别人的命来换取金钱的恶毒想法。所以他们的劝酒话里面都隐藏着深层含义,好像是对活人说的,又像是对死人的灵魂说的,如一个说:"大哥,我再敬你一杯,喝了这杯,我有什么做得不对的地方,你就可以原谅我了。"另一个说:"大哥,我再敬你一杯,我祝你早日脱离苦海,早日成仙。"唐朝阳和宋金明在用残忍的手段砸死"点子"之后,他们对视了一下,脸上露出胜利的微笑。在这比黑暗的夜都黑的矿井下,在"点子"的血腥气弥漫、尸体横陈到撑子上面,这两个杀人者的微笑简直就是两个地狱的恶魔在奸笑,这两人毛骨悚然的"微笑"让我们真切地感受到了人性中的"恶"。此刻,他们的人性已经泯灭,金钱已让他们迷失,对金钱的强烈渴求,已经让他们压抑了许久的人性中的"恶"充溢出来,去填补他们早已空白的人性。在逃离煤窑分钱时,他们各自坐在自己的行李卷上,唐朝阳对宋金明笑笑,宋金明对唐朝阳笑笑,他们笑得有些异样。唐朝阳把元清平的骨灰盒从提包里拿出来了,说:"去你妈的,你的任务已经彻底完成了,不用再跟着我们了。"他一下子把骨灰盒扔进井口里去了。这两个恶魔联手办掉了第三个"点子",也就是说,他们手上已经有三条人命了,他们的胜利是用三颗破碎的人头换来的,而他们打死的,不是别人,而是原本和他们一样的农民工。对金钱的贪婪,让他们失去了人性,变成了冷酷、残忍的野兽。人性泯灭的宋金明和唐朝阳已经不把生机勃勃的人看作人了,在他们眼中,"一个点子就是一堆大面值的票子"。

他们已经把杀人挣钱当作了职业,并且已经上瘾,欲罢不能,宋金明原打算春节后"不一定再做点子了,原想着不外出了,但他的魂像是被人勾去了一样,在家里坐卧不安,妻子百般安慰他,他反而对妻子发脾气,最终他还是随着潮流走了"。但见到唐朝阳,他并没有劝阻他去钓点子,而是依然与之合作,预谋杀人。当宋金明不忍杀害元凤鸣时,唐朝阳变得烦躁不安,"有些急不可耐地看了王明君(宋金明)一次又一次,用目光示意他赶快动手。他大概觉得用目光示意还不够有力,就用矿灯代替目光,往王明君脸上照,还用矿灯灯光的光棒子往下猛劈,用意十分明显"。刘庆邦在这里也用一种前所未有的深度揭示了人性普遍意义上的困境和迷失,毫不躲闪地直视罪恶,审视灵魂,逼视生活,像是在沉默的时代里一只顽固的眼睛。

(三)人性的矛盾与挣扎

每个人心中都装着一个天使和一个魔鬼,在特定的环境中,有时是天使,有时是魔鬼,它们会蹦出来控制它的主人,而我们每一个人都在天使与魔鬼间挣扎。新的"猎物"元凤鸣出现后,"二叔"宋金明的感情发生了微妙的变化,这个16岁的孩子使他想起了自己远在他乡,学习成绩不错的儿子,在"办与不办"元凤鸣的问题上,他开始变得犹豫起来。他一遍遍地强调干这行的规矩,却又一次次地让"等两天",还带他去喝一杯酒,送他去发廊,给他找了第一个女人。之后,凤鸣哭着说:"二叔,我完了,我变坏了……"然后一把抱住"二叔",把脸埋在"二叔"肩膀上,哭得更悲痛了。宋金明在安慰元凤鸣,"无意中想到了自己的儿子,仿佛怀里哭的不是侄子,而是自己的亲生儿子。他未免有些动情,神情凄凄的"。正是这个只有16岁的元凤鸣把他埋藏于灵魂深处的人性的善,把他与生俱来的父爱的本能激发出来,然而元凤鸣是他的"点子",他要用元凤鸣的命来换取自己的利益。这就让他陷入了内心的矛盾与冲突之中:一方面,他从元凤鸣身上发现了自身早已忘记的人性的善,另一方面,由于职业的关系,这仅存的善又是不被允许的。

面对眼前这个纯真善良的农村少年,他困惑了。办还是不办?宋金明陷入了人性的矛盾与挣扎之中,他从元凤鸣的身上看到了人性单纯与美好的一面,这或多或少地也感染了他,唤醒了他心中善的基因。所以,面对同伙唐朝阳一次又一次的相逼,他总是很犹豫,很矛盾,一次次地找借口推迟。从他与唐朝阳的对话中,我们可以看出,他内心深处的矛盾:虽然表面上宋金明仍然坚持着这行的"规矩",努力在给自己的"恶"打气,然而事实上,他却在一次次地帮助元凤鸣化险为夷。与其说宋金明在办与不办元凤鸣这件事上苦苦挣扎与矛盾,不如说是他自己人性中"善与恶"的挣扎与矛盾。

宋金明是一个十分复杂的人物,他不像唐朝阳那么冷酷、残忍、麻木,他自始至终都没有完全放弃心中的那一抹人性中的善,只是原先把它深深地隐藏了起来而已。所以他在杀害元清平后时常会感到心惊肉跳,感到冷,感到死的阴影笼罩在他的头顶,未完全泯灭的人性在他的心里面颤抖,在欲望的深坑里挣扎。回家过年时,他给妻子、儿女分别买了礼物,又主动帮助邻居铁军嫂。一旦离开了黑暗的矿井,那个充满血腥的杀人地狱,他就是一位好父亲,好丈夫,好邻居。当妻子叮嘱他要走正道时,他竟哭了,说:"我不是人,我是坏蛋,我不走正道,让雷劈我,龙抓我,行了吧!"他双手捂着脸只是哭,过大年,起五更,在给老天爷烧香烧纸时,他在屋当间的硬地上跪得时间长些……请老天爷保佑他们全家平安。这种种行为可以说是他内心人性的挣扎与不安的外在表现。在办完"点子"之后,宋金明在潜意识里也承受着人性'善'的拷问,也会有自责和不安,矛盾与冲突,所以他才会帮助邻居,祈祷平安,以获得心理上的自我解脱与安慰。

宋金明人性的挣扎与矛盾除了表现在自身的心理流变外,还表现在对同伙唐朝阳的态度上:和唐朝阳相比,宋金明对元凤鸣的呵护与关爱无疑是出于真心的。在"办不办"元凤鸣的问题上,宋金明代表着人性的善,而唐朝阳代表着人性中的恶,他们的矛盾与斗争也在不断激化。一方面,他们二人本是亲密无间的合作好伙伴,好兄弟;而另一方面,宋金明又要保护元凤鸣,而唐朝阳却执意要"办了"元凤鸣,以获得窑上抚恤金。宋金明和唐朝阳他们二人的矛盾冲突,其实就是人性中普遍意义上的善与恶的争斗。所以,无论是从宋金明身上所表现出的人性自身的矛盾冲突来看,还是从唐朝阳和宋金明他们二人所代表的一般大众意义上的人性善恶的斗争来说,宋金明都处在矛盾之中,无法逃避,他最终要对自己,对自己所代表的人性做出选择。

（四）人性的回归

作者刘庆邦从"要给世界一点理想,给人心一点希望"的思考出发,用悲悯救赎的情怀关注着这一对被魔性缠身的地层深处的灵魂。在这里,作者还是相信人性深处的自我救赎与回归的。从他为作品的命题就可以看出:煤原来叫"神木",那是大树老得变成了神了,就成神木了。从中我们可以感觉到一种凌驾于现实之上的神秘力量,那是人间的权威制度和道德普遍异化后所催发出的力量,它就像一把利剑高悬于人们的头顶,审视着人们内心深处的人性。宋金明最终在人性的矛盾与挣扎中选择了人性中的善,他的良心发现与人性回归,并不是外部的道德教化和社会的强制改造,而是从一个凶恶的杀人犯的内部,作者发现了他的自我忏悔与良心的顿悟,这种自忏自悔不是源自它处,恰恰是从他要谋杀的对象:一个年轻打工者身上感知与感悟的。这个纯真善良的年轻人的经历、家庭遭遇,以及为寻找失踪父亲和给妹妹挣学费这两点理想追求,震惊和迫使宋金明向自我发出质问,使他的人性、良知复苏了。仿佛要杀死的不是年轻可爱的元凤鸣,而是他自己。他留给世界的最后愿望,就是以自己的死为元凤鸣换取两万块钱,并嘱咐年轻的凤鸣回家好好上学读书。至此,宋金明在经历了人性的缺失、泯灭、矛盾与挣扎后,终于以自己的生命做出了人性的选择,从而也完成了自我灵魂的救赎。

而纯真、善良的元凤鸣,这个只有 16 岁的孩子在这两个以杀人为职业的人被掩埋在矿井下的废墟后,并没有向窑主要钱,而是把在窑底看到的一切都跟窑主说了,说的都是实话。说到底,元凤鸣只是一个孩子,一个高一的学生,有着美好、纯真的追求,在寻找父亲的打工过程中见识到了人性中残忍的一面,面对这一切,他感到震惊和恐惧,他不可能马上顺应这一残酷的世道法则。作者刘庆邦不希望这个涉世未深的少年刚出家门就深陷人性的沼泽。虽然文章的结尾处这个少年的结局是惨淡无助的:"窑主只给了元凤鸣一点回家的路费,就打发元凤鸣回家去了。元凤鸣背着铺盖卷儿和书包,在一道荒路茫茫的土梁上走得很犹豫。既没找到父亲,又没挣到钱,他不想回家,可是不回家又到哪里去呢!"虽然有些迷茫,但这种前途未明的徘徊总比人性的陷落,能够给人带来一些希望。作者心情的焦灼是显而易见的,社会底层的生存困境也困扰着作者,使其也不能给元凤鸣指出一条哪怕有些许亮色的出路,这也是当代文坛普遍困惑的一个问题。

作者刘庆邦对元凤鸣的结局有着自己的看法,他说:"我很看重那个高中生心底的纯洁。"小说《神木》的结局,正是为了要给世界一点理想,给人心一点希望。在某种意义上,纯真、善良的元凤鸣也正是作者刘庆邦对理想人性的寄托与希望。这也正如《盲井》的导演李杨所说的:"小孩的善良、诚实是闪光的,孩子就是希望。"

二、爱的欲望——评《哑炮》

情感生活的缺失也是矿工普遍面临的一个问题。煤矿是以男性为主体的劳动场所,矿工们在暗无天日的矿井下劳动,随时都会面临死亡的威胁,当他们走出黑暗的井底,安全地走向光明世界的时候,内心深处就会涌动着一种原欲的追求,一种对"性"的强烈渴望和对家庭的深情呼唤。正如马斯洛所说,在生理需要和安全需要基本满足之后,归属和爱的需要就会产生,这种归属和爱的需要如果得不到满足就会产生孤独和空虚。而矿区本身就是一个缺乏女人的世界,这也就导致了底层矿工情感的缺失,从而在矿区上演了一幕幕的悲剧。

我们每个人都有爱与被爱的权利,爱的欲望并不是一个错误,但是它却受到道德的考量。《哑炮》中江水君爱慕工友宋春来的妻子乔新枝,当江水君向乔新枝表白要偷着和她好时,遭到了乔新枝的拒绝:"那不行! 一个人来到世上得凭良心,得管住自己。你和宋春来成天价也是兄弟相称,说出这样的话,你怎么对得起宋春来!"当遭到拒绝之后,江水君内心的情感稍有冷却,他管住自己不去宋春来家,但是在矿区这种男女比例严重失调的环境中,女性的慰藉与温暖对他来说太重要了,尤其是春节在宋春来家里喝酒时他所感受到的乔新枝关照的目光,又一次激起了他的爱欲。恰巧第二天宋春来因酒后体力不支在井下造成了局部冒顶事故,遭到了班长李玉山的责骂:"你出不来,老婆就是别人的了,别人想怎么搞就怎么搞!""班长的话仿佛在江水君脑子里打开了一扇门,他从这扇门进去,走神儿走得深一些,也远一些"。李玉山的咒骂显然给了他某种启示。

当欲望的力量急剧膨胀而无法满足时,人性恶的一面就会压到善良,这样的一种瞬间的恶也会造成无可挽回的后果。在井下江水君无意发现了一枚哑炮,对于一名矿工来说,当然明白哑炮的厉害,但他却将哑炮显眼的明黄色炮线拽断,精心掩藏好后借故离开,将危险留给了宋春来。是一股什么样的力量或者欲望使江水君产生如此邪恶的念头,将工友的性命置之度外呢？爱的欲望、想要得到他朝思暮想的女人乔新枝的欲望！而宋春来显然是乔新枝不能接受他的障碍。哑炮终究是炸响了，宋春来也因此丧命，江水君也如愿以偿地得到了他日思夜想的女人乔新枝，但他并没有如愿后的喜悦，怀揣一个无法告人的秘密，生活在了噩梦与自虐之中。

在新婚之夜，他管住自己不与乔新枝亲热之后，他又提出不能生他与乔新枝的孩子，要把小火炭作为亲生儿子来疼爱。即使这样，他也无法摆脱内心深处的罪恶感，无数次地在做一个自己曾经害死过人的噩梦。

在井下，他坦然接受班长李玉山的"优待"，一个人干两个人的活儿，有时甚至是四个人的活儿；不管是该干的、不该干的，他都主动抢着干：钻进滚滚煤尘中检查哑炮、钻到高处空洞里堵冒顶、主动处理别人不敢处理的哑炮……他想以这种自虐的方式来实现自我救赎。但是这种超强度的自虐式劳动，使他吸进了太多的煤尘，得了尘肺病，不到 50 岁就死去了。在临终前连呼吸都困难的时候，他挣扎着向妻子说出了那个折磨他大半生的秘密："他说，他看见了哑炮，没有告诉宋春来，自己躲了起来。他对不起宋春来，也对不起乔新枝。"至此也完成了他大半生的救赎与忏悔。听完丈夫的话，"乔新枝平平静静，一点都不惊讶。她拿起毛巾给江水君擦泪，擦汗，说：'这下你踏实了吧，你真是一个孩子。'"。其实乔新枝曾不止一次提醒江水君"不要折磨自己"，但是并非恶人的江水君却始终无法走出心理阴影。

其实江水君并不是一个恶人，他喜欢别人的妻子虽不道德，但也并不能说是人性之恶。作为一名正式的矿工，他辛苦工作，有了基本的生活保障，那么对爱情、对女人的一种爱慕与需求也就油然而生，而乔新枝也正好吻合了他对理想女人的一种想象与需求。为了满足爱的欲望，恶的幽灵迅速占据了他的内心，致使哑炮炸死了宋春来，炸开了他爱情的障碍，但也使他后半生走上了自虐式的救赎之路。刘庆邦在江水君身上呈现了一种强大的道德力量:"道德的力量不是在于它的强制性,而在于它以一种无形的方式构成了对人类生命秩序的潜在维持。它既是一种法律的补充,又是人类社会超越于其他物种的优越性的集中体现。所以,在某种意义上道德的力量是仅次于权力意志的,有时甚至比权力意志更具有震慑力。"①

人性的话题始终是一个沉重而敏感的话题,自"五四"新文学运动开始,"人的文学"就是一个贯穿整个中国新文学的基本命题,刘庆邦的创作也自觉地继承了"五四"启蒙主义的思想传统。在创作中他一直在对人性进行着审视和叩问,有对梅姐、小姐姐、守明纯真美好人性的呼唤与赞美,也有对马海洲、唐朝阳、老祥、宋长玉丑恶灵魂与扭曲人性的审视与批判。他曾说:"人性说复杂也复杂,说简单也简单。说复杂,可以举出几十种表现。说简单,只说对立的二元就够了,这二元一个是善、一个是恶。这是人性的两种基本元素,所谓人性的复杂和丰富,都是从这两种元素中派生出来的。"②按照马斯洛需要层次理论来说,当一种需要得到满足时,就会产生更高层次的需要。而当需求无法满足时,恶就往往会占了上风,人性的丑恶、扭曲、残忍甚至变态就会展露出来。刘庆邦在作品中对这种恶进行了无情的揭露和批判,但是他是一个"要给世界一点理想、给人心一点希望"的作家,所以在作品中更多地向我们展示了人性泯灭之后的救赎与回归之路,呼唤真善美的回归,也正是作家的良苦用心。

三、身份认同的欲望——评《红煤》

在刘庆邦的作品中,身份认同是一个重要的话题。何谓身份认同？陶

---

① 洪治纲:《旷野中的嚎叫——对新时期以来小说批评的回巡与思考》,载《当代作家评论》1998 年第 5 期,第 118 页。

② 林建法:《中国当代作家面面观》,春风文艺出版社 2003 年版。

家俊认为身份认同是指"某一文化主体在强势与弱势文化之间进行的集体身份选择,由此产生了强烈的思想震荡和巨大的精神磨难。其显著特征,可以概括为一种焦虑与希冀、痛苦与欣悦并存的主体体验"①。身份认同包括自我身份认同和社会身份认同两个方面。自我身份认同强调的是自我心理和身体体验,以自我为核心;而社会身份认同强调的是人的社会属性,按照马斯洛需求层次理论来说,可以归为归属和爱的需求以及尊重的需求。刘庆邦2006年出版的长篇小说《红煤》,白烨将其称为"中国版的《红与黑》"。小说讲述了一个农民轮换工宋长玉为了能够走出农村,彻底告别农民的身份,不择手段向上爬的故事,着重向我们展示了他在追寻身份认同的过程中人性的变异与灵魂的扭曲。在这个过程中,宋长玉对自我身份的认同意识与危机意识起到了推进作用。

(一)农民轮换工——尴尬的身份

为了更好地生存,农民逃离土地来到矿区当轮换工,作为异乡人,他们的身份非常尴尬。他们既是农民又是工人,或者说是农民身份的工人,身份的尴尬导致了他们处境的尴尬。"农民轮换工和国家正式工人的一个本质性的区别在于,农民轮换工不往矿上迁户口,不改变原来的户籍关系,干满五年或十年,从哪里来还要回到哪里去。也就是说,矿方利用的是农民工的青春和力量。"作为临时工人,宋长玉清楚地明白,虽然自己相对农民的社会身份似乎高出那么一点,但是在煤矿他们是不被认可的,甚至在普通工人眼里他们是没有任何地位可言的,这在他们的床铺摆放位置上也有明显差异:同一宿舍中正式工的床铺靠里靠窗,能照到阳光,轮换工的床铺靠外靠门,冬夏都是阴面。另外,正式工床上的铺盖是牡丹花被子、太平洋被子,轮换

---

① 陶家俊:《身份认同导论》,载《外国文学》2004年第2期,第38页。

工的床上铺的是粗布单子,盖的是粗布印花被子。正式工的床头都有一只木板箱,轮换工却只有一只帆布提包,在床下放着。更"让人眼气"的是正式工有大红塑料为封皮、上面刻烫金大字的工作证,轮换工没有此证,为此就无法向别人证实自己的身份。一个无从显示身份的人,就像一个虚无的人,有时连他都不知道自己是谁。所以在矿工们眼里,薄薄的一个小本意味着社会地位与享有不同级别的社会资源和社会权利,自然而然也成为农民轮换工竭尽全力想要得到的。因为在干满十年之后,矿上有权把百分之五的优秀人才转为国家正式工。

尴尬的身份焦虑激发了宋长玉对城里人身份的渴求,他渴望与城市里的生活方式和价值观念保持一致,从而获得一种被尊重的生命体验。所以,这百分之五的转正指标给了宋长玉无限的希望,他牢牢记住了这个敏感的数字,打定主意双管齐下,既要好好干给人留下一个好的印象,又要赶紧拉关系。在企图改变身份或是实现身份转变的过程中,各类情绪和心态相互交织,宋长玉的情感世界和情感体验纷繁而又复杂。对于一个底层的人来说,身份的转变并非易事,其中遭遇的阻力和困难更是重重叠叠。

宋长玉首先是树立自己良好的形象。在同批招进的二百多名农民轮换工中,高中生只有两三个,宋长玉就是其中的一个。他认为"一个'秀才',远离故土来到井下挖煤,本来就是低就,甚至有些自暴自弃,如果日常生活中的表现再不斯文些,所作所为再不检点些,立在矿工堆里不显得高出一点,十多年的寒窗苦读岂不是白受了!"所以,宋长玉时刻注意自己的形象,在生活中严格按照城市文明标准要求自己。他不吸烟,也不往洗澡池里尿尿,并且把洗澡也当成一门"学问"来对待,洗头时不用肥皂而是像城里人一样用洗头膏;他尊重女性,从不像其他矿工那样用粗俗下流的语言调戏侮辱女工。再如,矿上给每个工人发了一把雨伞,他不像其他工友砰地把伞撑圆了,他慢慢试着撑,撑得相当谨慎。撑伞的动作谨慎而又优雅,这使得他和其他工友马上拉开了距离,在他人心中留下了与众不同的印象。他在行动和观念上努力向城市文明靠近,这样果然效果很好,很快宋长玉参加了矿上举办的通讯员学习班,后接着被安排从事不卖苦力的开溜子工作,开始引起工友们的重视。

然后他主动与矿上的有权阶层拉近关系,以期尽快实现自己身份的转换。他首先以信作为武器,向矿长女儿唐丽华发起"爱情"攻势,在信中他试图通过把自己摆在弱者和落难的地位,让自己的身份充分地情感化和戏剧化,想方设法得到唐丽华的同情,与她建立恋爱关系,以此改变自己轮换工的身份。

(二)身份认同的焦虑与奋斗之路

宋长玉天真地以为他只要赢得了唐丽华的芳心,他就可以通过矿长女婿的身份轻而易举地转为正式工,扎根城市,过上体面和有依靠的生活。

然而他的美梦破碎了,先是唐丽华以大小姐的身份来质问他,要他自重并且要学会尊重别人,不要到处乱说,并警告他到处乱说对谁都没有好处。接着唐洪涛借井下的一次小事故之故直接将宋长玉开除了,也彻底击碎了宋长玉转为国家正式工的梦想。

身份的差距最终导致了宋长玉在乔集矿梦想的破灭。身份是在群体中被界定的,存在着十分繁杂的游戏规则,有的边界和规则是集体意志的体现,有的是个人意志在掌控。在某个群体范围内的规章制度往往都是强势主体意识的体现,身为其中的弱势个体必须遵守它们,否则就有可能被群体驱逐。唐洪涛作为矿上的大矿长,是矿上最高权力的拥有者,他可以按照自己的心意随意更改相关游戏规则,宋长玉所扮演的只能是游戏规则的服从者和绝对执行者。当他试图以对立者面目出现在唐洪涛面前、向其发起挑战时,无异于鸡蛋碰石头,结果注定是失败的。

宋长玉原以为通过个人努力与策划,可以走进城市并彻底地转变身份,成为"城里人",但唐洪涛表现出的傲慢和强势,是城市长久以来对农村、农民的歧视暴虐。被辞退后,宋长玉感到农民身份是他难以逾越的障碍,他优秀的品性与个人能力在城市偏见下形同虚设。在城市歧视暴虐下,宋长玉心中滋生了对唐洪涛的仇恨与怨念,心里埋下了怨恨和报复的种子。

乡村权利和群体的语言暴虐,让宋长玉同样面临着回不了家的尴尬。一方面是因为在农村,他的母亲和村支书的老婆有矛盾,以致他们家的人和村支书家的人也有了矛盾,经常被握有乡村实权的村支书家欺负。所以他要争气,为自己争气,为家人争气,渴望有朝一日能够出人头地,和村支书家抗衡。另一方面更有乡村舆论谣言的压力,让他成了回不了家的孩子。

后来经杨师傅介绍,宋长玉去了红煤厂村的砖瓦厂打工。他又将红煤厂村村支书的女儿明金凤作为他的第二个追求对象,他费尽心思地讨好支书一家,最终如愿以偿,抱得美人归,至此,宋长玉的命运也发生了转折。他先是出谋划策开发了红煤厂的旅游资源与农产品资源,两者利益的提成让他获得了人生的"第一桶金",也再一次赢得了老丈人明守福的信任。接着他承包了早期被红煤厂遗忘的新中国成立前地主遗留的煤矿,成了红煤厂煤矿的矿长,金钱滚滚而来,地位步步高升,获得了他渴求的被尊重的需求。

(三)原初身份的困扰和自卑

身份的区别造就了身份认同的压抑与自卑。著名经济学家阿玛蒂亚·森在《身份与暴力——命运的幻象》中指出:"身份认同感不仅给人骄傲与欢愉,而且也是力量与信心的源泉……但是,身份认同可以杀人……很多情况下,一种强烈的——也就是排他性的——群体归属感往往可造就对其他群体的疏远与背离。"①强烈的排他性诱使个体寻求身份认同,宋长玉在寻求身份转变的第一回合中惨败。他的舍友孟东辉的一席话点出了宋长玉失败的根源。他对宋长玉说:"你都没想想,你是什么人,人家唐丽华是什么人。唐丽华是在中专毕业,人家起码要找一个大学毕业的;唐丽华的爸爸是矿长,人家至少要找一个爸爸是副局一级的。你连个国家正式工都不是,你们家老几辈都是老农民,唐丽华怎么会找你? 这不怨,那不怨,都怨你自己想得太高了。"

这种差距感和自卑感在宋长玉获得事业上的成功之后依旧存在。事业成功后的种种行为很大程度上体现了宋长玉想成为"城里人"的强烈的被认同感。如宋长玉开办了小煤窑,他让人做了一块木牌,上面写着"红煤厂煤矿"五个大字,他不许工人把煤矿说成煤窑,也不许矿上的工人喊他老板,他给自己印制了名片,名片上自己的职务是"红煤厂煤矿矿长"。在阳正县打算搬迁和重建时,宋长玉毫不犹豫地拿出五千块钱买下了城市户口并在城里买了房子,成为"宋矿长"的宋长玉终于跻身于"城里人"的行列。但是成功之后的宋长玉仍旧没有摆脱这种原初身份带给他的伤害。在小说中他和唐丽华的一番对话道出了这种原初身份对他的困扰和自卑感:

"丽华姐,到今天我才比较了解你,你很高贵,也很高尚,和你相比,我还是一个乡下人。"

"我觉得你把城里人和乡下人绝对化了,乡下人也有不少优秀的,城里人也有渣滓。判断一个人怎么样,不能看他是城里人还是乡下人,还是要看这个人本身。"

"你说得对,这也许就是我的局限。"

---

① 阿玛蒂亚·森著,李凤华、陈昌升、袁德良译:《身份与暴力——命运的幻象》,中国人民大学出版社 2014 年版,第 1 页。

"你就很优秀嘛!"

"我有时候还是很自卑。"

"为什么?"

"我也说不来,莫名其妙的,突然就自卑起来,还有些伤感。"

此时的宋长玉正处在事业的巅峰期,可以说是一个在当地能呼风唤雨的成功人士,但是从这番对话中我们可以感受到他的自卑感,这也在一定程度上导致了他人性的扭曲和一系列的复仇。

(四)身份认同下的灵魂裂变与性格扭曲

身份的歧视带来压抑和自卑的同时,也极易使被压抑者产生身份的迷失。司汤达在他的《自我中心主义者的回忆》中这样说道:"社会好比一根竹竿,分成若干节。一个人的伟大事业就是爬上比他自己的阶级更加高级的阶级去,而那个阶级则想尽一切办法阻止他爬上去。"[1]宋长玉的成长过程遍布各种权力的压制,在老家农村,村支书利用权力对他家的打压,在煤矿因追求矿长唐洪涛的女儿而被唐洪涛随意解雇。当得知自己被唐洪涛解雇后,宋长玉越想越恨,怎么都咽不下这口气。"他肚子里的疙瘩鼓到一定程度,就通过血液转移到别的地方去了。这种转移类似癌症的转移,转移不会使毒瘤消失,只会使仇恨的毒瘤越生越多,越长越疯狂,似乎连他每个手指肚上都布满仇恨。"所以,成功后的宋长玉开始了他的复仇路,人性中的恶也逐渐显现出来。

在他的家乡,为了扳倒欺负他们家几十年的村支书宋海林,宋长玉拉拢乡党委书记和乡长,把一直打压欺负自己家的老村支书宋海林赶下台,扶植了自己的堂弟宋长兴当上了村支书,完成了对权势者的报复。在红煤厂,他

---

① 艾珉:《法国文学的理性批判精神》,北京大学出版社1991年版,第90-91页。

依旧与权力部门勾结，贿赂阳正市煤管局局长王利民，为省煤管局官员出资嫖娼，和当权者打成一片，让自己无证经营的煤矿顺利经营。

当上矿长的宋长玉还采取复仇的方式对唐洪涛进行打击，他先后三次举报唐洪涛贪污受贿和隐瞒矿难不上报的罪状，最终将唐洪涛送进了监狱。同时占有曾经追求而不得的唐洪涛的女儿唐丽华，在这种追求中，爱情的成分已慢慢褪去，更多的是农村人征服城市人的欲望。在将唐丽华的身体压在下面时，宋长玉的自我认同的欲望暂时得到满足。小说中对宋长玉的这段心理描写非常精彩：

多少年了，他一直梦想着这灿烂辉煌的一天，这破天荒的一天，这幸福的一天，这解恨的一天，这一天终于到来了。实实在在，妥妥帖帖。他把唐丽华压在了身子底下，彻底把唐丽华打倒了，并彻底进入了唐丽华的身体。他代表的是农村人，农村人把城里人征服了，他的胜利代表着农村人的胜利。这使他生出强大的、无坚不摧的、一日千里般的成就感，仿佛一下子抵达了人生的最终目的。

发达后的宋长玉深刻感受到了金钱带给他的地位和权势，同时他自己的心态也愈发膨胀。通过贿赂煤管局局长、检查处处长等人，顺利地登上了权力的顶端，也干起了最坏的勾当。他在煤矿不符合安全标准的情况下无序开采，不但造成了红煤村水资源枯竭、生态劣变，更是在面对杨师傅一再提醒红煤厂可能存在透水隐患时，置之不理，一意孤行，最终酿成17人死亡的特大煤矿透水事故，在法律和道义面前，宋长玉没有勇气承担这一切，最终走上了逃亡之路……

宋长玉自始至终都有着强烈的自我身份认同，纵观宋长玉进城后的奋斗和成长轨迹，导致其堕落迷失自我的一个重要的原因是城市对于乡村的歧视，让他这个"乡下人"一直有着一种深深的自卑感以及由此而产生的复仇心理。因此,即使是他后来发迹后,同上层阶级打成一片,以唐洪涛为代表的城市依旧不认可他"城市人"的一分子。宋长玉在对社会暴虐不屈不挠的斗争中,完成了他对权力暴虐和歧视暴虐的复仇,自己也付出了惨重的代价,走上了不归之路。

第六章　刘庆邦的女儿国

　　对于女性的书写一直是二十世纪文学关注的中心。对底层乡村女性的执着书写是刘庆邦创作的一大特色，刘庆邦的小说中有很多女性形象，从青年女性到老年妇女，从城市到农村，刘庆邦为我们展示了一个全方位的女性王国。在他笔下的女性，更多的是来自乡村的女性，即使有很多矿区的女性，但她们的根大都还是在农村。这些来自乡村的女性，大都秉承了乡村女性的勤劳与善良，都有着女性与生俱来的母性特点，作者也对这些女性的善良心地、执着追求给予了高度的赞扬与认可。提起为什么这样写，刘庆邦说："我认为世界上只有两个人，一个是男人，一个是女人。作为一个男作家，谁都愿意把女性作为审美对象。写到女性，才容易动情，容易出彩，作品才好看。第二个原因，大概因为我少年丧父，是母亲和姐姐把我养大，供我上学。对她们的牺牲精神和无私的爱，我一直怀有愧疚和感恩的心情，一写到女性，我的感情就自然而然地寄托其中。"①

　　在刘庆邦所建造的女性王国里，有魏月明式的坚强勇敢的母亲，有高妮、姑姑等执着追求的女性，有守明、喜如式的充满期待而又无奈的待嫁少

---

① 北乔:《刘庆邦的女儿国》,社会科学文献出版社 2006 年版,第 294 页。

女,有改等散发着母性光辉的小姐姐们,也有宋家银、玉字式的掌握主动权或被引诱的失贞女性。

一、母爱的撒播与传承

从古至今,文学作品中对母亲的赞歌从未停止过,世代相传的母爱故事也散发着永久的审美魅力。在对乡村女性的书写过程中,刘庆邦用心塑造了一系列坚韧、善良、温柔如水的传统乡村母亲形象,其中大部分的母亲形象在作品中都没有自己的名字,都以"娘"这一统一形象出现。很多作品中的母亲形象都有刘庆邦母亲的影子,刘庆邦幼年丧父,在那样一个贫困的年代,母亲一个人把他们几个孩子拉扯大实属不易,母亲在刘庆邦心目中永远是美好伟大的。所以,在刘庆邦的笔下,那些生活在艰难困苦中的母亲形象,以母爱之光点燃黑暗的夜,庇护孩子们的成长,慰藉着孩子们的心灵。

(一)坚韧如水的母亲

在以体力劳动为主的乡村生活中,妻子把自己的丈夫称为"当家的",这充分体现了男人作为主要的劳动力在家庭中所享有的至关重要的地位。一个家庭如果缺少了男性劳动力,那就意味着这个家庭缺少了顶梁柱,意味着这个家庭在乡村的生存会受到严重的威胁。刘庆邦小说中的母亲形象大都是失去了丈夫,独自一个人带着孩子挑起全家的生活重担的坚强女性形象。

作家根据自己的亲身经历写成的长篇小说《平原上的歌谣》,就是一首献给母亲的赞歌,我们看到了一位虽然遭受不幸,但又坚强勇敢的母亲——魏月明。面对丈夫的死去,她没有退缩,也没有想到改嫁,而是独自挑起了照顾病重的公婆和年幼子女的重担,以超乎常人的坚韧度过了困难时期,把孩子培养成人。为了多挣工分养活一家老小,她主动要求和男劳力一起干活,这在以男性劳动力为中心的农村,除承受更加繁重的体力劳动之外,更要承受不小的精神压力,所以,当副队长文钟生通知她干活时:"她没有说话,在地上坐着,也没有马上站起来。从今天起,队里就把她从妇女堆里择出来了,要把她送到男人堆里去。她突然有些害臊,满脸红通通的。她还产生了一种被当众羞辱的感觉,心里本能的抵抗着。但她很快调整好了自己的心态。自己是为了多挣工分,为了养活孩子,是出于无奈,才去参加男劳力干活,这没什么丢人的。"①

同时,失去丈夫的庇护,与清一色的男劳力一起劳动,还会有不怀好意的男人对她的非分之想。在抬粪时解手的问题还是遇到了。"一个年轻人已经把解手的家伙掏出来了,却装作才知道魏月明也在这块地里抬粪,说:'嫂子也在这里,我操,忘了忘了。嫂子,我要撒尿,你赶快扭过脸去,别把我的家伙看羞了!'"②面对艰辛的生活,她也曾在夜深人静的夜晚留下伤心的眼泪,但是她从不当着孩子的面哭,因为"白天她给自己下了戒律,不许当着孩子的面流眼泪。这是在夜里,孩子们都熟睡,想流眼泪就流一阵吧,只要别哭出声就行"。③

魏月明在苦难中坚守着自己做人的底线,牙齿咬碎往肚里咽也不做对不起良心的事,在家里没有一丁点可吃的食物时,她依然坚持教育孩子不偷不拿公家的东西,靠自己坚强的毅力撑起了整个家庭。这是一位地母般温厚的女性,她为了家、为了孩子而顽强地活着,并且充满同情地对待身边遭遇不幸的人,是一位集阳刚之美和阴柔之美于一身的有着崇高美德和博大胸怀的伟大坚韧的女性。

《枯水季节》中的母亲,仍旧是一位没有了丈夫、挣扎于苦难岁月中的母

---

① 刘庆邦:《平原上的歌谣》,北京十月文艺出版社 2009 年版,第 267 页。
② 刘庆邦:《平原上的歌谣》,北京十月文艺出版社 2009 年版,第 271 页。
③ 刘庆邦:《平原上的歌谣》,北京十月文艺出版社 2009 年版,第 341 页。

亲。为了撑起贫寒的家,把孩子拉扯大,母亲每天和男人们干着一样的活儿,因为这样才能和男人得到一样多的工分。虽然生活环境很艰难,但母亲心灵却是那样的纯洁。面对严重的自然灾害,许多人都设法借着干活儿的机会带点东西回家或者偷吃一些地里的东西,而母亲却不这样,她干完活儿后,把鞋壳和口袋里的麦粒全部磕干净,才坦然地回家。母亲做这一切都是悄悄的、默默的、是发自内心的,这充分体现了母亲纯净的心灵。当见证了男社员杀干部家的猪时,母亲虽然从情感上理解社员们的行动,但她仍然坚持着自己的做人原则,不参与其中。面对公社干部的调查,母亲虽然没有说出真相,但却把男社员偷偷送来的猪肉悄悄埋掉。母亲用无言的行动遵守着自己做人的宗旨,也教育着身边的孩子,在那个天灾人祸的枯水季节,母亲如一缕甘泉滋润和洗涤着人们的灵魂。

《谁家的小姑娘》中的改的娘,失去了丈夫,与年龄尚小的一双儿女相依为命,女儿刚刚十岁,儿子还没有断奶也不会走路。柔弱的娘虽不具备壮劳力的身体素质,但是却挑起了壮劳力的责任。面对玉米地里的积水,改家没有抽水机,娘只好把自己当成抽水机,采用最笨的方法,下笨力气一盆一盆往外擢水。娘的脸累得通红,额头上的大汗珠子落在水里叮叮的,当娘从玉米地里出来喂儿子吃奶时,"泥巴吸住了她的脚,她拔一下没拔出来,身子一歪,蹲坐在泥水里。改看得出来,娘是累得没劲了。娘一声不吭,手按着地,从泥水里站了起来"①。娘的艰辛读来不免让人心疼地落泪,但娘的坚韧也让人肃然起敬,她用弱小的肩膀撑起了整个家,为儿女树立了一个勤劳高大的榜样。改的母亲是传统乡村中坚韧不拔的母亲形象的代表,她们于大地的滋养中呈现了真善美的动人境界。

---

① 刘庆邦:《谁家的小姑娘》,见《刘庆邦短篇小说编年卷四》,上海文艺出版社2018年版,第178页。

在刘庆邦的小说中,母亲如一盏明灯,以母爱之光照亮黑暗艰难的夜晚,照亮孩子的心灵。面对命运的不公、丧夫的痛苦和性别的歧视,在以男人为权力中心的农村,母亲的处境是艰难的,但这些并未压倒母亲坚挺的脊梁,她们百折不挠,用柔弱但不软弱的身体撑起整个家庭,为孩子们树立了做人的榜样。这种厚重深沉的母爱在乡村女性的身体和血液里流淌,滋养和孕育着我们的生命,也让我们对人性的真善美有了更深一层的理解。

(二)默默守候的母亲

母亲总是默默守候着孩子的成长,这种成长除了身体上的成熟,还包括内心的情感体验。她们陪在女儿身边,默默关注着女儿成长中的心事,并把自己的生活经验传授给他们,母亲的爱温柔如春风,润物无声。

《鞋》中守明的娘非常懂女儿的心思,悄悄帮女儿做一些女儿想不到,或想到了不好意思开口的事情。她知道女儿为"那个人"做鞋而没有鞋样子,就提前托媒人把"那个人"的鞋样子备好。当守明与"那个人"在桥头见面,夜太黑娘不放心,贴心地要送守明过去,遭到女儿拒绝后,娘悄悄地跟在女儿的身后,做女儿默默的守护者。守明与"那个人"在桥头分别后看见一个黑影,大吃一惊后发现是母亲,这一情节既在情理之中又在意料之外,展示出了一位时刻为女儿操心的慈爱的母亲形象。

《相家》中染的母亲,为了染的婚事,在准备相家的日子里,在梦中一次又一次细致地完成相家的事情。梦是母亲日思夜想的投射,也是母亲全心为了女儿的终身大幸福曲折的心理准备过程的呈现。走在相家的路上,母亲的心时刻为女儿跳动着。路远,母亲怕女儿回娘家脚累;一条条路过于相像,母亲怕女儿走错路;有河,母亲怕女儿日后坐船会掉进河里去……一路上母亲在用自己的情感和脚步丈量着女儿的心思,体验着女儿的未来生活。在相家的过程中,母亲根据切身经历对男孩子制定了自己的标准,那就是男孩要身体健康,不能有病。因为母亲自己的丈夫是一个病秧子,在三十多岁时撒手人寰,失去丈夫的母亲吃了多少苦只有她自己心里清楚,母亲不希望自己的悲剧在女儿身上重演。所以对于表叔提到的几个相家的人选母亲都不放心,她必须亲自去为女儿相家,这关系到女儿一辈子的幸福。母亲把为女儿相家的事考虑得圆圆满满,相起家来仔仔细细,一个细节也不放过。普天之下,恐怕不会有比母亲做得更好的了,这份真真切切浓郁的母爱展现出了无与伦比的力量。

《桃子熟了》中的桃子娘,是女儿胡桃最忠实的保护者,处处防备着任何对女儿不利的人,传承已久的贞操意识让母亲对女儿的保护变成了一种监督和控制。女儿越长大,娘的心悬得就越高,村里哪个小伙子多看胡桃几眼,娘就会在心里留下记号。当她发现本村一个结过婚的大本瞄上了女儿后,娘找了个借口把大本喊到自己家,对大本说"你想那个,就跟我那个吧,你想怎么那个都行,就是不能打胡桃的主意。你敢动胡桃一指头,我就跟你拼命,就死在你们家里。说着,她动手解扣子,解裤带"①。吓得大本夺门而逃。娘的这一举动在我们看来可能是荒唐和愚昧的,但是却透露出她为了保护女儿的无能、无力和无私,将无私的母爱放大到了极致,让我们体会到了一个母亲的伟大。

《大姐回门》中,在等待堂叔接新婚的大姐回门时,母亲一趟又一趟地到村后大姐回门的必经之路上张望,直到远远地望见大姐身上穿的红棉袄,母亲才回到屋里,摇起纺车子纺线。母亲做得跟没去张望过大姐一样,无言的母爱流淌其中。

莫言曾说:"人世间的称谓没有比'母亲'更神圣了,人世间的感情没有

---

① 刘庆邦:《桃子熟了》,见《小呀小姐姐》,中国言实出版社 2019 年版,第 107 页。

比母爱更无私了,人世间的文学作品没有比母亲歌唱更动人了。"①在许多作家的笔下,母亲形象总是与温柔、慈爱、坚强、宽容等品格联系在一起。孟母三迁、岳母刺字、漂母施饭堪称中国母亲正统形象的典范,她们深明大义、自我牺牲和无私奉献的精神被千古流传。

(三)"小姐姐"们的母性传承

"女人的天性中有母性,有女儿性。"②虽然在生命的不同阶段女性有不同的个体身份,但她们与生俱来的母性与女儿性却并非各自独立而毫无交叉。发现和挖掘少女身上与生俱来的母性,是刘庆邦小说中对于女性书写很特别的一点。

《梅妞放羊》讲述了一个十岁左右的小女孩与羊群之间和谐、充满爱的故事。最初梅妞放羊只是为了实现穿上花棉袄这一简单的念想,"梅妞长这么大从没穿过花棉袄,每年穿的都是黑粗布棉袄。她做梦都想穿花棉袄。羊羔儿是梅妞的希望,花棉袄是梅妞的念想,梅妞把希望和念想都寄托在羊肚子上了"③。可梅妞没有想到的是伴随着母羊肚子的逐渐变大,她自身的母性也随着母羊肚子里的小羊一起日渐一日地生长起来。母羊的生产是激发梅妞母性生发的一个关键点,听到羊生产时凄厉的叫声,梅妞很替羊担心,在心里默默地替羊念话,眼圈也红了。梅妞与羊互爱着,她模仿母羊给小羊喂奶,将小羊视为"乖孩子"。当雷鸣雨猛时,梅妞不怕雨浇,却怕小羊淋出病来,当把羊带到废砖窑里避雨时,又怕传言中的蟒蛇吃她的水羊、驸马和皇姑,胆小柔弱的梅妞紧握镰刀做好了随时与蟒蛇生死相搏的准备。

---

① 莫言:《〈丰乳肥臀〉解》,载《光明日报》1996 年 11 月 22 日。
② 鲁迅:《小杂感》,见《鲁迅全集第三卷》,同心出版社 2014 年版,第 292 页。
③ 刘庆邦:《梅妞放羊》,见《刘庆邦短篇小说编年卷四》,上海文艺出版社 2018 年版,第 120 页。

因为有了这样一种母性之大爱,梅姐陡然勇敢起来,为了羊的安全,她愿意应对人类和大自然的任何威胁,幼小的梅姐俨然成了一位能够为孩子牺牲一切的真正的母亲。至此,隐藏在梅姐身上的母性已经爆发并达到了母爱的最高境界。

同样,在《小呀小姐姐》中,刘庆邦又为我们展示了一个小女孩对罗锅弟弟的母性之爱。小姐姐其实很小,仅到上学年龄,而弟弟平路是一个罗锅子的残疾人,且不到满月就死了父亲。在父亲缺席的家庭里,面对残疾的儿子,母亲虽然很爱他,但被过多的烦恼所淹没。当别人都不在乎这个一无所能的弟弟时,小姐姐倒把弟弟看得很重,并以一种超乎寻常的母性之爱去关心体贴他。在平路的心里,这个世界上也只有小姐姐才是他的亲人。教弟弟站立、加数,带未出过门的弟弟到田间地头享受大地带来的幸福,给弟弟烧蚂蚱吃,当快要死去的弟弟想吃鱼时,她便独自到鱼塘给弟弟摸鱼,由于太专注而涉入水深处沉入水塘……小姐姐对平路近似母亲的爱,是她生命中的一部分。幼小的小姐姐并不知道什么是责任,也未意识到她该有这样一份责任。但是她的心灵中这种责任却是与生俱来的,与血缘并无多大关系,更多的是她对弱者的悲悯和对生命的无限呵护与尊重。刘庆邦写出了小姐姐善良纯净的内心世界,给我们塑造了一位集女儿性、母性于一身的农村小女孩形象。

《灯》中的小连,还不到十三岁,因失明辍学在家,母亲与父亲关系很不好,常年在外很少回家,年幼的小连过早地背负着人生太多的苦难。因为母亲的缺席,在日常生活中,家里所有的家务都是小连一手操持,她根本不让父亲动手。一大早起来,喂鸡、扫院子、打水、白天洗衣做饭、缝缝补补,样样都干。往往是爸爸刚从地里干活回来,小连就把饭做好了。家里的东西小连自己放的都有地方,不让父亲挪地方。

在这里,我们看到的已经不是那个失明的小女孩了,而是一个勤劳持家的"母亲"形象。我们不得不承认,乡村女孩的血液里总是流淌着母爱,只不过在幼时这份爱是潜流,在某种刺激之下,就会激起波浪。小连的母亲几乎常年在家庭中处在缺席的状态,面对父亲、面对空落落的家,小连的母性得到激发,她以自己的母爱充填着家的空荡,给父亲一份安慰。

同样,《四季歌》中妮的儿纺棉花的场景,是几千年来一代又一代的中国母亲纺棉花的缩影。文本无意间展示了乡村小女孩成为一个好母亲和好妻子的学习过程。《谁家的小姑娘》中小女孩改正是通过模仿母亲擢水,学习了对待劳动的态度,她又宛若一位小母亲,照顾弟弟,并在这一过程中萌发了母性意识。

母性的律动是少女们成长中闪现的生命的光辉。不管是梅妞、小姐姐还是小连、妮的儿、改,她们以源自内心纯洁自然的与生俱来的母性面对乡土生活中的苦难和困境,让我们感受到了平凡人生中美好的一面,表达了作者对人与自然和谐的向往与憧憬,对乡村美好人性的呼唤与赞扬。

二、执着追求的女性光辉

《唱歌》中的长金、《响器》中的高妮、《听戏》中的姑姑则又以另一种执着感动着我们。她们在刘庆邦所描述的上百个乡村女性中是特殊的,她们有着更高的精神追求,并且有一种为之奋斗的执着。在中国乡村,男尊女卑的思想根深蒂固,存在着一种不平等的文化理念:一个女人家,操持好家务,打理好农活,伺候好丈夫,让家业蒸蒸日上,生活和和美美,才是正道。作为女人,不应该有相对独立的生活空间,她们应服从于家庭与男权,这种乡村文化对女性的干预犹如一条铁链困住了千千万万像高妮和姑姑一样的乡村女性。而高妮和姑姑对精神生活的追求和对艺术的热爱又是执着的,表现了乡村女性聪慧、灵秀的人性之美。

《唱歌》中的长金,十八九岁的年纪,对唱歌是敏感的,但在那个人们根据"成分"被划分成不同阶级的年代,作为地主家的闺女,她却没有资格成为基干民兵,就连唱歌的权利都被束缚和压制,但是什么都阻挡不住长金对唱歌的喜爱。她白天收工后在小树林的水塘边跟着从远处传来的歌声偷偷学,"人家唱一句,她跟着学一句。她没有唱出声,是用气声唱的。她的嘴在动,舌头在动,口型是唱歌的口型"①。夜里在梦中高声放歌,源自内心的热爱冲破了笼罩在命运之上的乌云,凭借着持久的热情和坚持不懈的努力,长金得到了追梦的权利。

《响器》中农村少女高妮痴迷于响器,正在家里干农活儿的她,忽然听见村里人家办丧事吹奏的大笛②声,立刻魂不守舍地循声去观看,由于听得太入神竟然泪流满面而不觉。在乡村人的眼中一个十四五岁的闺女家当众失态是丢丑的,高妮的母亲生气了,立刻要拉她回家,但她执拗地拒绝了,生怕错过听大笛。别人听大笛,图的是一份热闹,而高妮却深刻地体会到了其中的美妙,决意要学大笛。在农村人世俗的眼光中,吹唢呐是下九流的行当,何况一个女孩子去学,所以当母亲听了她的想法后,"直着眼看了她好半天,断定女儿是中魔了。母亲捉过她的手,用做衣服的大针,在她大拇指的指尖上扎了一下,挤出一粒血珠,说好了,睡觉去吧,睡一觉就好了"③。高妮并不认为自己着魔,反而认为是第一次找到了人生方向,她反过来做母亲的工作,说等她学成了,就给母亲开一个专场,母亲想听什么,她就吹什么。听了女儿的这番话母亲大怒,发狠说如果高妮去学大笛,就打断她的腿。母亲意

---

① 刘庆邦:《唱歌》,见《小呀小姐姐》,中国言实出版社 2019 年版,第 143 页。

② 在山东、河南等地区唢呐又称"大笛"。

③ 刘庆邦:《响器》,见《民间》,新疆人民出版社 2002 年版,第 35 页。

识到事情的严重性,一方面把高妮关在家里,另一方面捎信让高妮的父亲火速回家,让真正的家长回来处理这件棘手的事情。

父亲先是以现实的观点对高妮晓以利害,失败后又打了她、绑了她,最后父亲又请了一位德高望重的老太太做高妮的思想工作,但都没能改变高妮学大笛的决心,她宁可不吃饭,也要坚持学。高妮的执着追求感动了老太太,老太太说,人各有志,给孩子一条活路吧。音乐世界是高妮的光明领地,为了这片光明的领地,她遭到了我们常见的封建家长制的阻挠,那一声声凄怆冲天的哭叫,回荡着一个乡村女子的不屈不挠。大笛闪耀着理想之光,给高妮插上了飞翔的翅膀,让高妮在精神、气质、品格、胸怀上显出独特的魅力。

"两三年后,高妮吹出来了,成气候了,大笛仿佛成了她身体上的一部分,与她有了共同的呼吸和命运。人们对她的传说有些神化,说大笛被她驯服了,很害怕她,她捏起笛管刚要往嘴边送,大笛就自己响起来了。还说她的大笛能呼风唤雨,要雷有雷,要闪有闪;能让阳光铺满地,能让星星布满天。"①

大笛在手高妮的人生不但有了音乐,而且增添了绚丽的色彩,她从乡村向我们走来,带着微笑和成功。高妮对梦想的执着追求,也是她实现自己人生价值的高度渴望,作为农村女性,她摆脱了传统女性自身的局限性,置于追求理想的广阔天地,使自己达到了一种更高的精神境界。

《听戏》中的姑姑嫁给姑父后,像绝大多数乡村女性一样顺从自己的丈夫,依赖自己的丈夫,只是保留了自己爱听戏的喜好,满脑子装着魂牵梦绕的戏。听戏,成了姑姑的天性,只要是戏,她都爱听。"不听戏,就不能活!"

---

① 刘庆邦:《响器》,见《民间》,新疆人民出版社 2002 年版,第 48 页。

是姑姑最撼动人心的精神宣言。一位乡村女子对精神生活的看重,对村里人,尤其是对姑父而言,这不啻是莫大的荒谬。所以为了阻止姑姑听戏,姑父采用了暴力压制的方法,经常对姑姑拳打脚踢。我们虽然无法感知姑姑因为听戏而屡遭毒打的心情,我们看到的是,无论姑父如何恶骂毒打她都没有放弃听戏,可以说,她在极其恶劣的环境中,追求着自己心中的那份渴望。只要能够听戏,她可以忍受一切。刘庆邦向我们折射的也正是这样一个乡村女子难得的心灵之光。姑姑和高妮这样一种对民族文化和民族艺术的执着追求,在本质上可以说是对于生命意义的艺术化追求,贫瘠荒凉的山村正是因为有了她们这样一种女性才变得丰富靓丽起来。

高妮和姑姑的执着追求确实让我们感动,但是透过两篇小说的结尾,我们又感受到了一种乡村女性悲哀的气息。在《响器》的结尾,作者看似无关的一句话引发我们的深思:"有人给正吹大笛的高妮拍了一张照片,登在京城一家大开本的画报上了。照片是彩色的,连同听众占了画报整整一面。有点可惜的是,高妮在画报上没能露脸儿,她的上身下身胳膊腿儿连脚都露出来了,脸却被正面而来的大笛的喇叭口完全遮住了。照片的题目也没提高妮的名字,只有两个字:响器。"①高妮以贞操为代价学会了大笛,成了气候,可她的存在仍然被淹没了。

《听戏》的结尾这样写道:"母亲到城里来过年,我问母亲,姑姑现在还听戏不听? 母亲说:咋不听? 听! 你姑父死了,没人管她了,她听的黏着呢!"②姑父死了,姑姑获得了自由,可以自由自在地听戏了,看起来姑姑似乎是幸运的,但是幸运之中充填的是无尽的不幸,她没法用抗争为自己赢得自由,

---

① 刘庆邦:《响器》,见《民间》新疆人民出版社 2002 年版,第 48 页。
② 刘庆邦:《听戏》,见《刘庆邦短篇小说编年卷五》,上海文艺出版社 2018 年版,第 141 页。

只能等着权利自身的消亡。

高妮、姑姑的经历,透射出乡村女性个体价值的实现仍需无尽的长路去跋涉,这是她们的悲哀,同样也是她们的希冀。

三、无法言说的少女情怀

在对乡村女性的书写上,刘庆邦向我们展示了乡村女性的诗意浪漫,尤其是待嫁的"女儿家",她们情窦初开,到了谈婚论嫁的年纪,对爱情懵懂而羞涩,她们遵循农村的相亲风俗,有了自己喜欢的对象,走在了憧憬爱情的路上。对女性情感的曲折微妙的深入刻画和细腻体悟,增添了刘庆邦作品的诗意,尤其是对少女情感世界的描写,刘庆邦是成功的。他说:"世间最美好的事物是什么? 我回答是少女。人们愿意用花朵比喻女人的美丽,少女就像含苞欲放时的花朵。"[1]

但是透过少女们诗意微妙的情感,我们看到了她们面对爱情、面对婚姻的期待和无奈。西蒙娜·德·波伏娃曾说:"结婚,是社会传统赋予女人的命运。现在仍然如此,大多数女人,有的就要结婚,有的已经结婚,有的打算结婚,有的因没有结婚而苦恼。"[2]女性在传统的文化结构中毫无主体可言,那么婚姻的是否幸福也成了女性存在的全部意义。不管时代如何发展、社会如何进步,对美好婚姻的渴望与期盼是每一个女孩心中的梦想。中国的农村虽然经历了巨大的社会变革,但是几千年形成的封建价值理念仍然禁锢着一些少女的思想,使她们在面对爱情、面对婚姻时仍然固守着几千年来的乡土传统,在自己所期盼的爱情面前总是那样的被动和无奈。

---

① 北乔:《刘庆邦的女儿国》,社会科学文献出版社 2006 年版,第 297 页。

② 西蒙娜·德·波伏娃:《第二性》,陶铁柱译,中国书籍出版社 2004 年版,第 393 页。

　　短篇小说《鞋》中,刘庆邦用心塑造了一个羞涩的待嫁乡村少女守明形象,她十八岁订了婚,订婚后就开始对婚姻充满了想象,做什么事情都仿佛有了新娘子的感觉。鞋对于守明来说不是一双简单的鞋,那是她在飞针走线中编织的幸福的梦,鞋仿佛带着守明走到了她的心仪人面前,鞋是连接她和"那个人"的线,牵着两个人对对方的承诺。刘庆邦把待嫁少女的心理描写得细致入微,如当拿到男方鞋样时,守明心中想到:"天哪,那个人不算大,脚怎么这样大。俗话说脚大走四方。她想让他走四方,又不想让他走四方。要是他四处乱走,剩下她一个人在家可怎么办。"①守明的心理活动生动地表现出了待嫁少女对于美好爱情的深切向往,她那种淳朴的感情一直也被人们所赞颂。但是在赞颂的同时我们是否看到了作者在后记中提到当"那个人"把那双鞋退给那个姑娘时,姑娘那双泪汪汪的眼睛?守明用心做好的鞋终于送到了她"那个人"的手中,此时对于守明来说最大的幸福莫过于看到"那个人"穿上这双带有爱的针脚的鞋子,但几次要求都被拒绝了,我们也似乎看到了守明眼中的泪水、无奈的哀伤。尤其是在《鞋》的后记中暗示了守明梦想的破灭,鞋被退回了,守明的整个做鞋过程成了一种无意义的事情。《鞋》直剖人的内心,将待嫁少女的惊喜、羞涩、孝顺、乖巧以及对爱情的向往与执着写得生动、细腻,折射出了少女丰富斑斓的美好心灵。

　　在《红围巾》中,年轻的姑娘喜如在春天被安排与邻村的男孩相亲,男孩子是中学生,口袋别着一支钢笔,这样的男孩子在农村尤其是在没读过书的女孩子看来是有文化又有气质的,因而喜如在心底里是喜欢的。但是对于相亲的结果"对于春天里的那件事情,四姑的话不知为何那样节约。喜如当然不能问四姑,四姑不说,她就不问,四姑说多少,她只能听多少。这是当闺

----

　　①　刘庆邦:《鞋》,见《刘庆邦短篇小说编年卷三》,上海文艺出版社2018年版,第173页。

女的规矩,也是当闺女的难处。你要是把不住劲,问出个一句半句,就会被人笑话了去,甚至被人看不起"①。当得到被拒绝的结果后,喜如只能将委屈压抑在心里,将自己被拒绝的原因归结为自己相亲时缺少一条红围巾,她心里认为一个闺女家不能露头露脸地让人家看,要是戴上一条围巾,她的脸会显得红一些,好看一些,也许人家会看上她。于是,为了得到一条红围巾,喜如每天天不亮就起床扒红薯,红薯寄托着喜如买红围巾的希望。在这里我们感受到了喜如对爱情的期待,但同时更看到了她面对爱情的无奈,面对自己的终身大事,喜如连问的权利都没有,相亲的成败不是她说了算,而是看她的那个男人。喜如能做的只是被娘打扮起来给人看一下,剩下的就是遥遥无期的等待,至于她内心有何想法都无关紧要,这次不成,喜如只有等着下一个男人相看。

《闺女儿》中的香刚满十五岁,花一样年纪的她有着对爱情的憧憬,心中有了属于少女的小秘密。相亲的那天,母亲让她换衣服、洗头时,她故意装出不乐意的模样。表面上看她对相亲这件事有些不积极,实际上她是想掩盖自己内心的激动,因为在家里她就开始想象着他的样子,从打扮到相貌体态,她心里都猜了个遍。出门的时候,直到母亲在外面看过又看过,告诉她真的没人了,她才躲到母亲身后,一步一步向村外走去。此时去相亲的香,紧张和害怕占据了内心,但那份渴望又迫不及待地想要跳出来,待嫁少女心中的那份矛盾显露无遗。相亲后,当天晚上香就做了一个有关嫁人的梦,梦很凌乱,却包含着她所能理解的所有关于嫁人的知识。但漫长的等待之后,她得知相亲失败了,面对这一结果,出于自尊心她表现出了一副不在意的样子,压抑着内心的苦闷,"虚着眼看窗外"。相亲的失败,这对于涉世未深的

---

① 刘庆邦:《红围巾》,见《刘庆邦短篇小说编年卷六》,上海文艺出版社 2018 年版,第 339 页。

女孩子来说的确是不小的打击,结尾香想为石磨子磨、房梁上吊、下锅煮、捆绑、压石头、横竖来一刀的豆腐痛哭一场,实则是为自己被人看低而感伤,原本无忧无虑的香在成长的道路上跌跌撞撞地前行着。

在传统的角色安排中,女性总是处于一种被动的、顺从的、被情感所支配的地位,虽然心存对爱情的期盼、对婚姻的憧憬,但现实的"规矩"却制约着她们压抑自我,面对感情她们只是处于被挑选的地位,而没有挑选的权利。

《春天的仪式》中的星采,依旧是一个对爱情充满期待和羞涩的待嫁少女,和守明她们一样,从订婚那天起她的心里就开始颇不宁静,期待能在三月三的庙会上见到她的"那个人"。所以,一有人提起三月三,她的脸上会马上热得不行,心跳得不行。终于到了这个期待已久的日子,星采到了庙会上期待见到"那个人",又怕见到"那个人",期待无比又羞涩无比。在一段时间的等待后,"那个人"还没有出现,星采心里开始有气了,她想回家睡觉,想大哭一场。终于在唱小戏的地方目光与"那个人"相遇,"星采身子紧贴在墙上,双手却捂在胸口,一颗心还是止不住地大跳,她一时不知道是停好还是走好"①,如此,一个农村闺女儿的羞涩和对于爱情的憧憬便淋漓尽致地呈现了出来。

四、失怙的少女与弃女

残缺的家庭关系必然会给孩子的心灵带来难以愈合的创伤。刘庆邦笔下描绘较多的是失怙的少男和少女。面对家庭的残缺和生活的压力,幼小的他们不得不提早学会分担家庭的重担。同时,刘庆邦也关注到了被遗弃、

---

① 刘庆邦:《春天的仪式》,见《民间》,新疆人民出版社2002年版,第88页。

被收养的孩子们。

（一）勤劳敏感的失怙少女

前述失怙的少男在家庭中更多承担的是对家庭事务的决策权和参与权，承载着"户主"的角色。而失怙的少女多呈现出的是她们的早熟和勤劳，她们贴心、善良、敏感又心重，知道帮助母亲料理家务、分担农活、照顾幼小，在她们的世界里，爱是她们回报家庭的方式。

《谁家的小姑娘》中，失怙少女改坚韧的性格是通过一系列心理描写塑造的。改听到大娘建议她母亲提前给她找一个婆家，挑有好劳力公爹的人家，以填补自己家庭男劳力欠缺的问题。虽然娘以改还小为由，婉拒了大娘的提议，但是改心上还是重重的，担心娘说不定哪一天把定亲的事和她讲出来。所以她在心里暗暗下定决心，一定要通过自己的双手帮助母亲扶持家庭，以此表达她对大娘建议的抗争。"改把两脚稳了稳，把气也稳了稳，要像娘那样，将水扬起来，擢出去，而不是端出去。不知改是从哪儿来的力气，她真的把水高扬起来擢到土堰外面去了……改原来以为她还很小，力气不大。现在看来，她力气不小，人也长大了。"①

《毛信》中不满十二岁的毛信因爹死在了矿下，小小年纪的她听到了大娘建议母亲给她定娃娃亲，对象是同村的父母双全的男孩子钟明。懵懂的毛信认为说亲是一件吓人的事情，她先是和娘赌气，对着娘嚷嚷要是给她说婆子家，她一天都不活着，要到阴间去找她爹。因为她害怕长大，她认为长大是危险的。一个十二岁的女孩，一尘不染的心灵，懒得去窥探成人的世界，她这种拒绝成长的姿态好像小孩子才能拥有。对于毛信来说，成长是痛苦的，成长让她感受到了巨大的恐惧与不安。但越是拒绝成长，成长越拖拽

---

① 刘庆邦：《谁家的小姑娘》，见《刘庆邦短篇小说编年卷四》，上海文艺出版社2018年版，第187页。

着她前行,最终十二岁的毛信经过一番斗争之后长大了,能够主动地接受成长。

(二)作为童养媳的失怙幼女

童婚制是封建制度的产物,也是我国封建婚姻制度的一种畸形形态。贫苦人家的女孩一旦走上童养媳的道路,则意味着走进了苦难的深渊,其所面临的不仅是封建家庭的蛮横和钳制,更是人性的束缚和心灵上不可磨灭的创伤。关汉卿的元杂剧《窦娥冤》中的窦娥,是较早的有影响的童养媳形象。"五四"新文化运动之后,在启蒙和女性解放的时代背景下,童养媳这一形象群体大量进入现代文学视阈,并成为现代文学人物形象谱系中非常特殊的一员。相较于古代文学,现代文学对童养媳的文学书写较为丰富,出现了较多的童养媳形象,如鲁迅笔下的祥林嫂,冰心笔下的翠儿,王西彦笔下的凤囡、路三嫂子,沈从文笔下的萧萧、三翠,杨刚笔下的月儿,老舍笔下的小王媳妇,萧红笔下的小团圆媳妇等。

童养媳兼具女人与儿童的双重身份,处于男性与长者的双重压迫之下,她们是夫家的附属品,完全受夫家摆布,从始至终处于被压迫、被剥削、被奴役的困境,成为主体意识缺失的、被物化的一类女性。当代作家刘庆邦也关注到了底层童养媳的这一命运。他的《四季歌》里的妮的儿因父亲的缺失,家境困难,母亲无力养活他们,只好将妮的儿送给别人当童养媳,以换取续命的红薯片子。小说里的妮的儿才八岁,在她的世界里,尚没有男性意识的介入——她和男性没什么关系。小说以四季作为小标题,春天的时候,妮的儿跟随母亲到南宋庄走亲戚,事实上母亲是送她去做人家的童养媳,妮的儿不愿意,可拗不过母亲,只得硬着头皮跟母亲去。"表姨"并不喜欢妮的儿,不过还是留下了她,妮的儿为母亲换回一篮红薯片子,母亲很感激"表姨",觉得家里两个孩子的命保住了。这样的一种人与物的置换让妮的儿留在

"表姨"家所遭遇的一切具有了某种"殉道"般的性质。紧接着，"夏"一节极写妮的儿在婆家当牛做马，无时无刻不在劳作。夏初，妮的儿坐在门口的枣树下纺线穗子，一天一个线穗子，一直纺到秋末。其间有同龄的孩子找她玩耍，可是没有完成任务不能离开，否则她就要挨打、饿肚子、不能睡觉。本该处在童趣贪玩的年纪，却过早地背负了生活的重担。除了纺线，妮的儿还要做饭和刷碗，每天都要等自己的小丈夫吃完才能用丈夫的碗吃饭，有时候没有剩饭了就要饿肚子。"秋"则主要写妮的儿的未婚夫赵海儿对她的虐待。小丈夫赵海儿不喜欢妮的儿，总想把她赶回家去，因此对她百般刁难，把她的胳膊拧青，把她纺车上的弦割断。"冬"一节写妮的儿如何破衣烂衫、衣不蔽体，一到下雪时冻得浑身直打哆嗦，在落雪天里忍受寒冷。妮的儿在"表姨"家受尽千般苦楚，她都忍受下来了，总盼望着，母亲什么时候会来看她。在小说的末尾，母亲出现了，可是母亲并没有接走妮的儿，只是又从"表姨"家里带走了一篮生红薯。结果是，妮的儿继续在赵家当童养媳。犹如春夏秋冬循环往复，所有的情节和痛苦又将从头再来。刘庆邦通过四季的更迭、气候的变化，衬托失怙童养媳妮的儿生存境遇的悲惨。

（三）被弃少女的难言心境

二十世纪八十年代计划生育政策的执行，使得农村许多有着"重男轻女"思想的家庭生下女儿后选择遗弃。《女儿家》中的红裙们就是这个时代亲子伦理异化的产物。小说由村民来金捡回的一个小妮子揭开了村里几个女孩的身世之谜，少女红裙便是被收养的孩子中的一个。她原本过着幸福的生活，但是村里人却在无意中透露出红裙是捡来的孩子，得知真相后的红裙虽然陷入了深度的悲伤，她痛恨自己的亲生父母对她的狠心抛弃，但同时也庆幸养父母对她的视若己出。为了回报自己的养父母，红裙及时调整了自己的心态，没有选择自暴自弃，而是坚强面对，她自己做起了生意，变得愈加成熟懂事。但亲生母亲的出现却打破了红裙的心境,她怨恨母亲当年狠心抛弃,但当母亲真的被姐妹们撵走后她心里又觉得空落落的。

结尾处,红裙、英子、小果三个同样身世的女孩一起去看来金捡来的女孩儿,并给她取名叫"同心"。这意味着这些捡来的孩子决心互相帮助,一起坚强地生活下去,三个小姐妹面对苦难的乐观生活态度和敢于承担的坚韧性格,支撑着她们坚强地活下去,并真正地找到了自身的人生追求。

五、温柔宽容的妻子

婚姻是区分"女孩"与"妻子"两类女性形象的标准,女孩一旦走进了婚姻就由"女孩"成为"妻子"。除少女、母亲形象之外,刘庆邦对处在婚姻之城中的"妻子"形象也是着墨较多的。他笔下的很多乡村女性一辈子遵循着千百年来女人命运的既定轨迹:相亲—嫁人—为人妻、为人媳、为人母,侍奉丈夫、孝敬公婆、养儿育女,牺牲自我,终其一生她们都扮演着付出和承担的角色,在这类女性身上很完满地体现了中国女性的"妻性美"。

那么,何为"妻性"呢?班固早在《白虎通德论》中说:"妻者何谓?妻者,齐也,与夫齐体。"那么按照班固的解释,我们可以理解为,妻性应该是与丈夫的相亲相爱,怀孕生子,地位与丈夫平等。而鲁迅在他的杂文《小杂感》中也有对"妻性"的认识,他认为女人的天性中有母性,有女儿性,无妻性。妻性是被逼成的,是母性和女儿性的混合。这是鲁迅对中国的女性历史进行深入考察后得出的结论。

宽容慈爱、温柔敦厚、甘于奉献是长久以来关于贤妻良母的传统审美观,这种传统的女性审美观一直在中国的传统文化中占据重要地位。不同于莫言笔下"无妻性"的女性形象的塑造,刘庆邦则为我们塑造了一系列的坚忍执着、淳朴善良的散发着"妻性美"的妻子形象。

（一）温柔与体贴

有人说,男人就像孩子,而丈夫则是妻子的第一个孩子,步入婚姻,男人从母亲的怀抱投入妻子的怀抱之中,仍需要一个温暖宁静的港湾。不管男人如何强大或者坚韧,甚至说还具有大男子主义情怀,他们也有疲惫或者脆弱的时候,他们不仅需要妻子般的情爱,也渴望得到母亲般的体贴与慈爱。那么作为妻子,把自己心中那份柔情和仁爱倾洒在丈夫的身上,也是再自然不过的事情。

在《白煤》中,想嫁给了矿工长路,要去矿上探亲时,母亲送她出门时叮嘱说:"挖煤的人苦,洗衣做饭,铺床叠被,好好待承人家。"简短的话语既包含了丈母娘对女婿的疼爱,更是母亲在教导女儿成为妻子之后应走的路。在大多数矿工的心中,"妻子是家,妻子是火,妻子是热汤热水,妻子是一切一切。只要有妻子在,什么都齐了。妻子不在,什么都不算"。因为"无论他们什么时候到家,属于他名下的那个女人一听到脚步声就把门打开了,并不说话,对丈夫脸上身上略加审视,知道盼回来的是全须全尾的整装人,心里才落实了,捉过丈夫的双手,塞进自己的裤腰,或抱了丈夫的头,把发烫的小脸焐在丈夫冰凉的耳朵上,说'暖暖,暖暖'"。[1] 文中的新妇想就是这样一位在乡村大地中长大的,心时刻为丈夫所跳动的温柔体贴的妻子。

在《升级版》中,司马晋来的续弦杨春明,原本是他家的保姆,是他原配妻子的表妹,在表姐生病及病重期间,杨春明亲眼见证了表姐夫司马晋来对表姐的爱和体贴。表姐去世前也曾对杨春明说司马晋来是世界上少有的好男人,希望表妹能够与司马晋来一起生活。就这样,杨春明由保姆成为妻子,两口子相差二十多岁,但婚后善解人意的杨春明对丈夫更是体贴关怀、

---

[1] 刘庆邦:《白煤》,见《刘庆邦短篇小说编年卷二》,上海文艺出版社 2018 年版,第 172 页。

温柔有加,时刻注意维护丈夫的自尊,就连跳舞也是为了"陪老公活动腿脚,锻炼身体",老夫少妻的生活充满了柔情蜜意。但好景不长,司马晋来从工作岗位上退下来之后就中了风,坐上了轮椅,不能跳舞了,因为丈夫跳不成舞,杨春明从此也不再跳舞,并且只要天气好就推着丈夫到附近公园呼吸新鲜空气,陪他一块儿活动。"杨春明把司马晋来的头发染得乌黑乌黑,梳得一丝不乱,衣服也洗得干干净净,穿得板板正正,秋天还给司马晋来脖子上搭一条大红的羊绒围巾,把司马晋来收拾得甚是体面。"①面对丈夫的中风,年轻杨春明没有像别人猜测的那样背离丈夫而去,而是更加地体贴和关爱丈夫,展现了中国传统女性的妻性美。

(二)淳朴与宽容

而对皇甫金兰、织女形象的塑造更加丰富了刘庆邦笔下的女性王国,同时又一次奏响了一曲女性的悲歌。

《黄泥地》中"乡绅"房国春之妻皇甫金兰,在文中作者虽着墨不多,却能够感受到作者的匠心独运。这是一个完美得无可挑剔的中国传统女性的典型代表,她淳朴善良、忍辱负重、任劳任怨,在她的身上集中体现了中国传统女性的妻性美和母性美。她扮演好了人生中的每一个角色:女儿、妻子、母亲、嫂嫂、奶奶……而她的心中唯独没有她自己。就是这样的一位毫不利己、专门利人的女性,一生却未得到丈夫的爱和一种独立的认可。而她却因为丈夫遭人辱骂、被人掰断手指,只有在绝望中结束自己的生命。

皇甫金兰就连最后的死也是为别人着想的:娘死了,不会再担不孝之名,为人女的任务已完成;丈夫被关押,可能再也回不来了,为人妻的义务已完成;儿女该娶的娶了,该嫁的嫁了,一辈子为人母的任务也已完成,自己可

---

① 刘庆邦:《升级版》,见《刘庆邦短篇小说编年卷(下)卷四》,河南文艺出版社2019年版,第204页。

以走了。即使走也没有忘了用她残缺的手指把该拆洗的衣服洗一遍,为孤身的四弟蒸馍、擀面条,把生前所有欠别人的东西还清,甚至担心死后孩子们跪在地上哭时会沾上泥巴,把院子里有泥巴的地方放上草木灰并拍平;就连选择上吊的位置也是千方百计为别人着想的。这样一位无辜的、善良的、有涵养的女人用死为自己做出了无声的抗争。

《八月十五月儿圆》其实讲的是一个"月圆人不圆"的故事。文中的田桂花面对丈夫的背叛,却用包容的态度来对待这一切。丈夫外出务工开了小煤矿后,富了,但是心也变了,几年都没回家,在城里有了别的女人,并且在中秋节把私生子带回了老家。而对此,丈夫李春和没有任何愧疚,反而冠冕堂皇地对妻子说,他的那些朋友差不多都让别的女人为他们生孩子,这是普遍现象,也算是新潮流,并说妻子的观念已经跟不上现在这个社会了。丈夫之所以这么有恃无恐,因为他知道自己的妻子是一个宽容善良,有着传统美德的好媳妇,不会撒泼打野跟他闹。事实也是如此,善良的田桂花一再隐忍,用宽容的态度平静地对待这一现实,不但没有和丈夫大吵大闹,反而招呼女儿喊爸爸、哄着小男孩一起分糖果,试图拢着小姐弟俩和平共处,还给丈夫馏了几个扣碗儿,有黄焖鸡、黄焖鱼,还有小酥肉。因为"丈夫以前说过,他不喜欢吃炒菜,就爱吃老家的扣碗儿。这几种扣碗儿都是丈夫爱吃的"[1],淡淡的几句家常话般的责怪,倒不如说是对丈夫犯重婚罪的担忧。丈夫给她留钱她不要,丈夫说她傻时,她的眼角涌出了泪水,因为她记起了丈夫当初死乞白赖的追求和山盟海誓的承诺,以及自己这些年来独守空房的委屈和寂寞,但是城里那个女人的一个电话就把丈夫招了回去。尤其是小说结尾的一段对话,更是将田桂花淳朴善良的品质体现得淋漓尽致:

---

① 刘庆邦:《八月十五月儿圆》,见《刘庆邦短篇小说编年卷(下)卷二》,河南文艺出版社 2019 年版,第 80 页。

田桂花对丈夫说:"你以后要是不想回来,就别回来了。"

丈夫说:"没办法,看情况再说吧。"

田桂花又说:"你要是想离婚,我也不会赖着你。"

这大概是丈夫没有想到的,他说:"这可是你自己说的。"

"我自己说的。"

"你不要后悔。"

"我不后悔。"①

或许在很多人眼里,田桂花要离婚不是明智之举,但她却清醒地认识到丈夫对自己已经毫无感情可言,与其这样,不如给丈夫自由也捍卫自己的尊严。这样的选择既体现了田桂花的淳朴与善良,更体现了这位农村妇女的自尊和勇敢。

(三)正义和勇敢

《黄泥地》中的另一位女性——织女,虽不像皇甫金兰那样让读者同情和认可,也并非一个传统意义上的贤妻良母形象,甚至是一个不守妇道、不贞洁的女性。但她并不同于刘庆邦笔下其他失贞女性(笔者曾把刘庆邦笔下的失贞女性总结为掌握主动权的失贞女性、被引诱强迫的失贞女性、忍辱反叛的失贞女性和迷途知返的失贞女性四类),因为在她的身上我们看到了正义和勇敢的人性光辉。

织女,三年困难时期下放到农村的纺织工人,嫁给了身有残疾的丈夫房守景,不管是从精神还是物质上、从心理还是生理上都陷入了一种困顿状态。所以房守现的出现看似给困顿中的她带来了一丝希望,但也顺其自然地成为泄欲和权势争夺的工具。房守现为了报一己私仇,不惜利用织女去

---

① 刘庆邦:《八月十五月儿圆》,见《刘庆邦短篇小说编年卷(下)卷二》,河南文艺出版社 2019 年版,第 85 页。

勾引房守本,虽未成功,但仍然让我们体会到了房守现的丑陋和织女的可悲。同样为了拱掉房光民的支书位置,她又一次成为被房守现利用的工具,但就是这样一位敢于为她所相好的男人付出的女人,在房守现拥有了一定的权势之后仍旧无法逃脱被无情抛弃的现实,就连临死前希望见一眼房守现的愿望也没有实现。

然而就是这样一位可怜可悲甚至是不太光彩的女性,确是一位敢于坚守信念的勇敢的女性。在房国春遭遇宋建英的辱骂转而希望儿子房守良为自己助阵遭到拒绝时,房国春对自己的儿子大打出手,房户村的男女老少都在坐山观虎斗而没有一人制止。只有织女敢于上前与皇甫金兰把房国春从儿子身上拖开,并且很生气地说:"三叔,你这是干什么？打自己的孩子不算本事。"看似简单的动作和朴素的话语在一群有预谋、有意识的看客中尤显珍贵。当皇甫金兰去世后,也只有她和房光东的娘敢于去送葬,这些都已足够让我们感受到这个不幸的乡村女性的善良和正义了。而她也是带着遗憾而去的:临死前她希望房守现去看看她的愿望没有实现;她要求死后把她穿纺织服的照片放在棺材里,家人也没有放。

皇甫金兰、织女虽不是同等意义上的好女人的代称,但她们都同样处在一个男权文化的乡村秩序中,用她们的善良和执着为我们奏响了一曲乡村女性的赞歌与悲歌。

刘庆邦用朴实无华的笔触,为我们展现了人与人之间的理解与关爱,描绘了一幅充满爱意的生活画卷,谱写了一曲曲人性美的赞歌,树立了一座长明的灯塔,表达了一种价值取向,即关注人性、呼唤人性美。

六、女儿国中的反叛

刘庆邦笔下的女性大都秉承了乡村女性的勤劳与善良,都有着女性与生俱来的母性,在对母性的书写上,她们是一致的,作者也对他笔下女性的善良心地、执着追求给予高度的赞扬与认可。但有一部分女性让作者痛恨和同情,也是作者关注的一个非常敏感的群体——"失贞"女性。贞节观是传统伦理道德范畴内对女性顺从道德的赞美,也造就了畸形的女性行为伦理。刘庆邦笔下的一系列女性,不乏"失贞"女性,作者对她们中的一部分给予了深切的同情与无奈,也对另一部分进行了深刻的批判。对这类女性生存境遇的血泪书写,更让我们看到了千百年来乡村固有的文化认知对女性的残害。以下把她们分为四类来论述。

（一）掌握主动权的失贞女性

对于乡村女性的书写,刘庆邦所持的是赞扬和喜爱的态度,他更多地写了乡村女性的人性之美。但也有另类女性,笔者把她们称为掌握主动权的乡村失贞女性。这类女性较为大胆和泼辣,都有着较多的躁动和不安,她们一般在家庭中和村中有一定的地位,掌握一定的权力。在《嫂子和处子》中,会嫂和二嫂利用乡情民俗所赐予的叔嫂无大小的规矩和自己根正苗红的贫下中农地位,在以阶级斗争为纲的那个年代,掌握了更多的主动权。

《双炮》中悲剧形成的原因,与会嫂和二嫂胡作非为的原因如出一辙。翠环嫁给大炮后,对与其长相酷似的双胞胎弟弟二炮有了想法。为了达到目的,翠环逼迫丈夫上了弟媳小如的床。事情败露后,小如上吊自杀,二炮去当兵,没有了音信,大炮被土匪打死。在这场悲剧中,我们几乎找不出一个可以帮助翠环解脱的理由,可似乎也不太好责难她。一种本是可有可无的渴望,一个原本可以当作乡情民俗玩笑的生活细节,在人性中某些恶的东西的唆使下,成为巨大的灾难。翠环为什么会这样呢? 除了乡俗陋习的力量,仍有权力的力量,因为翠环家是本村的大户而大炮家则是外来户,所以翠环在家庭中掌握着主动权,这也为翠环的某种欲望提供了一个前提。

《到城里去》中的宋家银,是一个带有自我扭曲性的人物,她并不甘心跟着什么样的男人,她要成为命运的主宰。在她与丈夫杨成方的生活中,她处于强势和支配的地位。虽然为了多挣钱,她一次又一次浇灭了与丈夫杨成方之间本该有的夫妻激情,但宋家银又是耐不住寂寞、经不住诱惑的。在"叔嫂无大小"这一乡俗陋习的掩盖下,她首先向丈夫的堂弟杨成军发难调情,并试图与杨成军苟合:把孩子早早安置好,焦急地等待杨成军的到来,心中燥热得都有点发烧了。虽然杨成军没有赴约,宋家银没有得逞,但她仍旧是一个掌握主动权的"失贞"女性,一旦得逞,她会表现得更加大胆。"男性往往通过权势占有女性的身体,而女性也在通过权势占有男性的身体。"①

会嫂和二嫂拥有强健的体魄,是劳动型的女人。这样的女人在乡村有一定的地位;同时,她们又是贫下中农,拥有了一定的政治权力,所以她们轻而易举地获得了与"地主羔子"民儿瞎闹的权力。翠环"生在本村,长在本村,娘家是大户,兄兄弟弟一拉一大帮,她的话没法不占地方"②,而大炮家则是外来户,村里只有他们一家姓范,这就奠定了翠环在范家的地位,在家庭和夫妻生活中都掌握着主动权。通过对男性身体的占有,这些女性失贞者,似乎以男人对付女性时最常见的让女性受伤最深的方式展开了对男性的报复。而会嫂们所做的这一切,却都是欲望在作祟。欲望常常依附权力而出现,或者以权力为跳板,经历了短暂的较量、谈判和磨合之后,权力与欲望便狼狈为奸,肆意横行。这就是乡村中某些能干且掌握主动权的女性道德伦理的堕落,她们的失贞,表现得大胆、主动。

(二)被引诱强迫的失贞女性

矿井小说中的女性,大多数是从农村中走出来的,有的虽然走出了农

---

① 北乔:《刘庆邦的女儿国》,社会科学文献出版社 2006 年版,第 7 页。
② 刘庆邦:《双炮》,见《红围巾》,春风文艺出版社 2005 年版,第 123 页。

村,但是自己又没有工作,她们就把自己所有的希望都寄托在了丈夫身上,她们的依附性或者是对男人的依赖要强一些。大多数矿工的妻子对他们都是体贴和关爱的,这是她们妻性的体现。然而矿区又永远是一个女性缺失的地方,繁重和枯燥的井下劳作使矿工们在工作的间隙把谈论女人作为一个永恒的话题。繁重的井下劳作之后,他们更需要女人的关爱。这样,女人在矿区、在矿工的生活中更显得弥足珍贵。正是女性在矿区的这种特殊地位导致了很多矿区女性被引诱、被强迫失贞。刘庆邦在很多作品中更多地向我们展示了这类矿工家庭的不幸和矿工道德的沦丧,并上演了一出出的悲剧。

《走窑汉》中,马海州新婚十五天的妻子小娥被煤矿干部张清以办户口为名用薄铁片拨开了门,将小娥诱奸,从而导致一出生命的悲剧。《拉倒》中大苹果偷着上了朋友杨金城老婆的床,队长调解的办法是"吃米还米,吃面还面",杨金城可以和大苹果的老婆发生一次性关系,借此将事情拉倒。但杨金城没有接受大苹果的老婆,而是用斧头将其残忍地劈死在矿井下。性是人的一种本能,那么对性的侵犯者的报复几乎也是一种本能,杨金城的所为,似乎是"捍卫"人格尊严和做人的权利,符合人的本性的悲剧。而且他的复仇目的坚定而明确:让侵犯者付出血和生命的代价。

《最后的浪漫》中,矿工金子明的女人梅闺儿在矿长杨海的"糖衣炮弹"的引诱之下无奈失身,最后导致金子明和梅闺儿两个为爱而出逃的年轻人准备再次离开,可是,他们到哪里去呢? 杨海的"占有"似乎更加文明,却不能摆脱道德的谴责,因为这种乘人之危的方式也是有悖伦理道德的。《家属房》中,虽然丈夫老嫖没有给妻子小艾带来幸福,但小艾对丈夫的体贴仍然是细致入微、实心实意的,天天晚上把他的膝盖抱在自己的热肚子上给他暖,给他揉。在小艾看来,尽管丈夫没有本事,没有成色,但总是一棵可以依靠的大树,没有这样的树,她这样的女人就无法活下去。因此,为了帮患有类风湿关节炎的丈夫调到井上工作,她走进了工会冯主席的办公室……

这些女性大多数是温柔贤淑的贤妻良母,她们承担了家庭琐事和抚养孩子的任务,她们像普通的家庭妇女一样,有着朴素的本质,这些女性的被迫失贞也有着难言的苦楚,她们为什么会这样做? 我们看一下她们偷情对象的身份。小艾失贞的对象——工会冯主席;梅闰儿失贞的对象——矿长杨海;小娥失贞的对象——党支部书记张清。他们都是矿上有头有脸的人物,手中掌握着一定的权力,这些权力或许对于这些女性来说没有什么,但对于她们的丈夫却至关重要。冯主席能够帮助小艾的丈夫不被矿上裁掉保住工作;矿长杨海能够让梅闰儿的丈夫金子明暂时留在矿上,拥有一份养家糊口的工作……在强权的威胁和引诱下,这些女性无能为力,只能接受现实。在她们失贞的背后我们依然能够依稀看到女性那种忍辱负重的精神闪烁着微弱的光芒,所以我们不应过多地去批评和指责她们,应该给予她们更多的理解、同情与关怀。

(三)忍辱反叛的失贞女性

除"掌握主动权的失贞女性"和"被引诱或强迫的失贞女性"之外,其实还有一类失贞女性是值得我们深思的,失贞之后的她们选择了艰难地皈依、复仇与反叛之路,我们以《东风嫁》中的米东风和《玉字》中的玉字为例来讨论。

《东风嫁》中的米东风用自己在城里挣来的钱让父母过上了好生活,而她却因在城里不光彩的经历遭到人们的唾弃,没有媒人为她介绍对象。她的父亲米海廷不得不四处求人,并且一再降低择婿标准,无奈把闺女倒贴给了穷得叮当响的无赖王新开。米东风也带着赎罪的心情决心相夫教子、从良为善、忍辱重生。然而她不光彩的过去却招致了丈夫和婆婆从肉体到精神的糟践和侮辱,战战兢兢地过着求生不得、求死不能的日子。只有她的小叔子,王新开的残疾弟弟王新会同情嫂子的遭遇,在米东风万念俱灰的关键时刻,他以自己的生命为代价让米东风逃出了王家。

《玉字》中的玉字在一次看完电影回村的路上被流氓强暴,她的失贞不仅受到了别的男人的鄙视,连她的亲哥哥也让她去死,在有了很多次想死的念头之后,玉字坚强地活了下来,以她的身体为武器走上了含泪的复仇之路。玉字以自己的人格尊严和未来人生幸福为代价的复仇,留给了我们太多的沉痛与思考。

米东风和玉字的悲剧是大部分乡村失贞女性的悲剧,她们不管是何种原因而失贞,但都遭到了她们所处的这个底层社会的唾弃,因为在传统封建文化意识里,男性尤其在身体上要求女性绝对的忠贞,不允许有任何的背叛。失贞后的米东风和玉字也想到了皈依,但现实社会不给她们一席立足之地,她们没有归属感,甚至连亲情也显得那么的微弱无力,在经历了艰难的皈依之路和含泪的复仇之路之后,受尽折磨的她们只有勇敢地选择出走。她们的出走虽然给我们留下了一个"娜拉走后怎样"的思考,却是对千百年来乡村固有陋习的一种反叛,她们的出走也让我们看到了一丝光明。

纵观刘庆邦作品中的失贞女性形象,是走向两个极端的,无论在乡村还是在矿区,都上演着性强权和性交易的欲望躯体剧。"当女人处于权力边缘时,男人征服她们的第一行动就是占有肉体,以此为起点,女人的一切逐渐被男人蚕食殆尽。如果女性不能接受这一现实,并慢慢融入其中,随之而来的只是泪水、屈辱、麻木与无奈。"①而女人一旦站在了权力的高台上,反击的突破口也是占有男性的肉体,这是一个饶有意味的循环,"对操纵着话语中

---

① 北乔:《刘庆邦的女儿国》,社会科学文献出版社2006年版,第7页。

心权的与财富制高点的男性霸权与女性霸权都是一种绝妙的讽刺。"①男女
两性关系是一种正常的生理需要,而它又是由一定的法律和道德约束的。
女性的失贞也是由多种原因所造成的,我们应该理性地认识与看待:对于那
些被迫被诱失贞的女性,应给予极大地关心与理解,理解她们的苦楚,关心
她们以后的人生道路;而对于那些掌握主动权的主动求欢者,我们应该给予
她们道德与舆论的谴责。对于掌握主动权的男性,也应恪守法律与道德等
方面的约束,从而逐步构筑平等和谐的两性关系。

（四）迷途知返的失贞女性

城市对于乡村中的女性来说是一种物质和精神上的双重诱惑,在她们
看来,城市"代表着权利、金钱、美女、高楼、汽车、繁华、享乐;一提起农村就
意味着偏僻、贫穷、落后、泥泞、饥饿、被欺压、被剥夺。意识上是这样,实际
情况城乡差别也的确很大"②。所以,很多农村人就踏上了进城之路。乡村
女性进城之路一般有两条,一条是通过嫁人走进城市,如《家长》中的王国
慧、《月光依旧》中的叶新荣等,嫁进城市里是乡村女性梦寐以求的进城方
式,因为有丈夫的庇护,这类女性一般不需要辛苦的劳动,生活相对稳定。
另外一条进城道路是到城里去打工,试图通过自己的努力在城市中寻求一
寸生存的空间。在这一过程中,她们中的一部分能够保持乡下人那份特有
的淳朴和坚忍吃苦的本心,如《麦子》中的建敏、《骗骗她就得了》中的陈书香
等;一部分女孩则在繁华的都市和现实生活的艰辛困顿中迷失了自我,在物
欲支配下一步步走向堕落的深渊,如《月子弯弯照九州》中的罗兰、《兄妹》中
的心等;还有一类女性在迷失堕落之后被纯真善良的男性所唤醒,走上了救
赎与回归之路,如《家园何处》中的何香停、《窑哥儿》中的老白等。

---

① 北乔:《刘庆邦的女儿国》,社会科学文献出版社 2006 年版,第 7 页。
② 北乔:《刘庆邦的女儿国》,社会科学文献出版社 2006 年版,第 291 页。

　　十九岁的女村女孩何香停，在村里兴起的打工热潮和三嫂的逼迫下不情愿地离开了家乡外出打工，面对未知的世界，从未出过远门的停心中充满了恐惧，"她害怕的是远方那个未知的城市，那城市要比戏里那些嫌贫爱富的员外强大得多，它仿佛是一个巨人，城里乡下都归它。它伸出一只魔爪一样的手，把乡下的姑娘扒拉一下，认为可以挑去的，就挑到城里去了，谁都挡不住它"①。也正如停所担心的，进城打工不久，她就被建筑队的领工张继生占了，情场老手张继生通过给停买衣服、给零花钱、花言巧语等方式让停逐渐迷失了自我，离开故土前夕的忐忑已荡然无存。但为了讨好包工头，张继生将停让给了包工头，后又迫于妻子的威力将停从建筑队开除。被开除后的停将要走向何方呢？农村的家是回不去了，因为她在城里做的事情已经传遍了家乡，她感觉再也没有脸面回去了。走投无路的停成为酒吧旅馆的特殊服务人员，她接客无数，不再羞于接受别人的钱，并且学会适时地主动索取，钱也越赚越多，在第一个、第二个攒钱的目标达到后，她一再把预定的数目向后推移，数目变得越来越遥远，变得永无止境。

　　但这一切在她的未婚夫民办教师方建中的到来后发生了转机，当两个人拿出了他们的定情信物书包和信之后，停的防线已崩溃。面对方建中的不离不弃，停仿佛又找回了失去已久的尊严，第一次拒绝了客人的要求。可以说未婚夫的到来，唤醒了停内心深处的良知，最后两人离开了城市。

　　在《窑哥儿》中，十八岁的泉子在父亲退休后顶替父亲参加了工作，成了一名窑工。由于他从小与父亲接触较少，家里娘、姐姐和妹妹对他都很好，所以在他的内心深处有稍稍偏袒女性的意识，他不喜欢甚至有些反感在窑

---

① 刘庆邦:《家园何处》，上海文艺出版社 2003 年版，第 107 页。

下窑工们以狎侮取乐的口气来谈论女性的种种。当他第一次见到窑工们都在谈论老白的时候,他想到的是自己的姐姐,觉得老白就跟他姐姐一样,也是一个姐姐,他不愿看到姐姐被人欺侮,于是他瞅准机会将自己攒下的工资给了老白,并含泪向老白姐表达了自己的想法。此时,混迹于风月场上的老白"不得不对这年轻人重新加以估量,她得承认,自己把人看差了,辱没了一颗水晶样的心。……他的一对眸子清明如水,透出纯真诚实的天性"①。老白不敢再看泉子的眼睛,她眺望远方或许想起了自己的故乡、母亲和她一手抱大的弟弟,慢慢地流泪了,她答应泉子以后不再收别人的钱。一个十八岁的男孩与比他大几岁的姑娘之间有了一个约定,泉子用纯洁的感情战胜了污秽的交易。但是泉子的做法却引来了其他矿工的不满,认定泉子做了卖油郎,未免对他产生一点嫉恨,故意找茬骂他或装作闹着玩欺负他,泉子不恼,一律笑着。

泉子父亲的同事老窑工诸葛担心泉子乱花钱,便以长辈的身份将泉子的大部分工资要走寄给了泉子的父亲,并在老白上门看望泉子时,说泉子只是一个不懂事的孩子,劝说老白不要再哄他了,其他的成年矿工则对老白冷嘲热讽。此时的老白意识到自己的身份确实不适合做泉子的姐姐,一声不吭地低头咬着嘴唇走了。曾经失足的她在男孩子的感化下意欲重新生活,却遭到了周围人的打压和否定,希望之火再度被浇灭,于是开始重操旧业。证实此消息的泉子头像被人击了一闷棍,半天转不过气来,神情恍惚的泉子下矿时一方天顶骤然落下来,他还没来得及哭一声就永远失去了哭的机会。嫖客将泉子死的事情讨好似的告诉了老白,老白的脸立时姜黄黄的,将嫖客赶出了她的家,第二天她便离开了此地。纯洁少年以他年轻生命的消逝换

---

① 刘庆邦:《窑哥儿》,见《刘庆邦短篇小说编年卷二》,上海文艺出版社 2003 年版,第 53 页。

来了失足姑娘的醒悟,这个代价或许太大,或许这个世界太冷酷,但这也许是他们安放灵魂的独到方式,是他们对心中彼岸的坚守。

七、人与城:"保姆系列"的女性书写

刘庆邦曾说,他到北京二十多年,很多生活却没有入心,想到城市生活比较浮躁,比较纷乱,形不成有价值的美的东西。所以,在之前的作品中,刘庆邦总是对城市保持一种保守的态度,并且塑造了一批失败的进城女性,他们进城的脚步缓慢而又艰难,有些人在城市中失身,有些人虽然没有失身但也难与城共生。

进入 2010 年之后,刘庆邦一改常态,把城市"吃女人"的现象淡化了,他开始用心打量北京这座城市和进入北京的乡下女性,并且找到了一个恰到好处的穴位,他从保姆这一点切入,写了 14 篇保姆在北京的系列小说。一方面,揭示了保姆这一生态群体在城市中的生活境遇;另一方面,借保姆的眼睛,窥探着都市深处的秘密。刘庆邦在《进入城市内部》的序言中写到,他多年来积累了一些北京生活的经验和情感,觉得应该集中写城市生活的作品了,于是选择通过保姆来写城市生活,认为保姆是打入城市的"尖兵"和潜入城市的"卧底",在浩浩荡荡的打工队伍中具有一定代表性,承载着也创造着历史。

(一)保姆的生存困境

保姆的职业是城乡分化、社会分工的产物,是数百万从农村出来的女性迫于生计的选择,她们在城市里承担着照顾老幼、料理家务的工作。她们工作辛苦,却不得不经受身份、职业、性别上的多重歧视,她们虽然走进了城里人的家庭内部,但是依然在城市中面临着种种生活困境。据说全国各地到北京当保姆的有二三十万人,已经形成了一个不小的、特殊的群体。但相比

雇主而言,保姆群体通常还是弱势群体。刘庆邦在塑造保姆形象时,处于一个矛盾的状态,他想给保姆们点温情,但这点温情还是掩盖不住保姆们在城市中的生存悲剧。

"在北京当保姆的,有的怕露怯,有的带地方口音,他们大都不敢说话,或不会说话,呆得像木瓜一样,成熟的木瓜是囫囵的,而有的保姆说起话来,东一秧子,西一耙子,连一句话都说不囫囵。"这是《说换就换——保姆在北京之七》的开篇,看似幽默打趣的语言却道出了北京这样的大都市给进城务工者造成的心灵上的弱势。文中的保姆郑春好勤快能干,在北京做了很多年的保姆,可谓是"保姆界的老江湖"。她受雇于丧偶的已退休的美学教授老魏家里,照顾老魏无微不至,魏教授对她非常满意,但是郑春好仍旧逃脱不掉被魏教授女儿魏国丹说换就换的结局。因为"她认为保姆就好比是人民币,只有增加人民币的流动性,才能刺激消费,扩大内需,实现流动性稳定。如果老是不流动,就会埋下隐患,最终导致麻烦出现"。所以,几年来她已经给父亲换过十几个保姆,时间最长的用过半年,最短的半个月就换掉了。不管父亲说保姆的表现好还是不好,都有可能成为她换掉保姆的理由。因为她认为换掉保姆不需要理由,可以由着自己的性子想换就换。透过这篇小说,我们看到了都市中人与人之间的隔阂与冷漠,展现了城市人对农村保姆的极度不信任,"说换就换"就是保姆命运最直接的写照,透露出保姆职业的临时性和无保障性,以及保姆不被尊重和信任的精神困境。

《习惯》中的保姆换得像走马灯一样,一年就走掉了九个,这里不是雇主主动辞退保姆而是保姆主动走掉的。她们所服务的对象是一个得了脑血栓、生活不能自理的老年鳏夫孙德岳,用其女儿的话说"父亲好像根焦叶烂心不死的洋葱,对女性的兴趣还保持着,见着一个保姆,'洋葱'老想发芽。父亲想'发芽'的一个惯用动作,是在保姆的手心做小动作"。孙德岳前后所雇佣的九个保姆,都是因为受不了他在手心里做小动作而离去的。蒋桂玲是他的第十个保姆。因为家里穷才来城里当保姆的蒋桂玲,忍受了孙德岳在她手上做的小动作,但孙德岳进一步赤裸着下身侵犯她时,孙德岳的女儿孙海棠却没有对她表示任何的歉意,在月底发工资时也没有多给她一分钱的补偿,好像这种事不值得一提一样。作为保姆的蒋桂玲没有任何权利可言,她原以为她的忍让会让女主人惭愧,最后也只不过是她的自作多情而已。

在《说换就换》《习惯》中,刘庆邦揭示了城里老年人的养老和精神孤独问题,这里面又夹杂了暧昧的性骚扰和性吸引问题。同时也充分表现了城里雇主对农村保姆的戒备和不尊重,展示了保姆的生存困境。

在《走投何处》中,进城当保姆的则是乡下的母亲,她进城为儿子照看孩子,这在中国也是普遍的现象。文中丧偶的母亲孙桂凤,含辛茹苦地将儿子养大成人,供儿子上大学,儿子大学毕业后在城里结了婚、安了家,孙桂凤进城像保姆一样伺候着儿子一家。但由于社会地位、文化身份与生活习惯等诸多差异,致使农家大学生在与城市"孔雀女"缔结的婚姻生活中多是"夹板男"的生存状态——左边是夫妻关系,右边是母子关系,婆媳之争带给他的多是欲说还休的苦恼。到头来,城里的儿媳却容不下婆婆,以带孙子回娘家的方式来逼丈夫赶母亲回乡下,但是"在她看孙子期间,老家的三间房已经塌掉了,她家的房基地上已被别人家盖上了房子。她名下的一亩二分责任田,也交由一个堂哥去种。也就是说,她在老家已经房无一间,地无一垄,没有了退路,变成了一个无家可归的人"①。在这样一种城乡家园双向无依的尴尬处境中,年迈的孙桂凤只好卷铺盖以保姆的身份住到了"城籍鳏夫"杨

———————

① 刘庆邦:《找不着北:保姆在北京》,北京十月文艺出版社2014年版,第53页。

师傅的家中。其实,杨师傅早就流露过对孙桂凤的心意,也托人说过媒,只是"再走一家"对于来自农村的孙桂凤来说太重大了,她一直没有答应。最终因走投无路,才以保姆的身份进了杨师傅的家,这个结局看似圆满,然而过程却是凄惶、苦涩的,也暗示了农家女性文化身份的低矮。

(二)不卑不亢的突围之路

刘庆邦笔下的保姆并不全是不幸、苦难的化身,有些保姆在城市里得到了格外的关照,她们自身也以一种自强、自尊的方式为自己寻找出路,在她们身上我们无形中会看到一种希望,一种以农村女性为代表的农村人以积极的心态在城市中寻求自我生活的希望,她们在城市中追求生活和爱,她们更加近距离地模仿着城里人的生活方式,她们中有的人可以凭借自己的勤劳和上进在城市里生活,她们保持着尊严和灵魂的纯洁。

《我有好多朋友》中的保姆申小雪,努力让自己活得像个城里人。大多数保姆没有特殊情况是不离开雇主家的,但申小雪跟别的保姆不一样,她每周要休息一天,哪怕雇主一天多发给她一百元的加班费她也不干。她似乎在乎的不是钱,好像只有休息才能维护自己的权益,也只有休息才能让自己和城市人的生活接轨。她给自己虚构了很多朋友,这些虚构的朋友陪她过周末,在心理上得到了极大的自我满足。她虽然是一个乡下来的保姆,但是她并没有屈服于自己的内心,她想彻底走出乡村,融入城市,成为一个真正的城里人,不管北京的市民有没有把申小雪当成城里人,但她把自己当成了城里人。同样,《路》中的吴启雪也都在努力地真正融入城市生活。

《骗骗她就得了》中的陈书香,面对姑父的语言调戏,她充满愤怒,并且没有因为钱去照顾姑父的小老婆,因为她的良心不允许她这么做。"陈香书打定主意,她明天就走,回老家去。她不能伺候曹德海的小老婆。不然的话,她会觉得对不起表姑强文秀。"①她宁愿从城市中回到老家,也不允许让自己的灵魂堕落。

(三)城市的窥探者与发现者

在谈及"保姆系列"作品时,刘庆邦还解释说:"保姆作为家政服务人员,她们单刀直入,一下子就走进了城里人的家庭内部。家庭是社会的细胞,也是城市生活最隐秘的角落,许多人间话剧都是在家庭内部上演的。借保姆的视角,我们正好可以轻轻撩开隐秘的帷幔,看看城里人的内心世界和人性的丰富。"贺绍俊在其《2012 年短篇——平常中的变异》一文中也谈道:"刘庆邦的这个系列照说应该是为了写保姆这一类型的人物的,其实不然,他不过是要借保姆的眼睛来观察城市人,城市人的生活不像他笔下的村民的生活,村民们将院落的大门敞开,而城市高楼里家家房门紧闭,于是他把保姆当成了他的'卧底',通过保姆进入北京各类家庭,窥见紧闭家门里面的种种隐秘。"②

洞见人性的复杂与幽暗。在小说《路》中,吴启雪来自边远的农村,因贫困辍学而进城当保姆,她所照料的是因车祸受伤的城里人赵兰刚。赵兰刚的父母皆是知识分子,在雇主父母的帮扶下,保姆考上了当地的一所职业学校,圆了她在农村无法完成的读书梦。在刘庆邦的保姆系列小说中,这种城里人对农家女的帮扶之情,显现了人性的温婉。然而最主要的是,在吴启雪眼里,赵兰刚的女友可谓是物质化的女孩,在男友遭遇车祸后便消失了踪影。小说通过边缘化、底层化的保姆视角,批判了城里人婚恋关系中的寡情与功利。还有赵兰刚的母亲陶老师的反常行为也是通过保姆吴启雪之所见

---

① 刘庆邦:《找不着北:保姆在北京》,北京十月文艺出版社 2014 年版,第 170 页。

② 贺绍俊:《2012 年短篇——平常中的变异》,载《小说评论》2013 年第 2 期,第 113 页。

所感透视出来。在日常生活中,"从儿子身边走过时,陶老师没有停下来,没有跟儿子说话,甚至连对儿子看一眼都没有,仰着脸,目不斜视,径直就走了过去"①。但陶老师在文章中却写道,她多次在夜深人静时,去儿子的房间,端详熟睡的儿子,看到现在儿子的状态,她的眼泪会流出来,滴落在儿子的脸上。在这里,吴启雪窥探到了一个白天和黑夜不一样的陶老师,感受到陶老师心里的苦。"她过去还认为,北京人过的都是天堂一样的日子。现在她才知道了,家家都有难处,北京人有北京人的难处。"②

　　窥探都市深处的冷漠与荒寒。在《骗骗她就得了》中保姆担当了"卧底"的角色,通过保姆的视角观察都市家庭生活的某些场景。保姆陈香书是雇主曹德海太太强文秀的远房姑表,走进这个家庭,陈香书对表姑充满了同情,风烛残年的表姑久病在床,女儿在美国因病去世,儿子因吸毒贩毒被判处无期徒刑,丈夫对她冷淡而麻木,下班后表姑喊他才会到表姑房间看她一眼,有时借故出差几天不回家。表姑在城里的生活现状,让陈香书看到了老家人口中有福之人的表姑强文秀内心深处的苦痛,也逐渐明白了城里的一些事理。"人说黄连苦,恐怕姑心里的苦比黄连还要苦三分……在老家时,陈香书并不知道什么叫苦。通过到北京伺候姑,通过姑跟她说心里话,她才懂得了,人的苦不是吃不饱,穿不暖,也不是干的活儿有多重,而是在于人有心思,心思里的苦,才是真正的苦。"③并且她发现表姑尚卧病在床,表姑父却已另筑家室,对表姑的丧事也是草草了事。表姑去世后,表姑父将她带到另外一家,这家的女主人是表姑父的"外室",女主人的肚子"已经高高的了"。若说少年夫妻老来伴,那么丈夫在发妻弥留之际的冷漠与寡情,让我们感到

---

① 刘庆邦:《找不着北:保姆在北京》,北京十月文艺出版社 2014 年版,第 81-82 页。
② 刘庆邦:《找不着北:保姆在北京》,北京十月文艺出版社 2014 年版,第 91 页。
③ 刘庆邦:《找不着北:保姆在北京》,北京十月文艺出版社 2014 年版,第 159 页。

唏嘘,而丈夫毫无歉意、坦然处之,这样的一种家庭生活深处的冷漠与荒寒让我们不寒而栗。孟繁华曾评论道:"庆邦通过保姆陈香书的视野看到了她所看到的都市生活的深处,这是一种已经完全溃败的生活,这种溃败在都市的细胞——家庭中展开就更加令人触目惊心。这不只是价值观的迷失或道德底线的洞穿,更可怕的是,在都市生活的深处,有一层坚冰铠甲覆盖在人心,那就是城里的冷漠与荒寒。"①

探秘城市上层社会的权钱交易。《走进别墅》中的保姆是一位大学生,她"卧底"于城里白领家庭内部,继而在窃密式、体验式与参与式的当保姆过程中,获取了亲历化的创作资源。与此同时,在其保姆职业的伪饰下,她经历了形色各异的雇主的窥视与骚扰,开掘了雇佣市场晦暗化与私密化的雇主多元文化心态。《谁都不认识》中,小说的开篇就布满了侦探与反侦探的悬疑色彩,女雇主桂阿姨希望雇来的保姆在城里"谁都不认识",因为她的丈夫是一家大型国有企业的老总,所以她畏惧官商来往、权钱交易的"家事"走漏风声。反讽的是,保姆冯春良却恰恰是泄密者与偷盗者,她与其保安男友高进海的报复行为,源于城里人对其文化身份的蔑视。如桂阿姨要求冯春良要说普通话,因为方言太土,她的丈夫连正眼都没看过一下冯春良;其男友作为小区的门卫,根本不被城里人当作人看待,被城里人训斥为"看门狗"。保姆伙同其男友偷盗的不义之财,即便是雇主报案也是投鼠忌器,结果只能不了了之。因为"这些钱都是国家的,兴他们花,也兴咱们花,你不要害怕,这些钱都是他们贪污贪来的,咱们拿走一点,他们肯定不敢报案。一报案,他们会因小失大,官也当不成"②。

---

① 孟繁华:《都市深处的冷漠与荒寒——评刘庆邦短篇小说〈骗骗她就得了〉》,载《北京文学》2013年第3期,第35页。

② 刘庆邦:《找不着北:保姆在北京》,北京十月文艺出版社2014年版,第151页。

刘庆邦为我们展现了底层乡村女儿国丰富的女性形象,从她们的坚韧、她们的泪水、她们的伤痛、她们的执着、她们的勇气中我们看到了这些底层乡村女性生存的艰辛,也看到了人性的"丑"与"美"。刘庆邦曾说:"我创作的目的主要是给人以美的享受,希望能够改善人心,提高人们的精神品质。"[①]虽然在《玉字》和《东风嫁》等作品中,作者很大程度上是在写"丑"写"恶",但是"丑"与"恶"的背后是作家对美好人性的一种呼唤与张扬。在这个女儿国中,无论是对"美"的张扬还是对"丑"的批判,都体现着作者对人性的呵护和对底层女性的人文主义关怀,呼唤着平等和谐两性关系的构筑。

八、"后知青时代"矿山女工群芳图

二十世纪七十年代,刘庆邦进入煤矿工作,由农民变成了工人,他对自己的经历和"后知青时代"的矿工生活有着深重的记忆。作为继《断层》《红煤》《黑男白女》之后的第四部长篇小说,《女工绘》以"个人回忆"的方式讲述当代历史,以诗意抒情的笔墨塑造了众多的青年矿山女工形象,这也是刘庆邦目前唯一一部书写矿场女工故事的长篇小说。刘庆邦说道:"女性在我心中始终是美的,特别是少女。除了《黄泥地》中村支书的老婆最后精神扭曲,我笔下的女性形象几乎是没有恶的。文学有两种功能,一个是审美,一个是反思,长篇和中短篇不一样的地方也在于,长篇一定要承载历史,一定要有反思。《女工绘》中的审美和反思是揉在一起的,不是分开的,写作的时候,当年那些少女的音容笑貌在我脑海里一点一点清晰起来,这就是审美,同时,她们也带着我回到了那个艰苦的时代,这就是反思。"《女工绘》聚焦二十世纪六七十年代的"革命女性",涉及当代中国历史的重要节点——"上山

---

① 刘庆邦:《从写恋爱信开始》,见《在雨地里穿行》,百花文艺出版社 2010 年版,第145 页。

下乡""阶级斗争""斗私批修""批林批孔"等,作品的叙事重点不在于重现历史女性的革命风采,而是重点表现革命女性的内面特征和情感景观。作家通过对交织在革命女性主体之上的个体/时代、女性/男性等多组关系的艺术处理,塑造了内涵丰富的革命女性群像,为当代文学革命女性叙事提供了新的艺术经验。

(一)"被看见"的青春女性

煤矿因其岗位种类、工作强度、井下环境等特点,以男性工人居多,所以,在刘庆邦以往的描写煤矿女性的小说中,女性大多数是作为矿工家属或其他间接关系生活在煤矿周边的农村妇女形象。她们大多是被动地生活、被动地爱、被动地接受命运的安排,而缺少自我觉醒和独立的意识。如《走窑汉》中的小娥、《哑炮》中的乔新枝、《家属房》中的小艾等。而《女工绘》中的女工群像,则不再作为矿工家属或与煤矿有间接关系的女性出现,她们是以工人阶级女性的身份进入社会场域的。刘庆邦第一次从女性视角出发,塑造了华春堂、周子敏、陈秀明、张丽之、唐慧芳等风姿各异的青春女性形象,绘就了一幅后知青时代矿山女工的群芳图。在小说的《后记》中,刘庆邦曾说:"一群正值青春芳华的女青年,她们结束了'接受贫下中农的再教育'的知青生涯,穿上了用劳动布做成的工装,开始了矿山生活。她们的到来,使以黑色为主色调的黯淡的煤矿一下子有了明丽的色彩,让沉闷的矿山顿时焕发出勃勃生机。"①

刘庆邦在接受采访时曾说:这本书中所写到的女工原型跟我几乎都有交往,有些交往还相当意味深长。每一位女工都展现着蓬勃的青春之美、生命之美,都是可爱的,值得人去爱。因为爱的不灭,我将她们写进书中,以文

———————

① 刘庆邦:《女工绘》,作家出版社2020年版,第310页。

字的形式使她们永远以青春的姿态存在,希望这本书能够唤起人们对一个时代的记忆,对命运、青春、爱情等人类永恒话题的关注与思考。如果用一句话概括,《女工绘》是一部爱的产物。

不管是在生活中还是在工作场所,女性在这部作品中都占据了绝对的主角地位,作者重点展示了女性劳动者的工作状态和生活状态。如作者着力刻画的女性华春堂,她的父亲因锅炉爆炸工亡,父亲的空缺让这个家庭成为女性化的家庭。华春堂凭借性格中细密周全和泼辣勇敢的一面超越了母亲和姐姐,成为家庭的主心骨,掌握了家庭的话语权。在工作场域,华春堂也展现出了不一样的女性风采,她先后三次为自己调动工作,一步步从灯房到宣传队,再到化验室,实现了她工作岗位的跨越,展现了非凡的智慧和勇气,散发着女性自立的光辉。

除华春堂外,低调而高冷的周子敏、因所谓生活作风问题被打入另册的王秋云、杨海平等个性各不相同的女性形象,和华春堂形象相互映衬和补充,共同完成了革命星空下女性形象的整体性塑造。

(二)独特的自我奋斗的女性

作为千千万万煤矿女工的缩影,华春堂的形象极具艺术感染力,她不再作为"他者"被爱、被安排,而在家庭场域、社会场域、恋爱关系等方面充分发挥主体性,是一个自我奋斗、主动追求幸福人生的成长型女性形象。

在家庭方面,在父亲死于矿务局医院一场锅炉事故后,她主动承担起了这个四口之家的主事人的责任,替代了父亲在家中的角色,尽管她还有一个弟弟,但是这个弟弟不像刘庆邦其他作品中的失怙长子那样,能够迅速成长为一家之主,这个弟弟有些懦弱,处处表现出对姐姐的依赖,所以,家里大小事情的发言权和决定权落在了年轻的二姐华春堂身上。小说开篇就做了详细的交代:"他们这个四口之家,目前主事的人是华春堂,诸事最后一锤定音的也是华春堂……全家人没有开过会,没有投过票,也没有进行过举手表决,当家人的职责不知不觉间就落到了华春堂头上。"①

(三)被凝视、被损害的女性

但是,在二十世纪七十年代中国历史的情境中,女工们作为社会人和时代人,她们的青春之美和爱情之美,不像自然界的那些花树一样自然而然地生发,美的生发过程受到了不同程度的压制、诋毁和扭曲。因为"矿上只要新进了女孩子,人们最感兴趣的,也是最愿意打听的,无非是她们的两个方面,一是政治方面,二是生活方面。政治方面,是家庭成分如何。生活方面,是作风如何。这样的打听和传播,像是为她们贴标签,她们一进矿,标签随即就给她们贴上了。标签虽说是隐形的,可人人似乎都看得见,而且在人们看来,标签是大于人本身的,有了标签,就只见标签不见人。"②

在那个"阶级斗争天天讲"的年代,政治标签是严重的,足以把被贴标签的女孩子压得抬不起头来。如周子敏因家庭成分的问题,不仅失去了升学的机会,更因政治歧视变得沉默寡言,与所有人保持着距离,躲藏自己的内心。对于贴有"生活作风不好"标签的女工,人们更加鄙视,不大愿意原谅她们,如在"斗私批修"时,还是小学生的王秋云,由于受到别的老师的启发,懵懵懂懂的她将"私密事"和"丑事"说了出来,接着她就被带往医院检查,班主任老师被判刑入狱。从此以后,她身上就像贴了"生活作风问题"的标签,不管她走到哪里,人们都对她指指戳戳,向她投来鄙视或是猥亵的目光,都在心理上虐待着她。"王秋云不能明白,人们对身体上的事怎么那么看重呢,怎么看得跟政治问题一样严重吗,难道每个人的身体跟政治问题一样严重呢,难道每个人的身体跟政治也有关联吗?""她一路都在想,当一个女孩子

---

① 刘庆邦:《女工绘》,作家出版社 2020 年版,第 6 页。
② 刘庆邦:《女工绘》,作家出版社 2020 年版,第 64-65 页。

太难了,从小就难,长大还是难。人要是有下一辈子的话,她再也不托生成女的了。"①同样,杨海平的妈妈因与其爸爸长期闹矛盾,在斗私时,将她与爸爸的丑事抖了出来,杨海平从而名声扫地,饱受周围人肆无忌惮的围观、猥亵和无情的心理伤害。甚至并无丑闻且相貌堂堂的华春堂也"觉察到矿工们的欲望和饥渴"和"潜在的危险"。

借周子敏、王秋云、杨海平、唐慧芳、褚桂英、傻明的遭遇,作者在"政治世界"和"生活世界"两个层面上,表达了政治激进时代性别关系和无所不在的性别权力。"无论其性格、品性乃至智力如何,她们在政治/性别交织的权力结构中始终处于被凝视、被歧视和被侮辱被损害的地位。"②

从整体来看,在《女工绘》中,女性叙事已构成了作品的主体,作者把一群性格鲜明、充满活力的女性从革命的洪流之中打捞出来,显示出了她们对抗乃至努力超越时代话语的个性,几乎每一个女工都有一定程度的自主性,但同时又带有时代历史的规定性和局限性,她们不能彻底冲破历史的规约,完全按照自我设定完成人生的建构,她们的命运仍是悲剧和悲情的。就连作品中最具有主体性和奋斗性的华春堂,她可以依靠个性、胆识解决一个个生活小难题,为家庭撑起一片天空,为个人的未来做好一步步的铺垫,但她无法逃脱历史和时代的限定。张丽之在实际生活中,勉强嫁给了她的一位矿中同学。退休后她到外地给孩子看孩子,偶尔回到矿上,却发现丈夫已经死在家里好几天了。杨海平"是一个那么漂亮、天真的女孩子,因流言蜚语老是包围着她,她迟迟找不到对象,听说后来找的是她的一个表哥,生的是弱智的孩子……""每个女工的命运都不是孤立的……她们每个人的命运都

---

① 刘庆邦:《女工绘》,作家出版社 2020 年版,第 141、144 页。

② 王金胜:《论刘庆邦〈女工绘〉的现实主义新质》,载《南方文坛》2021 年第 4 期,第 160 页。

与社会、时代和历史有着密切的联系。她们的命运里,有着人生的苦辣酸甜,有着人性的丰富和复杂,承载着个体生命起伏跌宕的轨迹,更承载着历史打在她们心灵上深深的烙印"。① 这也表明,在那样的一个特定的时代和社会秩序中,女性的弱势地位并不能得到根本的改变。

所以,在某种程度上,作者安排华春堂的意外死亡,避免了与现实的正面相撞,而把美好的一面留在历史的记忆中,成为众多女性积极建构自我的华丽象征。作家出版社总编辑张亚丽认为,刘庆邦笔下的矿场女工,犹如一朵朵绽放的"黑玫瑰",时代的烙印、人生的疼痛、命运的困厄掩不住她们蓬勃的爱情、青春的芳华与人性的光环。

---

① 刘庆邦:《女工绘》,作家出版社 2020 年版,第 312 页。

第七章　父亲、老者与留守儿童

刘庆邦关注矿山、关注乡土、关注城市化进程中底层人民的生活状态，塑造了大量的矿工形象与女性形象，同时，进入新时期，随着工业化进程的加速、独生子女一代的成长，随之出现的养老和留守儿童问题也引起了作家的关注。

一、伟岸与自私的父亲形象

前面已经提过，因父亲早逝，刘庆邦在作品中对父亲形象及父爱较少提及，更多的时候讲述的是父爱的缺失、自私的父亲以及与此对照下母爱的伟大与坚韧，但是也不乏伟岸的父亲形象和无言的父爱呈现。

（一）伟岸的父亲与无言的父爱

父爱如山，传统上父亲表达爱的方式与母亲不同，生活中，父亲的爱是深沉的、无言的。提到父爱，浮现在我们脑海中的可能是朱自清《背影》中父亲那蹒跚翻过铁路买橘子的背影，是余华《许三观卖血记》中的许三观背着许一乐到胜利饭店吃面条的背影，以及许三观一路卖血到上海给许一乐治病的身影。刘庆邦在作品中虽然为我们刻画的父亲形象不多，但也不乏伟岸、无私的父亲形象呈现。

在《灯》中，小连的父亲国庄将那份含蓄而深厚的父爱，以一种特别的方式传送给女儿，豁然给人以一种温暖光明的感觉。国庄被妻子撺着外出打工，不仅没有挣到什么钱，还差点送了命，妻子认为丈夫是个窝囊废，撇下丈夫和女儿离家去了城里打工。在母亲外出打工后不久，患有眼疾的小连双眼就失明了，只好辍学在家帮父亲料理家务。在中国有元宵节小孩子打灯笼的习俗，仿佛只有打了灯笼，才能看清前面的路。给不给双目失明的女儿买灯笼让国庄陷入了两难，因为买与不买灯笼可能都会给失明的女儿带来伤害。他很害怕女儿掉眼泪，一见女儿掉眼泪，他就心疼得半天缓不过劲儿来。十三岁的小连主动提出自己已经大了，不再打灯笼了，准备多蒸几个灯碗子。国庄心酸得眼睛有些发潮，显然非常明白女儿的用意。灯碗子实际上是给别人预备的，据说哪个孩子偷了面灯吃下去，哪个孩子就不会害眼病，一辈子都心明眼亮。

元宵节的晚上，父女俩满怀期待地等着别人家的孩子来偷灯，小连几次去摸点燃的灯是否还在，结果都是失望的。久久的等待让小连的神情有些黯然，是不是别人嫌弃她的眼睛失明了，对她做的灯有所忌讳呢？小连想到此处，眼泪就要落下来了。看到女儿失望沮丧的表情，父亲国庄看在眼里、疼在心上，决定自己把面灯偷走。"他把棉鞋脱下来，分别套在两只手上，爬着向堂屋门口接近。这样，小连要是听到声音的话，就不是一个人的脚步声。"[1]就这样，他变着法把十二盏面灯分批偷走藏起来，并悄悄地拿到外面去吃。

前面提到的小说《发大水》，讲述了豫东平原发大水后，一位老父亲带幼子冬生在地里逮鱼的故事，字里行间都闪烁着父亲的智慧和父爱的光辉。

---

[1]　刘庆邦:《灯》,见《小说月报2003年精品集》,百花文艺出版社2004年版,第602页。

"我看这条鱼和你的个子差不多,加上尾巴比你还猛一些,这一回你算找到对手了。别的孩子,哼,让他们在家里呆着去吧,我们家冬生逮一条大家伙给他们瞧瞧,吓他们一跳。""别以为我儿子捉拿不住你,我儿子不过跟你多玩一会儿,看看你到底有多大本事。"①老父亲一句句看似幼稚的话语,给幼小胆怯的儿子带来了无限的勇气和信心。父亲引导冬生逮鱼的整个过程和父亲怀里给儿子揣着的那块热红薯,让我们感受到了父爱的无言和伟大。

《继父》中的矿工张师傅,其实是张明生父的工友,在张明一岁多时,其生父死于一场煤尘爆炸,母亲怕伤了儿子幼小的心,没有告诉他父亲已经死了,只说父亲到很远的地方出差去了。当明明会说话后就经常缠着妈妈问爸爸怎么还不回来。听说这件事后,张师傅心疼得一夜没有睡好,还没结婚的张师傅下定决心承担起了做小明父亲的责任,并制造了一个从很远的地方出差回来的假象,以让幼小的明明相信爸爸真的是到外地出差了。以后张师傅视明明为亲骨肉看待,父子俩关系非常亲密,矿上发给他的井下班中餐火烧夹肉,他宁可自己饿着,都不舍得吃一口,用塑料袋包好,揣在怀里回家给明明吃。在矿上停产开不出工资时,他到老家一处小煤窑打工,怕家人担心就撒谎说是到豆腐坊帮人家做豆腐,为了省下更多的钱寄回家,他几乎每顿饭都吃馒头就咸菜喝白开水。张师傅用善意的谎言和自己的全部力量为张明撑起了一把父爱之伞,让他健康成长,深藏不露的父爱散发着人性的光辉。

(二)自私的父亲与父爱的缺失

在长篇小说《家长》中,刘庆邦将视野投向了家庭教育与青少年的成长领域,揭露了不健全的家庭教育对孩子心灵的戕害。不同于以往作品中父

---

① 刘庆邦:《发大水》,载《钟山》1998 年第 2 期,第 170 页。

爱的缺失是由于疾病或灾难,是他者力量造成的结果,《家长》中,作为父亲的何怀礼,他本可以与儿子朝夕相处,但那应当给予儿子的父爱却是缺失的,连同他展现在儿子面前的形象也是残破的、负面的。

在何新成与母亲王国慧"农转非"搬去矿区之前,何怀礼常年在煤矿工作,每年回家的次数较少,回家后也缺少对儿子的关心,可以说在何新成的幼年和童年阶段存在事实上的父爱缺失。其实在何新成"农转非"进入矿区之后,何怀礼是完全可以弥补父爱的缺失的,但是他却没有任何作为,反而残暴地将儿子心爱的小花猫从四楼扔下去,使得"四年级的小学生何新成不但学会了自己压抑自己,还学会了隐瞒事情真相"①,情绪的压抑也是何新成患上精神疾病的重要原因之一。同时何怀礼不但自己带情人回家厮混、看"生活片",还纵容弟弟带情人来家里厮混,尤其是错误地让儿子看了光盘中的"生活片",他错误的性教育也是导致儿子悲剧的重要原因。人们心目中固化的父亲伟岸高大的形象,被何怀礼的自私与不道德肢解得残破不堪。他对儿子的父爱是缺失的,对儿子的身教是负面的,也许正是因为他的不良行为,才对儿子造成了不良的影响,导致儿子的精神和行为的异化,最终导致悲剧的产生。

在《人生序曲》中,面对初兴的打工潮,村里对女孩子外出打工有些特殊的看法,认为女孩子在城里待上一年半载,心会变野,不似先前安分,甚至影响到女孩子们已订下的婚事。但是采的父亲出于极其自私的打算热衷于让已订婚的女儿采出去打工,一方面是想让女儿出去给她挣钱,认为"采定了亲,人家说不定哪天就要娶走,一娶走就成泼出去的水。……趁采现在还没出门子,还归他掌握,把采放出去,能挣一把是一把,能挣半把是半把,不然

---

① 刘庆邦:《家长》,北京十月文艺出版社2019年版,第256页。

就没机会了。"①另一方面,他被男方的定礼迷了心,如果因为采外出打工男方主动退了婚,按照当地的规矩男方下的定礼是不退还的,几样定礼加上现金合一千多块钱,就统统归他了,他甚至还想多收几份这样的定礼,恍惚间看到"定礼来了一份又一份,屋子里几乎摆满了,他一夜之间就富了起来"②。在父亲的心里,钱大人小,钱重闺女轻,一个自私自利的贪财的父亲形象展现在了我们面前。

二、孤独与被弃的父母

养儿防老,这句传承的古话,如今解读起来,其中既有温暖又带有些许的心酸。"你养我小,我养你老,陪你慢慢变老",但是随着家庭结构发生变化,年轻人生活节奏、生活方式的改变等多种原因,老年人的精神孤独问题、无人赡养等养老问题也是层出不穷的。刘庆邦新近创作的短篇小说《泡澡》触及了老年人关怀的问题,同时也强有力地提出了老年人的精神孤独问题,在细小的悲欢中体味人生的酸楚。

《泡澡》叙写一个失去老伴儿的退休老人苍凉的晚年生活,涉及的"老年问题"深深地触及了一个人内心最柔软、最脆弱也最无力的对于自我尊严维护的念想。主人公老李的一个极其普通的小愿望,就是春节前要去浴池痛快地泡个澡,可是,年龄超过六十五岁后浴池要求有人陪伴,这对于只有一个未婚女儿的老李来说,却成了巨大的难题。于是,老李开始求助于邮政局的邮递员小张,甚至萌生招纳外乡人小张为女婿的想法。在生活习惯、人生理念、道德伦理诸多层面,女儿李悦都无法理解年迈的父亲,在一个屋檐下

---

① 刘庆邦:《人生序曲》,见《刘庆邦短篇小说编年卷三》,上海文艺出版社 2018 年版,第 58-59 页。

② 刘庆邦:《人生序曲》,见《刘庆邦短篇小说编年卷三》,上海文艺出版社 2018 年版,第 61 页。

的父女俩,形同萍水相逢的陌路人。他们之间几乎所有的家常对话,都成为无法对话的写照,以至于老李的生活、存在感都陷入无以寄托和依傍的境地。一种彻骨的人生的悲凉晚景,暴露出人性中坚硬与柔软的僵持和对峙,造成亲情疏离的无奈和妥协。无疑,这是一篇伦理叙事,在日常生活戏剧化的情境里,演绎了人间亲情的疏离,暗示了我们时代生活亟须反省和诊治的"病理"。

其实,在"保姆在北京系列"之《说换就换》《习惯》中,刘庆邦也揭示了城里老年人的精神孤独问题。如《说换就换》中美学教授老魏,在老伴去世后,独生女魏国丹忙于自己的生意无暇照顾老父亲,于是请保姆伺候老人的饮食起居。女儿魏国丹掌控着父亲的一切,却忽略了父亲对亲情的渴望与需求,出于对保姆的戒备和不信任,她频繁为父亲换着保姆,一个保姆绝对不会超过三个月,也从来不会顾及父亲的意愿。所以,无论父亲对保姆郑春好多么满意,也无论郑春好将老爷子照顾得多周到,只要女儿魏国丹看不惯,那就得换的。透过这篇小说,我们看到了都市中人与人之间的隔阂与冷漠,看到了独居老人对亲情的渴求和精神的孤独。写到这里,笔者可能更理解了工作后、成家后每年仅有的一两次回家时,父亲口中不停哼唱的那曲《常回家看看》的期盼与心酸的复杂心境了。

百善孝为先,赡养老人是我们每个子女应尽的责任,也是我们的传统美德,但是又有多少子女做到了赡养的义务呢? 在小说《素材》中刘庆邦透过曲剧名角麻小雨为代哭寻找"素材"的过程,揭示了老年人的赡养问题。剧团解散后,曾经的台柱子麻小雨不得不自谋生路,最后沦为代哭者,即为代人哭丧。麻小雨为了完成女老板代哭的委托,哭得真诚一些、实在一些,她亲自去积累"素材"。在这一过程中,她发现女老板的母亲是上吊而死,并且死了两天才被发现,原因竟是老母亲的三个儿子和儿媳都对她不好,可以说子女的不赡养和嫌弃是导致老人上吊而死的直接原因。老人被儿女无情抛弃，这种现象在现实社会中不断出现，刺痛着作家的内心，刘庆邦以自己敏锐的观察和真实而富有感染力的描写，揭露出生活的真相，以期引起疗救的注意。

三、留守儿童的抚养与教育

二十世纪九十年代农村青壮年劳动力大量涌入城市，很多父母将其子女委托给老家的父母或亲戚代管。以底层民众为书写对象的刘庆邦敏锐地捕捉到这一社会现象，他把细腻的笔触聚焦于留守老人和儿童，通过这一独特的群体来展现主体缺失的乡村生活图景。小说《养蚕》从留守儿童的生活出发，叙述了祖孙二人相濡以沫的温情。四岁的女孩红宝的父母都到城市打工了，将红宝托付给年迈的爷爷照顾。爷爷为了照顾好红宝，想尽一切办法满足红宝提出的各种要求，红宝要吃什么，只要小卖店里有，爷爷都愿意给她买。因为红宝两岁多的时候，她的父母都到外地去打工了，是爷爷一口饭、一口水把红宝养到了四五岁，爷爷不忍心让小红宝受到一丁点委屈。所以当红宝听了二奶奶讲古戏中养蚕的故事后，非要缠着爷爷养蚕，但是蚕种却很稀缺，最后爷爷在职业高中一位讲养殖课的老师那里要到了十几粒蚕种，祖孙俩开始了养蚕之路。小说在这种提出要求与满足要求的较量中，将父爱母爱缺失的儿童教育问题展现了出来。

同样在小说《完碎》中，杨林林因父母都外出打工，自己寄居在姥姥家，姥爷姥姥也非常疼爱他，让他过着无忧无虑的生活。但是在姥爷去时，父亲以自己的钱由岳父帮忙在银行里存着却没有给过他利息为由拒绝再出丧葬费，姥姥有些生气，说："话不能这样说，账不能这样算，你们家林林从上小学就在我们家吃、在我们家住,我们跟你们要过一分钱吗?!"①大人的谈话被林林无意中听到,这让他感到十分难过,觉得自己给姥爷姥姥添了累,从此变得有了心事,不再像以前那样无忧无虑了,说话、做事也变得小心翼翼,有了一种寄居之感。

　　刘庆邦对农村留守儿童的教育和生活现状的描述为我们带来了新的思考:随着农民工大量涌向城市,致使农村家庭主体的缺失,老人和孩子该怎么办? 小红宝跟着爷爷、小林跟着姥姥,爷爷和姥姥虽然都很疼爱他们,但这并不能代替父母的爱。孩子成长的需要是多方面的,父母的缺席将会给孩子的成长带来什么样的影响呢? 留守儿童父母之爱的缺失和教育问题是需要引起我们的思考和重视的。

---

　　① 刘庆邦:《完碎》,见《刘庆邦短篇小说编年卷下卷二》,河南文艺出版社 2019 年版,第 37 页。

第八章　刘庆邦创作的美学风格与生命力度

二十世纪三十年代以沈从文为代表的京派作家以"浪漫乡土"作为自己的文学选择,京派小说的突出特点就是对乡土梦幻般的描摹,以文化的视角来展现平凡人的生存状态。"强调与都市文明相对立的理想化的宗法制农耕文明生活,使他们的创作多带有怀旧色调和平民性,对原始、质朴的乡俗和平凡的人生方式取认同态度,热衷于发掘人情、人性的美好,并让这些美好与保守的文化和传统秩序融为一体,在返璞归真的文学世界中来实现文化的复苏与救世。"①在沈从文的笔下,"湘西"代表了一种健康完善的人性,一种"优美、健康、自然,而又不悖乎人性的人生形式"。正如他所说的,"我只想造希腊小庙","这神庙供奉的是'人性'"。师陀、汪曾祺的创作也努力地开掘淳朴的人情美、人性美、静穆的自然美和奇特的风俗美,对宗法制的乡村民俗多持一种平和的认同态度。刘庆邦在创作中自觉秉承了京派小说的文学价值取向,以故乡豫东大平原为舞台,尽情地展示了中原大地自然之美、底层人民的人情与人性之美。

著名评论家丁帆先生将中国乡土小说的"外形内质"概括为"三画四

---

① 温如敏:《中国现当代文学专题研究》,北京大学出版社 2002 年版,第 113 页。

彩"。他说:"就乡土小说而言,'风景画'、'风情画'、'风俗画'不可缺失,它们是乡土小说根基性的魅力。"①而"四彩"指的是自然色彩、神性色彩、流寓色彩、悲情色彩,它们是乡土小说的精神价值和审美内核。刘庆邦把"三画说"理解为自然之美、情感之美和民俗之美,几千年形成的风物民俗使作家沉迷,成为他取之不尽的文学富矿。他说:"我们写小说的过程归根结底是审美的,我对自然之美、情感之美、民俗之美的表现和赞美都很热衷。"②在刘庆邦的作品中我们很少看到离奇的情节,而是一种散文化叙事结构。通过这种朴素平常的散文化叙事,我们看到了他小说中人物内心世界的丰富性和复杂性,带有一种浓郁的抒情和淡淡的诗意,朴素中生发出来了一种美感,使他的作品具有了独特的美学风格。

"哪儿美往哪儿写"是刘庆邦创作的审美取向,除自然之美外还有很多的美需要作家去发现和表现,但是现实生活又并不是如意的,没有多少美的东西去写。出于对家乡的挚爱与眷恋,也是为让自己的心灵有一个宁静温馨的归宿,刘庆邦在创作中总是极力地寻找现代乡土中国所承袭的中国传统文化和文明的美的因子,构建他理想中的美好乡村。对底层的诗意抒写,开启了中国当代小说一种新的关照视角,形成了一种独特的审美风格。所以刘庆邦指出:"正是因为现实不那么美好,才需要我们从事创作的人去虚构,去想象,去创造出一个美的世界。"③《梅妞放羊》《鞋》《相家》等就是"浪漫乡土"底层叙事的代表作。

---

① 丁帆等:《中国乡土小说史》,北京大学出版社2007年版,第2页。
② 杨建兵、刘庆邦:《"我的创作是诚实的风格"——刘庆邦访谈录》,载《小说评论》2009年第2期,第29页。
③ 刘庆邦:《哪儿美往哪儿走》,见《在雨地里穿行》,百花文艺出版社2010年版,第176–177页。

一、对自然之美的发现与赞颂

刘庆邦曾说:"好的小说和自然是相通的,它得天地之灵气,吸日月之精华,受雨雪之润泽,山是自然的山,水是自然的水,人是自然的人,情是自然的情,一切都平平常常,一切都恰到好处,都是那么美妙和谐,闪射着诗意的光辉。"①于是,他忘情地书写着自然的山水,将一草一木、花鸟虫鱼都融入主人公的故事里面,在自然中寻找超越苦难的源泉,探索神秘的心境。刘庆邦对自然之美的发现与赞颂,源于作家童年的记忆和对自然、对生活、对生命的热爱。他曾说:"我喜欢农村的自然景物,树上的老斑鸠,草丛里的蚂蚱,河坡里的野花,沥沥的秋雨和茫茫的大雪,都让我感动,让我在不知不觉间神思渺远。我写的一些比较优美的乡村小说,多是受到自然的感召。"②

(一)人与动植物的心灵相通

人与动植物的心灵相通,将心比心的独特情怀浸染出别样的人间柔情。在《梅妞放羊》中,蓝蓝的天空、洁白的云彩、温顺的小羊、满坡的青草、满地的花、善良的姑娘……处处洋溢着一种清新灵动的自然气息,为我们展示了一幅安宁和谐的乡村风俗画:"她跳起来一看,大河坡里静悄悄的,连个人影都没有。远处一座废砖窑,窑顶有几缕白云。近处有一孔石桥,桥下的流水一明一明地放光。"③梅妞在"满地青草满地花"的村南坡放羊,还有那可爱的人羊"对话"。人、羊、自然和谐地统一在一起,达到一种天人合一的境界,乡土在这里充满了诗意和美丽。

《一块白云》作为第三届中国作家鄂尔多斯文学奖的唯一一篇短篇小

---

① 刘庆邦:《刘庆邦中短篇小说精选》,花山文艺出版社 2002 年版,第 3 页。
② 北乔:《刘庆邦的女儿国》,社会科学文献出版社 2006 年版,第 289 页。
③ 刘庆邦:《梅妞放羊》,见《刘庆邦小说》,中国社会出版社 2006 年版,第 145 页。

说,向我们展示了一幅乡村诗情善意的人性景观。文中对烟叶地的描写非常美,透过这种自然之美我们看到了乡村少女那纯真的友谊和博大的胸襟。"大片大片的烟叶,绿的油汪汪的。随便捏住烟叶捻一下,粘了两指头绿,也粘了两指头油。烟叶开花了,烟叶的花是白的,白中还带一些粉。烟叶花的香是一种特殊的香,容易把人香的头晕……"①在这里作者极力描摹烟叶的旺盛,这是乡土植物中的一种天然之美,两个姑娘之间纯洁的情谊也由此展开,人性美、人情美得到了很好的体现。

《种在坟地上的倭瓜》讲述的是年幼丧父的女孩子猜小在父亲坟地里种下倭瓜的故事。猜小将满心的期待寄托在一株小小的倭瓜秧上,耐心地呵护倭瓜生根发芽,时刻保护倭瓜不受伤害。烈日当空担心倭瓜被晒蔫,暴风骤雨担心烂根,长虫时为倭瓜除虫,驱赶游手好闲的野孩子……猜小就像保护自己家人一样小心翼翼地守护着它。倭瓜是连接她与父亲的桥梁,她把对父亲的思念和缺乏父爱的遗憾融入小小的倭瓜中。

《月光下的芝麻地》中详细描写了农村小姑娘染指甲的细节:"当大红的凤仙花开得花朵盈盆时,她们四姐妹就聚在小青家的院子里,开始用凤仙花的花瓣染指甲。她们染指甲的办法是,把花瓣摘下来,攒在一起,放在一个陶制的器皿里,撒少许盐,捣碎,捣成花泥,敷在指甲盖上,用生麻叶包裹,并用线绳扎紧,三天三夜之后,解开麻叶一看,哦,白指甲就变成了红指甲……红指甲像是她们之间友谊的标记,又像是通过红指甲立下一个盟誓,她们要永远友好下去。"②

刘庆邦小说中的动植物是与作品中主人公休戚与共的伙伴,是有生命

---

① 刘庆邦:《一块白云》,见《风中的竹林》,求真出版社 2012 年版,第 161 页。

② 刘庆邦:《月光下的芝麻地》,见《风中的竹林》,求真出版社 2012 年版,第 34—35 页。

和情感可以交流的朋友,它们在人物的生命中扮演着至关重要的角色,是他们的精神依托。

(二)对田园风景的依恋

《大平原》中有对豫东平原的描摹:湍急的河流中一群群随波逐流的青脊鱼,静寂的砖窑上扶摇直上的白烟和白云连在一起,大片的谷子垂着金黄的谷穗,一串串胖鼓鼓黄灿灿的豆角,千家万舍东侧墙壁上挂着的火红辣椒串,门前老椿树上挂着的玉米棒,屋瓦上晒着的白色红薯干和红色柿饼,躺在木桩旁慢慢倒沫而又泪眼迷离的老牛,靠着墙根晒太阳的老人,被点着的湿柴草呛得直流泪的女人们,被铺天盖地的大雪变成一张像白纸一样一望无际的平原等,无论是老牛还是大平原,都闪现着豫东的地域民风。

《哑炮》中的雪景,具有鲜明的中原雪景之美。作者用大量的篇幅来描写带有中原特色的雪景,雪下的时候"不声不响""洋洋洒洒""听起来雪花如粉蝶子一样闪动着翅膀的嗡嗡声"。作家笔下的雪已经不是单纯的雪了,而是充满了灵性,如扇动着翅膀的粉蝶子,作家将无生命的雪化作有生命的活物,温润客人,冬天的萧条之情不再,而是充满了诗意。同时,雪后漫山遍野都披上了银装,显示出了大地的宽厚,为乔新枝宽厚的人性美做了铺垫。

再如《苇子园》里更是一派中原乡村的美景:苇子春日吐绿,夏日繁密,秋天扬花,柔软的苇叶轻拂水面,塘中的鲫鱼不时搅出一圈圈细微涟漪。在《谁家的小姑娘》的开篇,首先进入视野的是一片广阔的玉米地,初夏充足的雨水滋养着田里的庄稼。《月光依旧》中,则展示了一片庄稼成熟时的田野风光:夏天泛起阵阵新麦香气的金黄的麦地,秋天粗长惊人的玉米棒、饱满结实的大豆等,展现了中原农村丰收的场景。河南作为中国的农业大省,有着得天独厚的地理优势,农耕、秋收时节的自然风光被作家付诸笔下,表达了他对田园风景的依恋之情。

　　"在我的印象里,我的家乡是很美的,美的不知从何说起,就说早上吧,人还没起来,院子里的各种小鸟就在树上叫成一片。鸟的种类很多,有黄鹂、紫燕、赤眉等,多得数不清。……它们的音质都很优美,歌喉都很富有天才,它们每天都进行大合唱,真是悦耳动听。我们老家有很多坑塘、河流,跟水乡差不多。夏天的每个午后,我们都到水里扑腾。去上学经过一条河,我们站在砖桥上,一下子就跳到河里去了。河里的水真清啊,我们潜在水底睁开眼,能看见青青的水草,彩色的石子,还有乱蹿的小鱼。"①

　　刘庆邦不断地在描写着记忆中家乡的自然美景,并反复向在北京出生的儿子讲自己童年的故事,激起了儿子对自然的热爱之情,讲得多了,儿子要求带他回老家看看。但是当刘庆邦带儿子回到老家时,河里的水跟酱油一样,没有了鱼、没有了虾、没有了鸟,孩子满满的希望落空,父亲的美好记忆不再,关于家乡失去自然风光的这种无奈的现实,使得作者对现代化进程产生了忧虑。

　　这种情形在《红煤》中也有记述。小说中杨师傅说:"他们的村子叫红煤厂。村前有一条小河,河边有柳树,河里是常流水。水里有鱼有虾,还有螃蟹。村后是一座青山,半山腰有一座古寺院的遗址,半截砖塔还矗立在那里。"②宋长玉和唐丽华谈恋爱时曾去过红煤厂,被那里原生态的山水风光所震撼。宋长玉落难后到红煤厂,借助那里的自然风光搞旅游开发,挣到了第一桶金,后又承包村里的小煤矿,但是由于煤矿的过度开采,最后呈现在读者面前的红煤厂是这样的:"因为缺水,红煤厂山上的树木几乎死了一半。已经死了的,树干发枯,发黑。没死的,树叶也发干发毛,一片燥色。山林间

　　①　刘庆邦:《把美好写在书里》,见《在雨地里穿行》,百花文艺出版社 2010 年版,第178 页。

　　②　刘庆邦:《红煤》,北京十月文艺出版社 2006 年版,第52 页。

没有了水汽,也没有了灵气,路边的野花没有了,鸟鸣也听不到了。偶尔有风吹来,都是干风,灼得人心起燥。"①现代化带来的问题之一就是幽美静雅的自然环境遭到了破坏,当现代化的进程使得这种田园美景不再时,作家将记忆中美好的乡村自然风景写进了书里,给人们保留一点美的记忆,表达了作者对自然生态美的迷恋。

进入新世纪以来,刘庆邦写了一系列的关于生态问题的文章如《虎头山上的森林公园》(《生态文化》2001 年第 2 期)《都是因为没了水:从京郊一个山村的变迁看生态失衡》(《北京纪事》2001 年第 7 期)《发展产业化林业建设生态型矿区》(《中国煤炭报》2001 年 8 月 23 日)等,表达了刘庆邦对生态环境、生态文化的关注和积极建设美好生态环境的信心和责任心。

二、对民俗世象的诗意呈现

在中国当代文学的地理版图中,"中原作家群"以乡土文学为大端,建构了一个深具中原特色的乡土世界。刘庆邦在中原大地度过了他的少年和青年时期,身处中原乡土文化的场域,中原文化内涵和历史传统无时不在影响着他的创作,使其作品中洋溢着浓郁的中原文化风情。

童年耳濡目染的乡村民俗,给作者留下了深刻的记忆,豫东平原的乡风民俗和地方色彩在刘庆邦的笔下得到了很好的呈现。因为"一个作家青少年时期的经历,对这个作家的成长几乎起着决定性的作用。而青少年时期的经历离不开一定的地域文化。从小耳濡目染,可以说地域性文化已渗入到每个人的血液里,他只要写到乡村生活,作品里必然弥漫着地域文化气

---

① 刘庆邦:《红煤》,北京十月文艺出版社 2006 年版,第 350 页。

息"。① 而作者又认为,民间文化主要体现在民俗文化上,过年过节,婚丧嫁娶,是民俗文化的主要载体。经过几千年的积累,民俗文化有着深厚的根基和丰富的蕴藏,并具有根本性的民族文化特色,非常值得我们深入学习。

(一)节日习俗

刘庆邦在《灯》中为我们讲述了元宵节做碗灯、灯笼的习俗。"过元宵节蒸灯碗子,这是中原的子民世代相袭的又一种重要风俗。元宵节前夕,各家在蒸'大雁'、蒸'布袋'的同时,都要蒸几盏面灯。面灯是用豆面掺红薯片子面捏成的。面要死面,不要发面,面还要和得极硬,蒸出来的灯碗子才不变形。豆面瓷实,红薯片子面胶性好,这两样面掺在一块儿,才能保证灯盏能立得住,灯碗子才不漏油。"②到元宵之夜,灯碗子里添上麻油,正中插上灯捻子,点燃后放在自家的门口,在这天晚上孩子们会互相偷吃对方家放在大门口用面做成的碗灯,吃到碗灯的孩子就不会害眼病,并且一辈子都会心明眼亮,这也是中原子孙世代相袭的习俗。

中原地区交通便利,往来经商的人很多,庙会往往成为一个贸易日,而民间的文艺成为庙会最重要的组成部分。《春天的仪式》写的便是"三月三赶庙会"的风俗,作者为我们展现了一幅农村的庙会图和商贸图:这里有小学的腰鼓队,有镇南镇北的戏场,有唢呐班子;有耍猴的、练武的、卖药的、吹糖人的、玩魔术的、变戏法的,还有摇课的、看麻衣相的;有牵牛的,有拉羊的,有逮鸡的,有笼子里装猪娃子的;有桑杈扫帚,有箆子草帽,有大块的咸牛肉、整只的熟羊、闪着油光的卤猪头,还有馒头、烧饼、麻花儿……堪称是

---

① 杨建兵、刘庆邦:《"我的创作是诚实的风格"——刘庆邦访谈录》,载《小说评论》2009 年第 2 期,第 28 页。

② 刘庆邦:《灯》,见《刘庆邦短篇小说编年卷六》,上海文艺出版社,2018 年版,第 222–223 页。

展示传统文化的盛典和商品贸易的盛会。刘庆邦曾说,除了过大年,人们最期盼的就是每年春天的三月三庙会,连村里的瞎子都会被家人用棍子牵着到镇上赶庙会。刘庆邦每年都在此之前给母亲寄钱,供母亲到镇上赶庙会用,可见,赶庙会已成为家乡人们不可缺少的重要节日。三月三庙会其实是一个民间共同的约定,男女老幼共赴盛会,这个富有民俗特色的节庆活动,也给年轻人的自由恋爱提供了空间和条件。

(二)婚恋习俗

《相家》中介绍了相亲之前女方父母先到男方家相家的风俗,"一家有女百家问"是女孩子相亲的不成文习俗。在《不定嫁给谁》中,小文儿对第一个相亲对象田庆友印象不错,但是小文儿拿了一点劲儿,没有给出媒人肯定性的准话,"因为当地有个由来已久的说法:一家有女百家问。这个说法像是一则不成文的规定,规定了女孩子相亲次数的上限。与这个说法相配套的还有一句话,叫百里挑一。这些说法为女孩子们挑选对象提供了很大的余地,在舆论上也提供了保护。"①所以在这种乡村婚恋习俗意识下,小文儿最终错过了田庆友,也造成了她在婚姻大事上的一生遗憾。

《鞋》展现了二十世纪八十年代河南农村特有的定亲风俗。男女双方见了面,都没有什么意见,亲事就算定下来了。亲事确定之后,男方要给女方送来一些彩礼,女方姑娘要亲自给男方做一双鞋子回礼,通过互换礼品,仿佛交换了信物,二人各执信物为凭,这桩亲事才算真正确定。看鞋样又可知男方脚的大小,脚大走四方,意味着男人将四处闯荡,不会安稳地守在身旁,等等。在《鞋》的后记中,刘庆邦提到守明的原型是自己在老家时别人给他介绍的一个对象,那位姑娘为他精心做了一双鞋。后来在一次回家探亲时,

---

① 刘庆邦:《不定嫁给谁》,见《刘庆邦短篇小说编年卷五》,上海文艺出版社2018年版,第157页。

他把鞋退给了那位姑娘,以退鞋的方式退掉这门亲事,姑娘接过鞋后泪汪汪的样子一直深深地印在刘庆邦的脑海里。刘庆邦认为他一定伤害了那位农村姑娘的心,辜负了她,觉得一辈子都对不起她。这样的一种内疚心理一直萦绕在他的心中,所以 2009 年刘庆邦的短篇小说《西风芦花》可以看作是《鞋》的续篇,小说中再次写到了这双鞋。男主人公在回家探望姐姐时,通过董守明的妹妹董守芳之口,得知在董守明出嫁时把鞋子放在箱子里带走了,后来被其丈夫发现后,丈夫把这双承载着守明青涩爱情的鞋子扔掉了,这更增加了男主人对守明的愧疚感。最后董守芳从姐姐董守明家把这双鞋拿出来又捎给了他,鞋还是董守明原来做的那一双,黑春风呢的鞋帮,枣花针纳的千层底,鞋还是新的,用一块蓝格子手绢包得很精致。

民间历来的"新婚三日无大小"的风俗以及婚后"回门"时"闹新婿"的习俗,在《大姐回门》《走新客》等作品中都有体现。"闹洞房是几千年传下来的老规矩,有新婚大喜的人家不但不反对别人闹,还欢迎别人去闹,似乎去闹的人越多,主人家就越有面子。"①但是闹洞房又有许多恶俗的名堂,如"往新娘子头发里揉苍狗子;逼新娘新郎当面做亲近动作;把手绢绾成疙瘩,塞进新娘上衣深部,让新郎掏出来,名曰掏老斑鸠;一群人起哄着把新娘压在床上,说是压摞摞……五花八门,几近野蛮"②。

(三)丧葬习俗

在《后事》中,讲到了后事里的一项程序叫押魂。押魂的目的是把死者的灵魂从家里引出来,送到村外去。押魂时,死者的子女全部出动,点起一

---

① 刘庆邦:《大姐回门》,见《刘庆邦短篇小说编年卷四》,上海文艺出版社 2018 年版,第 195 页。

② 刘庆邦:《大姐回门》,见《刘庆邦短篇小说编年卷四》,上海文艺出版社 2018 年版,第 194 页。

捆庄稼秆子做火把,到村头的十字路口去烧纸。在整个押魂的过程中,要求死者的大儿子在往村头走时必须抱一只活着的大公鸡,待烧完纸往回走时,大儿子必须搦紧公鸡的脖子,一股劲儿把公鸡搦死。公鸡的魂代表凤凰的魂,有凤凰的魂可乘,死者架起凤凰,就可以飞走了。

《黄花绣》中有老人去世要穿绣花鞋和"铺金盖银"的习俗。文中三奶奶即将死去,送终的鞋上需要绣花,而绣花的人必须是未满十六岁的童女,还必须父母双全,还要有哥哥或弟弟,是为儿女双全,并且指到哪个小姑娘就是哪个小姑娘,这件事不能有半点推辞,如果推辞,就视为不敬,也是犯忌的。另外,就是一定要"铺金盖银",铺金就是铺一条黄布做的褥子,盖银就是盖一条白布做的被子。

如《响器》中有庄上死了人要请响器班子吹一吹的风俗,《葬礼》中写到的死者长子要为父亲摔老盆和扛引魂幡,并且要将引魂幡上的纸带在送葬的路上一条条撕去,这样可以像路标一样,让死者的魂灵离开家门,顺利上路。

刘庆邦把豫东农村的民俗事象融入了他的创作中,表达了他对底层乡民的关怀。正如王献忠所说:"由于民俗是构成民族生活文化史的主体与核心,作家在反映社会生活时,也就必然的在自己的著作中程度不同地溶注进本民族广泛的民俗事象。而反映民俗事象的本质,也常常是检验一个作家和人民关系的微妙尺度。"[①]在对故乡的风土人情、世态乡俗以及生活方式的描写时,刘庆邦总是将情节发展和民俗人物刻画交织在一起,呈现出一幅幅富有诗情画意的乡村风俗画。

正如刘庆邦所说,现实的乡村并不是那样的美好,为了给自己的心灵寻

---

① 王献忠:《中国民俗文化与现代文明》,中国书店1991年版,第251页。

找一个宁静温馨的归宿,他极力建构着自己理想中的乡村世界。对底层的诗意抒写,开启了中国当代小说一种新的关照视角,形成了一种独特的审美风格。

三、神秘色彩文化的呈现

二十世纪八十年代中后期乡土小说家自觉地把创作之根深植在民族文化的土壤中,纷纷将乡土世界广为流传的灵异故事、神话传说和奇风异俗等引入小说文本中,在增强小说的历史感、文化感和民俗味的同时也使得作品弥漫着神秘气息,营造出神秘而又真实、奇幻而又朴拙的审美意境。如贾平凹的"商州系列"小说不仅描绘了商州地区独特的山川地貌、历史地理、美丽景致以及现代文明渗入后乡土社会所产生的新变,同时还将有着神秘色彩的文化现象展现在读者面前。

刘庆邦在作品中也向我们展示了古老的乡土文化所蕴含的神性色彩。如石制品的存放规矩。在《黄花绣》中写到了一个废弃的石磨,那扇石磨是格明家的,被格明爹扔在他们家屋后的坑沿上。他们这里的规矩是只要是石头制成的大东西,不管是石碌、石槽、石碓窑儿,还是石磨,只要残了或者不用了,都要移到外面去,放在家里是万万不可的。一种说法是,大石头代表着山,宅子里放着一座山,就会把家里的好运气给镇压住;还有一种说法是,每一块石头都有灵气,如果不小心将鼻血、指血抹在石头上,石头受到点化,就会悄悄变成精怪。

再如后拽尾的神性力量。《尾巴》中,小旺脑袋后面留着一块头发,是从出生就被爹娘圈定的后拽尾。小旺娘说之所以给小旺留尾巴,是因为他们家几代单传,小旺之前的哥哥夭折了,爹娘为了保住他的命,才留了这条尾巴。这条尾巴是用来借力的,拽的人越多,命越旺。"尾巴本身已具有拽住命的作用,拽尾巴的人越多越好。一人一条命,这样众多的命帮助拽他一个人的命。"①按照这一传统民俗的说法,尾巴就带有了一种神奇的力量,借此来寄托他们对生命的虔诚与敬畏。

四、豫东方言民谣的运用

方言作为民族共同语的地域变体,不仅是地域文化的载体,且是地域社会历史发展进程中的产物,大多方言都带有鲜明的地域色彩,在很大程度上折射出这一地域人民在长期社会生活中形成的特定的思维方式、心理意识及情感态度。每一个人都生活在特定的地域之中,以某种方言作为自己的母语,小说家们从生命诞生之日起就与某种方言结下了不解之缘。

刘庆邦曾在自己的散文集中提到,对于优秀的短篇小说家来说,他的每一篇短篇小说都有自己的味道。鲁迅和沈从文就是这样的作家,我们一接触到他们的语言文字,马上就觉出来了,这是鲁味,或者说是绍兴味,那是沈味,或者说是湘西味。地域方言对文学语言独特味道的形成有着极大的影响,豫东方言是刘庆邦的母语,是豫东人民的日常用语,也是豫东地域文化的重要载体,刘庆邦在创作中有意识地使用了许多富有地域色彩的"土"得掉渣的豫东方言。他笔下的人物几乎每一句话,甚至叙述者的话语都是原汁原味的豫东方言。

(一)地域方言

作为刘庆邦母语的豫东方言深深地融入了他的血液中,这使得他自觉地使用富有河南地域特色的豫东方言,细腻地对笔下平民的生存面貌进行描绘,用方言承载着自己故土厚重的文化特色,展示豫东平民的精神面貌。

---

① 刘庆邦:《尾巴》,见《河南故事》,昆仑出版社 2004 年版,第 261 页。

在《风中的竹林》中,讲到得了脑血栓的方云中时,说他手脚不听使唤,右手的五个指头老是撮在一起,再也伸展不开。这里使用了"撮胡儿"一词,并解释说"这地方有一句土话叫'撮胡儿'。说某某人'撮胡儿'了,就是指这人不行了,走下坡路了,没什么希望了。说到'撮胡儿'时,还有一个相应的手语,是把五个手指头撮起来。方云中如今的状况,仿佛老是在表示,自己已经'撮胡儿'"①,非常形象地展示了方云中的病情和病态。

在小说《野烧》中,大量使用了当地方言词汇,生动细致地描绘了三个小伙伴野烧时的场景。如三人想象火苗升起时的"烧包儿"样,扒红薯时不要"疙瘩头"而要"匀溜块",水生想唱歌时"打了打"喉咙、金板"支楞"起来的耳朵等。文中大量豫东方言的运用,描绘了一幅欢快的乡村生活图景,凸显了豫东地域的风韵,让读者体会到当地独特的乡土风情。

关于"茶"的特有含义。在中原地区,人们日常生活中所说的"茶"跟我们认识中的"茶"是不同的。如在《谁都知道》一文中,作者对"茶"进行了详细的解释。"家里有客人来了,男主人让老婆快,快去烧茶……这是什么茶,不就是一碗白开水嘛! 对,是白开水,凉水烧开了,在这里就叫茶。茶和水的区别,就在于水是凉的,生的;茶是热的,熟的。当然了,家里若来了比较重要的客人,女主人会在锅里打两只荷包蛋,或往碗里抓进一把红糖。打了荷包蛋的茶叫鸡蛋茶,放了红糖的茶叫红糖茶。……同是一个'茶'字,在不同的地方,人们有不同的理解。"②在这里,对"茶"的详细解释不但不会使文章显得烦琐,反而很好地展现了富有特色的中原地域风情。

再如"我们那里说健康不说健康,说扎实。问:谁谁还扎实吧? 答:扎实

---

① 刘庆邦:《风中的竹林》,见《刘庆邦短篇小说编年(下)卷三》,河南文艺出版社2019年版,第285页。

② 刘庆邦:《谁都知道》,见《刘庆邦短篇小说编年(下)卷二》,河南文艺出版社2019年版,第102页。

着哩";"说一个上年纪的人死了,也不说死了,说老了"。还有"门墩儿""哇呜""堂屋当门""塌窟窿""缩头鳖""肉头户""东一斧子,西一锯子""打豆腐""深靿胶鞋"这些具有浓厚地域色彩的方言蕴含着作者对家乡的眷念,作者力求通过人物富有地方特征的语言,特别是方言之类的表述,来增加地域文化的内涵,也让人物的精神追求更为自然。

(二)民间歌谣

乡间流传的歌谣看似稚拙,其实却是民间智慧的结晶。我们可以从历史上民间的歌谣里看到一个时代的社会状况、民心向背、对统治者的评价,甚至对于未来的预测。在五四文学初期,诗人刘大白、徐玉诺等都有民谣体诗歌的创作。如徐玉诺1921年在《晨报副刊》上发表的诗《鲁山儿歌》(二首):"板凳倒,小狗咬。谁来了,东庄张大嫂。篮里的啥,一篮大红枣。你咋不吃哩?没牙咬。我给你煮煮吧?那太好!……""旧娘说我织布织的密,新娘说我织布织的稀。旧娘拍我三巴掌,新娘打我十二劈。旧娘饿了吃啥饭,又上五料又上姜。新娘饿了做啥饭,一瓢恶水一瓢糠。……"这两首歌谣体诗歌,就是原汁原味的鲁山乡曲儿,带有浓厚的乡土气息。

刘庆邦的《平原上的歌谣》讲述了三年困难时期中原人民的苦难的生存状态,从饥荒发生的前夕写起,牤牛因为缺少草料而饿死,接着是南乡、北乡逃难的人群,路上饿死的人,本村因饥饿浮肿的人,在大范围的扫描之后,最后聚焦在魏月明一家人身上,丈夫病饿而死,留下老人和六个孩子。魏月明一个人撑起全家的担子,和男人一起干活,忍受着出于性别的种种不便甚至羞辱,在那样一个环境中坚持下来,带着自己的孩子走了出来。关于饥荒年代的文学书写也有不少,但这部小说每章前面的题记都以一首儿歌开场却显得很有特色,带有非常浓厚的中原地域特色和民俗文化感,同时也与讲述的内容形成互文的效果,让读者感受到这种灾祸的阴影无处不在。如第一章开篇的歌谣：

小白鸡儿,皮儿薄,

杀我不如杀那鹅。

那鹅说,疙瘩冠儿,脖子长,

杀我不如杀那羊。

那羊说,四个蹄子朝前走,

杀我不如杀那狗。

那狗说,我夜晚看家,白天喉咙哑,

杀我不如杀那马。

马的鼻子吐噜噜,

说杀我不如杀那猪。

一瓢泔水两瓢糠,

一刀下去见阎王。

歌谣内容透出的死亡气息已经昭示了饥荒的来临,连牛的草料都不够了,强壮的牤牛终于饿趴了。队里想吃死牛肉,可又顾忌上级对于食品卫生的命令,把牛埋了。然而饥饿的人们把牛从地下重新挖出,骨肉剔尽而去。

第二章写到特权人物的多吃多占、普通社员生员生活艰难及村长文钟山打肿脸充胖子,费尽心机筹备给参观团报喜。那么对应的开篇歌谣是:

食堂的馍,洋火盒,

大人俩,小孩仁,

再小的,摊不着。

筷子一溜边儿,

捞个红薯叶儿。

筷子一扎猛,

捞个红薯梗。

一天吃一两,饿不死伙食长。

一天吃一钱,饿不死炊事员。

这是一首与时代结合很密切的歌谣,歌谣的内容记录了那个时代的物质匮乏和特权阶层以权谋私的行径,与文本的内容一一对应,互文性很强。

这些歌谣大都是当时民间所创并口口相传的,其内容浅显通俗,稚拙中透出深刻,也使刘庆邦作品的乡土味更加浓厚,更具历史感。同时把民间歌谣用作题记应该是刘庆邦的首创。

在短篇小说《难舍难分》中,开篇就提到了林桥社员传着的顺口溜:

稀罕稀罕真稀罕,

林桥分队撕破脸,

不为牲口不为地,

堂堂支书惹人嫌。

道出了林桥村大队在分队时都不想把作恶多端、欺压村民的大队支部书记林全顺分到自己的小队中。在交代为什么分队时又用了形象的俗语"猪多没好糠,人多没好汤""鸡多不繁蛋,人多瞎打乱,不分队,林桥别想翻过个儿来"来交代分队的迫切性和必要性。同时文中还使用了"吃风屙沫""咸吃萝卜淡操心""炝蹶子""椿树冒泡儿,老奶奶揪套儿""太阳地里逮虱子""新木锨不铲臭狗屎"等方言俗语,充满豫东生活气息。

(三)民间谚语

刘庆邦的创作对象主要以农民和矿工为主,在创作中,他大量使用了由人民群众口头创作的谚语和日常生活中形象通俗的口语。这些语言的运用不仅贴近农民和矿工的身份,而且大大增加了小说的趣味性。

如在《不定嫁给谁》中,小文儿在"一家有女百家问"的习俗下,终究错过了相亲对象田庆友,嫁给了田庆友同村的田均平,争强好胜的小文儿为了赌气把日子过好,做起了小本生意,并私下对丈夫说:"人怕懒,钱怕攒,一天攒下一颗豆儿,十年就能盖个瓦门楼儿。"丈夫田均平因沉迷于打牌,小卖铺最后只剩下了半坛子盐,将小卖铺开成了笑料铺,这又为当地贡献了一条不错的歇后语:"田均平的小卖铺——盐(严)字当家"。小说中运用了大量当地平民创作的淳朴自然的口头谚语,带有浓郁的地方色彩。

同样在描写矿工生活时,刘庆邦也大量运用了具有煤矿特色的谚语。如《打手》中,描写肆意欺辱矿工的班长时,用了"班长的嘴是两张皮,咋说咋有理"的谚语,生动地为读者刻画了一位蛮横冷酷、作威作福的班长形象。而对打手矿工图的描写则是"脸上抹把煤,谁也不认识",塑造出了其性格的虚荣自私、仗势欺人。

《赴宴》中"猫馋鼻子尖,吃嘴闻上天",《姐妹》中"反贴门神不对脸"等谚语的运用,大大增添了文章的趣味性和通俗性。刘庆邦对口头谚语的运用,不仅展示了底层人民真实的生活状态,而且对于人物形象的刻画起到了很重要的作用,体现了极强的生活气息。

结　语

　　"一成不变的作家只会快速地奔向坟墓,我们面对的是一个捉摸不定与喜新厌旧的时代,事实让我们看到一个严格遵循自己理论写作的作家是多么的可怕,而作家源源不断的生命力在于经常的朝三暮四。为什么几年前的话题,现在已经无人顾及。是时代在变还是我们在变,这是难以解答的问题,却说明了固定与封闭的事物是不存在的。作家的不稳定性取决于他的智慧与敏感的程度。作家是否能够使自己始终置身于发现之中,这是最重要的。"[①]一味地遵从自己记忆中的影像,沉浸于一种一成不变的模式之中,不是一个好作家的作风,也不是我们读者想看到的。一个好的作家必须在叙事的广度和深度上不断地寻求突破,超越自我。

　　刘庆邦显然已经注意到了这个问题,经常深入底层来展现底层生活的新面貌,对底层的书写是与时俱进的。他曾说:"农村一直是我关注和书写的对象。就是到了现在,我几乎每年都回老家住一段时间,和农村保持着非常紧密的联系。我笔下的乡村不光是二十世纪八十年代的乡村,五十年代、六十年代、七十年代以及世纪末和新世纪的生活都有。近几十年来,农村变

---

　　① 　北乔:《刘庆邦的女儿国》,社会科学文献出版社 2006 年版,第 292 页。

化巨大,阶段性极强,可以说是翻天覆地,前所未有。除了农村面貌和人们生活方式的变化,还有观念和人心的变化,这些都需要我们真正进入乡村的内部,耐心体验。"他的小说真实地反映了新中国成立几十年来农村不同阶段的真实面貌,不断关注着底层人民的生活变化。

在这些朴实文字的叙述背后,我们看到的仍是底层民众生存的艰辛与困境。刘庆邦也在努力地转换切入角度,力求多方面探索与挖掘,理性客观的审视故土,重新认识判断已被现代性侵入打碎的中原大地,为现代化进程中底层民众所面临的生存困境和精神失落提供新的思考方式,向新的高度进发,相信这位中原作家会始终坚持用心带给我们灵魂深处的感动。

附录　刘庆邦创作年表

短中篇小说创作年表

作品名称	首发期刊/报纸	发表时间
棉纱白生生	郑州文艺	1978 年第 2 期
看看谁家有福	奔流	1980 年第 3 期
难舍难分	奔流	1981 年第 2 期
在深处	莽原	1981 年第 3 期
我和秀闰	奔流	1981 年第 9 期
地层下的笑声	奔流	1982 年第 3 期
堵鱼	北京文学	1982 年第 12 期
在那偏僻的地方	牡丹	1983 年第 3 期
矿山儿女	中篇小说新作	1983 年第 6 期
09 号矿灯	奔流	1984 年第 1 期
矿工的儿子	牡丹	1984 年第 3 期
芥豆之事	抱犊	1984 年第 8 期
盼	奔流	1984 年第 8 期
骑车	百花园	1984 年第 12 期

续表

作品名称	首发期刊/报纸	发表时间
打围	奔流	1985 年第 1 期
走窑汉	北京文学	1985 年第 9 期
太阳,心中的花朵	东京文学	1986 年第 1 期
黑胡子	上海文学	1986 年第 3 期
奶奶庙	百花园	1986 年第 4 期
玉字	北京文学	1986 年第 10 期
春夜	春风	1987 年第 3 期
女儿魂	云岗	1987 年第 6 期
苇子园	奔流	1987 年第 8 期
曲胡	上海文学	1987 年第 8 期
检身	北京文学	1987 年第 11 期
夫妻	湖南文学	1987 年第 11 期
保镖	北京文学	1988 年第 3 期
热草	广州文艺	1988 年第 5 期
煎心	北京文学	1988 年第 7 期
窑哥儿	湖南文学	1988 年第 7 期
媒人	中国青年报	1988 年第 8 期
拉倒	上海文学	1988 年第 11 期
站不稳	北京文学	1989 年第 2 期
东家	芙蓉	1989 年第 2 期
找死	上海文学	1989 年第 3 期
家属房	北京文学	1989 年第 5 期
为你们保密	上海文学	1990 年第 3 期

续表

作品名称	首发期刊/报纸	发表时间
还乡	人民文学	1990 年第 4 期
汉爷	北京文学	1990 年第 10 期
新娘	上海文学	1991 年第 2 期
闺女儿	上海文学	1991 年第 10 期
胡辣汤	青年文学	1991 年第 11 期
大平原	芒种	1992 年第 2 期
白煤	北京文学	1992 年第 4 期
唱书	三月风	1992 年第 4 期
黑地	青年文学	1992 年第 10 期
水房	作家	1993 年第 2 期
捉对	中国煤矿文艺	1993 年创刊号
屠妇老塘	青年文学	1993 年第 10 期
雷庄户	鸭绿江	1993 年第 10 期
血劲	上海文学	1993 年第 11 期
走进琥珀	作家	1994 年第 1 期
澡塘子	作家	1994 年第 1 期
家道	北京文学	1994 年第 5 期
继父	人民文学	1994 年第 6 期
河床	新生界	1994 年第 2 期
耐住性子	小说月报	1994 年第 8 期
灵光	北京文学	1994 年第 11 期
新匪	钟山	1995 年第 1 期
三月春风	长城	1995 年第 1 期

续表

作品名称	首发期刊/报纸	发表时间
群众演员	中国煤矿文艺	1995 年第 1 期
兄妹	作家	1995 年第 6 期
小呀小姐姐	山花	1995 年第 7 期
人生序曲	湖南文学	1995 年第 8 期
泥沼	北京文学	1995 年第 9 期
最后的浪漫	小说	1995 年第 3 期
心疼初恋	小说家	1995 年第 4 期
心事	中国煤矿文艺	1996 年第 1 期
得意忘形的故事	青年文学	1996 年第 2 期
家园何处	小说界	1996 年第 4 期
远足	青年文学	1996 年第 5 期
离婚	上海文学	1996 年第 6 期
人畜	北京文学	1996 年第 9 期
阳光	天津文学	1996 年第 11 期
月子弯弯照九州	人民文学	1996 年第 11 期
鞋	北京文学	1997 年第 1 期
少男	山花	1997 年第 1 期
种高粱　喂鸽子	大家	1997 年第 2 期
战胜人欲	警探	1997 年第 3 期
月光依旧	十月	1997 年第 3 期
打手	时代文学	1997 年第 6 期
平地风雷	北京文学	1997 年第 8 期
红果儿	百花洲	1997 年第 5 期

续表

作品名称	首发期刊/报纸	发表时间
人怕亏心	公安月刊	1997 年第 9 期
五月榴花	作家	1997 年第 9 期
野烧	人民文学	1997 年第 11 期
晚上十点：一切正常	阳光	1998 年第 1 期
发大水	钟山	1998 年第 2 期
喜鹊的悲剧	上海文学	1998 年第 3 期
外衣	青年文学	1998 年第 3 期
春天的仪式	人民文学	1998 年第 4 期
五分钱	山花	1998 年第 6 期
一个聪明人和一个精神病患者	北京文学	1998 年第 7 期
一篇小说的故事	雨花	1998 年第 10 期
梅妞放羊	时代文学	1998 年第 10 期
不是插曲	作家	1998 年第 10 期
美少年	山花	1999 年第 1 期
草帽	中国作家	1999 年第 1 期
谁家的小姑娘	人民文学	1999 年第 3 期
大姐回门	人民文学	1999 年第 3 期
毛信	上海文学	1999 年第 4 期
青春期	阳光	1999 年第 2 期
躲不开悲剧	十月	1999 年第 4 期
天凉好个秋	北方文学	1999 年第 5 期
拉网	北京文学	1999 年第 9 期

续表

作品名称	首发期刊/报纸	发表时间
夜色	作家	1999 年第 10 期
女人	钟山	2000 年第 1 期
偷猪事件	章回小说	2000 年第 1 期
枯水季节	阳光	2000 年第 2 期
神木	十月	2000 年第 3 期
响器	人民文学	2000 年第 4 期
回乡知青	小说家	2000 年第 4 期
外面来的女人	收获	2000 年第 5 期
信	北京文学	2000 年第 6 期
雪花那个飘	上海文学	2000 年第 10 期
踩高跷	北京文学	2000 年第 10 期
起塘	山花	2000 年第 10 期
听戏	作家	2000 年第 11 期
嫂子和处子	天涯	2001 年第 1 期
不定嫁给谁	北京文学	2001 年第 1 期
姐妹	十月	2001 年第 2 期
遍地白花	钟山	2001 年第 2 期
户主	当代	2001 年第 2 期
乡村女教师	人民文学	2001 年第 3 期
幸福票	山花	2001 年第 3 期
相家	大家	2001 年第 4 期
种在坟上的倭瓜	作家	2001 年第 5 期
太平车	时代文学	2001 年第 5 期

续表

作品名称	首发期刊/报纸	发表时间
拾麦	红岩	2001 年第 6 期
小小的船	中国作家	2001 年第 7 期
阴谋与渠道	北京文学	2001 年第 7 期
一块板皮	北京文学	2001 年第 7 期
在牲口屋	鸭绿江	2001 年第 9 期
葬礼	山花	2001 年第 11 期
开馆子	长城	2002 年第 1 期
女儿家	人民文学	2002 年第 1 期
别让我再哭了	作家	2002 年第 2 期
金色小调	牡丹	2002 年第 2 期
走新客	十月	2002 年第 3 期
下江南	小说家	2002 年第 3 期
手艺	莽原	2002 年第 4 期
新房	上海文学	2002 年第 5 期
大雁	安徽文学	2002 年第 6 期
无望岁月	钟山	2002 年第 6 期
守身	长江文艺	2002 年第 7 期
黄胶泥	作品	2002 年第 7 期
乡村女教师	中国校园文学	2002 年第 8 期
城市生活	阳光	2002 年第 8 期
信	中外书摘	2002 年第 8 期
桃子熟了	山花	2002 年第 9 期
尾巴	人民文学	2002 年第 11 期

续表

作品名称	首发期刊/报纸	发表时间
妹妹	中学生阅读（初中版）	2002 年第 11 期
灯	北京文学	2002 年第 12 期
眼睛	长城	2003 年第 1 期
下种	长城	2003 年第 1 期
黄金散尽	青年文学	2003 年第 1 期
离婚申请	当代	2003 年第 2 期
作为男人	钟山	2003 年第 3 期
一亩地里的故事	作家	2003 年第 5 期
朋友	芳草	2003 年第 5 期
红围巾	山花	2003 年第 6 期
害怕了吧	人民文学	2003 年第 8 期
大活人	上海文学	2003 年第 12 期
双炮	上海文学	2003 年第 12 期
一句话的事	钟山	2004 年第 1 期
眼光	芙蓉	2004 年第 1 期
摸鱼儿	收获	2004 年第 6 期
只好搞树	北京文学（中篇小说月报）	2004 年第 2 期
征婚	长城	2004 年第 2 期
赴宴	大家	2004 年第 3 期
刷牙	人民文学	2004 年第 4 期
光明行	作家	2004 年第 5 期

续表

作品名称	首发期刊/报纸	发表时间
咱俩不能死	大家	2004 年第 5 期
逃不过自己	啄木鸟	2004 年第 8 期
麦子	山花	2004 年第 8 期
话语	长江文艺	2004 年第 10 期
少年的月夜	北京文学	2004 年第 10 期
父子	岁月	2004 年第 11 期
福利	大家	2005 年第 1 期
看秋	大家	2005 年第 1 期
卧底	十月	2005 年第 1 期
鸽子	人民文学	2005 年第 2 期
车倌儿	当代	2005 年第 2 期
还是那块地	长城	2005 年第 2 期
一捧鸟窝	上海文学	2005 年第 5 期
守不住的爹	上海文学	2005 年第 5 期
舍不了那闺女	大家	2005 年第 6 期
有了枪	作家	2005 年第 7 期
回家	人民文学	2005 年第 12 期
唱歌	山花	2006 年第 2 期
小路	都市文学	2006 年第 3 期
怎么还是你	中国作家	2006 年第 3 期
秋风秋水	十月	2006 年第 3 期
穿堂风	人民文学	2006 年第 4 期
游戏	青年文学	2006 年第 5 期

续表

作品名称	首发期刊/报纸	发表时间
黑庄稼	当代 十月	2006 年第 5 期 2006 年第 5 期
完碎	作家	2006 年第 7 期
梅豆花开一串白	人民文学	2006 年第 8 期
乡亲	文学界	2006 年第 10 期
表妹	山花	2007 年第 1 期
谁都知道	芙蓉	2007 年第 1 期
八月十五月儿圆	北京文学	2007 年第 2 期
都走吧	大家	2007 年第 2 期
过年	北京文学	2007 年第 2 期
哑炮	北京文学	2007 年第 4 期
黄花绣	人民文学	2007 年第 6 期
灾变	十月	2007 年第 6 期
年礼	光明日报	2007 年 2 月 10 日
好了	红豆	2007 年第 12 期
冲喜	北京文学	2008 年第 3 期
摸刀	上海文学	2008 年第 3 期
做满月	芒种	2008 年第 3 期
远山	长城 小说界	2008 年第 5 期 2008 年第 5 期
四季歌	华语文学	2008 年第 6 期
抓胎	华语文学	2008 年第 6 期
养蚕	中国作家	2008 年第 6 期

续表

作品名称	首发期刊/报纸	发表时间
美满家庭	人民文学	2008 年第 6 期
女儿有了婆家	解放军文艺	2008 年第 8 期
玉米地	作家	2008 年第 8 期
燕子	山花	2008 年第 9 期
人事	北京文学	2008 年第 11 期
短工	上海文学	2008 年第 11 期
秋声远	天涯	2009 年第 1 期
一块白云	中国作家	2009 年第 1 期
秦娥	安徽文学	2009 年第 2 期
美发	山花	2009 年第 5 期
沙家肉坊	人民文学	2009 年第 6 期
西风芦花	北京文学	2009 年第 8 期
逃荒	上海文学	2009 年第 11 期
到处都很干净	北京文学	2010 年第 1 期
在野地里看信	红岩	2010 年第 2 期
红蓼	中国作家	2010 年第 2 期
皮球	作家	2010 年第 5 期
相遇	花城	2010 年第 5 期
小动作	十月	2010 年第 5 期
男人的哭	上海文学	2010 年第 6 期
回来吧妹妹	人民文学	2010 年第 6 期
金眼圈	小说月报·原创版	2010 年第 6 期
钻天杨	芒种	2010 年第 7 期

续表

作品名称	首发期刊/报纸	发表时间
丹青索	北京文学	2010 年第 9 期
麦苗青青芦芽红	作家	2011 年第 2 期
风中的竹林	十月	2011 年第 5 期
羊脂玉	十月	2011 年第 5 期
失踪	十月	2011 年第 5 期
月亮风筝	上海文学	2011 年第 6 期
过家家	可乐	2011 年第 6 期
后事	花城	2011 年第 6 期
皂之白	北京文学	2011 年第 8 期
月光下的芝麻地	中国作家	2011 年第 8 期
挑花儿的	天南	2012 年第 1 期
东风嫁	北京文学	2012 年第 8 期
找不着北:保姆在北京之一	上海文学	2012 年第 11 期
走进别墅:保姆在北京之二	北京文学	2012 年第 5 期
走投何处:保姆在北京之三	长江文艺	2012 年第 5 期
钓鱼:保姆在北京之四	作家	2012 年第 7 期
榨油:保姆在北京之五	江南	2012 年第 5 期
路:保姆在北京之六	花城	2012 年第 5 期
说换就换:保姆在北京之七	南方周末	2012 年 7 月 26 日
金戒指:保姆在北京之八	人民文学	2013 年第 2 期
谁都不认识:保姆在北京之九	花城	2013 年第 4 期
骗骗她就得了:保姆在北京之十	北京文学	2013 年第 3 期

续表

作品名称	首发期刊/报纸	发表时间
习惯:保姆在北京之十一	作家	2013 年第 4 期
我有好多朋友:保姆在北京之十二	芒种	2013 年第 8 期
升级版:保姆在北京之十三	上海文学	2013 年第 7 期
后来者:保姆在北京之十四	十月	2013 年第 5 期
清汤面	人民日报	2013 年 10 月 30 日
贴	作家	2014 年第 1 期
吻	长江文艺	2014 年第 2 期
琼斯	人民文学	2014 年第 3 期
合作	北京文学	2014 年第 4 期
一剪梅	天涯	2014 年第 3 期
回娘家	北京青年报	2014 年 3 月 23 日
乱谱	上海文学	2014 年第 6 期
火	芒种	2014 年第 8 期
煤瘾	作家	2014 年第 8 期
种扁豆	天涯	2015 年第 1 期
只告诉你一个人	上海文学	2015 年第 4 期
梅花三弄	十月	2015 年第 4 期
婆媳	作家	2015 年第 4 期
烟花灿烂	福建文学	2015 年第 4 期
杏花雨	人民日报	2015 年 4 月 1 日
黄刺玫	回族文学	2015 年第 5 期
银扣子	小说月报·原创版	2015 年第 9 期

续表

作品名称	首发期刊/报纸	发表时间
啄木声声	长城	2016 年第 1 期
让她到家里来嘛	作家	2016 年第 1 期
小心	人民文学	2016 年第 3 期
留言	长江文艺	2016 年第 4 期
脸面	天津文学	2016 年第 4 期
醉酒之后	人民日报（大地副刊）	2016 年 5 月 18 日
乌金肺	山花	2016 年第 6 期
走过一庄又一庄	福建文学	2016 年第 7 期
生人	北京文学	2016 年第 9 期
门面房	上海文学	2016 年第 9 期
市井小品	上海文学	2016 年第 9 期
白发英豪	南方周末	2016 年 10 月 16 日
谁都别管我	广州文艺	2017 年第 1 期
河工	大益文学	2017 年创刊号
牛	当代	2017 年第 1 期
红棉袄	作家	2017 年第 3 期
鬼神到底有没有	花城	2017 年第 6 期
燕子街泥到梅家	小说月报·原创版	2017 年第 7 期
英哥四幕	上海文学	2017 年第 9 期
热爱裤子	长江文艺	2017 年第 9 期
花镜	百花园	2017 年第 10 期
明暗关系	收获	2018 年第 2 期

续表

作品名称	首发期刊/报纸	发表时间
班中餐	作家	2018 年第 3 期
情与理:叔辈的故事之一	四川文学	2018 年第 12 期
蛙牛大了	小说月报·原创版	2020 年第 10 期
雪夜	人民文学	2021 年第 12 期
妻子是年	长城	2022 年第 3 期
花篮	十月	2022 年第 4 期
女同事	小说月报·原创版	2022 年第 9 期

长篇小说创作年表

作品名称	出版社	发表时间
断层	中国文联出版公司	1986 年 6 月
落英	花山文艺出版社	2000 年 3 月
远方诗意	长江文艺出版社	2002 年 1 月
平原上的歌谣	上海文艺出版社	2004 年 5 月
德伯家的苔丝(缩写本)	华夏出版社	2004 年
红煤	北京十月文艺出版社	2006 年 1 月
遍地月光	北京十月文艺出版社	2009 年 1 月
黑白男女	上海文艺出版社	2015 年 6 月
家长	北京十月文艺出版社	2019 年 9 月
女工绘	作家出版社	2020 年 8 月
堂叔堂	北京十月文艺出版社	2020 年 12 月

散文、随笔、报告文学等创作年表

作品名称	首发期刊/报纸	发表时间
让人走神儿	文艺争鸣	1992 年第 6 期
小说提纲	小说林	1993 年第 2 期
关于女孩子	作家	1993 年第 2 期
记王安忆	当代作家评论	1993 年第 5 期
儿子是什么	作家	1994 年第 1 期
得天独厚——谈煤矿生活与文学的联系	作家	1994 年第 1 期
姑妄言之	美文	1994 年第 3 期
清洁你的头发	医学美学美容	1994 年第 12 期
只好到雨地里去	小说家	1995 年第 4 期
天苍苍	莽原	1996 年第 3 期
生命悲悯——平顶山十矿重大瓦斯爆炸事故部分工亡矿工家属采访笔记	中国煤矿文艺	1997 年第 1 期
短篇小说的种子	中国煤矿文艺	1997 年第 5 期
梅花香自苦寒来:记"好矿嫂"、鹤岗局梅嫂内衣制品公司总经理江清贤	中国煤炭报	1997 年 5 月 10 日
短篇小说之美	理论与创作	1999 年第 5 期
兄弟姐妹别趴下	北京纪事	1999 年第 7 期
笔记本	散文百家	1999 年第 7 期
都是从"青年"过来的	青年文学	1999 年第 8 期
如今矿长怎样当:记郑煤集团公司超化矿矿长杨松君	中国青年报	1999 年 10 月 4 日

续表

作品名称	首发期刊/报纸	发表时间
笔记抄录	青年文学	2000 年第 1 期
从写恋爱信开始	今日东方	2000 年第 5 期
让人尊重和信赖	北京文学	2000 年第 9 期
妻盼夫子盼父父盼子……盼盼盼只盼亲人早生还	劳动保护	2000 年第 9 期
我国煤矿建设的新突破	中国煤炭报	2000 年 9 月 12 日
高扬科技创新旗帜	中国煤炭报	2000 年 9 月 14 日
一字金刚 满篇生辉	中国煤炭报	2000 年 9 月 16 日
关键在于观念更新	中国煤炭报	2000 年 9 月 19 日
得地独厚的刘庆邦(刘庆邦、夏榆)	作家	2000 年第 11 期
我和贾平凹的缘分	中国煤炭报	2000 年 9 月 12 日
战略对头路好走(刘庆邦、包宇)	中国煤炭报	2001 年 3 月 10 日
围绕中心凝聚人心(刘庆邦、包宇)	中国煤炭报	2001 年 3 月 17 日
人人都有生存压力	作家	2001 年第 3 期
虎头山上的森林公园	生态文化	2001 年第 2 期
都是因为没了水:从京郊一个山村的变迁看生态失衡	北京纪事	2001 年第 7 期
生长的短篇小说	北京文学	2001 年第 7 期
霍煤公司奔上经济发展快车道(刘庆邦、谈志学)	中国煤炭报	2001 年 7 月 24 日

续表

作品名称	首发期刊/报纸	发表时间
深化改革 与时俱进(刘庆邦、谈志学、朱世佳)	中国煤炭报	2001 年 8 月 16 日
班子的创新魅力(刘庆邦、谈志学、王立群)	中国煤炭报	2001 年 8 月 18 日
发展产业化林业 建设生态型矿区	中国煤炭报	2001 年 8 月 23 日
大美无言:刘庆邦访谈录(刘庆邦、徐迅)	山花	2001 年第 11 期
刘恒在灵境	时代文学	2002 年第 1 期
上北京	时代文学	2002 年第 2 期
凭良心	时代文学	2002 年第 3 期
妹妹不识字	青海湖	2002 年第 10 期
张洁、宁肯、刘庆邦、衣向东、曾哲:每个人都不是孤立无援的	中国图书商报	2002 年 11 月 1 日
苏童、毕淑敏、刘庆邦:热线	北京文学	2002 年第 12 期
超越现实	长城	2003 年第 1 期
简易内功——柔腹卧功	精武	2003 年第 1 期
自然的感召:徐迅及其散文创作	文艺报	2003 年 4 月 19 日
只好到雨地里去	青年文学	2003 年第 5 期
自然的感召	海燕	2003 年第 6 期
传达生存的艰辛和生命的压力	阳光	2003 年第 7 期
保持心安	公安月刊	2003 年第 10 期

续表

作品名称	首发期刊/报纸	发表时间
有关徐坤的几个片断	山花	2003 年第 11 期
还说红楼	中国图书商报	2004 年 1 月 9 日
启动灵感	青年文学	2004 年第 2 期
吹柳笛　放风筝	东方少年	2004 年第 2 期
献给母亲	当代	2004 年第 4 期
说话	北京观察	2004 年第 5 期
给人心一点希望	十月	2004 年第 5 期
赶上了好时候	北京观察	2004 年第 10 期
鹤发童颜道骨仙风——林斤澜印象	山花	2004 年第 10 期
伺候好文子	布老虎青春文学	2005 年第 1 期
说多了不好	当代作家评论	2005 年第 1 期
捡布片儿	散文	2005 年第 6 期
勤劳的母亲	鸭绿江	2005 年第 6 期
永恒的生命之光	中国校园文学（花季号））	2005 年第 11 期
搂树叶的母亲	爱情 婚姻 家庭（冷暖人生版）	2005 年第 14 期
话语	长江文艺	2005 年第 10 期
贴着人物写	美文	2005 年第 10 期
闻香而至	人民文学	2006 年第 1 期
完银子	中国税务	2006 年第 3 期
给何向阳端酒	青年文学	2006 年第 3 期
以感恩之心善待矿工兄弟	中国煤炭报	2006 年 6 月 7 日

续表

作品名称	首发期刊/报纸	发表时间
施公原来在晋江	文艺报	2006 年 7 月 1 日
摆渡生活	中国发展观察	2006 年第 8 期
不看重眼泪是不对的	出版参考	2006 年第 23 期
平地抠饼 心中栽花	山花	2007 年第 1 期
想象的力量——读奚同发的小说《检察长的 36 岁生日》	金山	2007 年第 2 期
诚实劳动	北京文学	2007 年第 2 期
一次有远见的活动	工人日报	2007 年 4 月 13 日
安全是最基本的民生	道路交通管理	2007 年第 5 期
捡布片儿的母亲	文学教育(下半月)	2007 年第 5 期
读史 读人 读心——读程绍国新著《林斤澜说》	当代作家评论	2007 年第 5 期
一片明水	人民文学	2007 年第 12 期
李云雷、刘庆邦、王祥夫:"短篇小说"的艺术与传统	黄河文学	2007 年第 12 期
为了总书记的重托(刘庆邦、夏周)	中国作家	2008 年第 4 期
想象的局限	北京文学	2008 年第 3 期
想象不能抵达的地方	新一代	2008 年第 4 期
哪儿美往哪儿走	山花	2008 年第 10 期
短篇小说的力量	北京文学	2008 年第 11 期
开封的水	小品文选刊	2008 年第 11 期
哪儿美往哪儿写	语文教学与研究	2009 年第 3 期

续表

作品名称	首发期刊/报纸	发表时间
我的创作是诚实的风格：刘庆邦访谈录	小说评论	2009 年第 3 期
经典：让时间判断	山花	2009 年第 5 期
高贵的灵魂	北京文学	2009 年第 6 期
在雨地里穿行	北京观察	2009 年第 6 期
网络无边心有边	网络传播	2009 年第 7 期
地球婆	作家	2009 年第 7 期
一位家庭主妇的胸怀	37°女人	2009 年第 9 期
花工	北京观察	2010 年第 2 期
麦秆儿戒指	北京观察	2010 年第 4 期
月光下的抚仙湖	文学教育（上半月）	2010 年第 7 期
地球婆的胸怀	满分阅读（初中版）	2010 年第 7 期
写作有天赋	文艺报	2010 年 8 月 2 日
麦秆儿	前线	2010 年第 8 期
刘恒：追求完美，永无止境	光明日报	2010 年 8 月 13 日
写作是人生的一种修行（刘庆邦、萧符）	上海文学	2010 年第 11 期
一双翻毛皮鞋	黄河 黄土 黄种人	2010 年第 11 期
心灵的景观：游记的写作方法	作文升级	2010 年第 12 期
我知道我是谁	中华读书报	2010 年 12 月 18 日
不让母亲心疼	新一代	2011 年第 1 期
序言四则	阳光	2011 年第 2 期
积文如积德：读王必胜《东鳞西爪集》	作家	2011 年第 2 期

续表

作品名称	首发期刊/报纸	发表时间
喜爱意味着潜能	散文选刊（下半月）	2011 年第 3 期
走在回家的路上——在中法文学论坛上的发言	作家	2011 年第 4 期
大黄鱼劫	可乐	2011 年第 4 期
兔子的精神	新读写	2011 年第 4 期
从摆脱到升华	文艺报	2011 年 4 月 4 日
坚守·回家·继承	阳光	2011 年第 6 期
我们所继承的主要是审美趣味——在 2011 年中意文学论坛上的发言	作家	2011 年第 7 期
方寸之间见功夫	北京文学	2011 年第 8 期
吹柳笛,放风筝	中国校园文学	2011 年第 8 期
留守的二姐	散文选刊（下半月）	2011 年第 11 期
细节之美	新作文（高中作文指南）	2011 年第 11 期
用想象创造细节	新作文（初中作文指南）	2011 年第 11 期
瓦非瓦	光明日报	2011 年 11 月 21 日
拾豆子	渤海早报	2011 年 11 月 26 日
心重	北京观察	2012 年第 2 期
梦见了铁生	北京文学	2012 年第 3 期
重在立人	北京日报	2012 年 3 月 8 日
马大爷和他的鹩哥儿	北京观察	2012 年第 4 期

续表

作品名称	首发期刊/报纸	发表时间
石榴落了一地	全国优秀作文选(美文精粹)	2012 年第 4 期
进入城市内部	北京文学	2012 年第 5 期
小说创作的实与虚	人民政协报	2012 年 9 月 10 日
冰岛的温泉	中学生阅读(上半月)	2012 年第 10 期
烟的往事	北京观察	2012 年第 10 期
给薯安上马铃	朔方	2012 年第 11 期
中国文学史上的里程碑:祝贺莫言获诺贝尔文学奖	北京观察	2012 年第 11 期
大姐的婚事	散文选刊(下半月)	2013 年第 1 期
妹妹	中学生阅读(初中版)	2013 年第 1 期
凭什么我可以吃一个鸡蛋	中国税务	2013 年第 2 期
保持诗心	安徽文学	2013 年第 3 期
在现实故事的尽头开始书写——对话刘庆邦(刘庆邦、高方方)	百家评论	2013 年第 2 期
母亲和树	北京观察	2013 年第 4 期
顽强生长的短篇小说(一)	小说选刊	2013 年第 4 期
顽强生长的短篇小说(二)	小说选刊	2013 年第 6 期
完善自我	中华读书报	2013 年 7 月 31 日
顽强生长的短篇小说(三)	小说选刊	2013 年第 8 期
关于鸡蛋的往事	北京观察	2013 年第 9 期

续表

作品名称	首发期刊/报纸	发表时间
刘庆邦讲演三题	阳光	2013 年第 11 期
绿色的冬天	北京观察	2014 年第 2 期
野生鱼	中学生阅读（初中版）	2014 年第 5 期
老家的馍	中学生阅读（初中版）	2014 年第 7 期
怎不让人心疼	文苑	2014 年第 13 期
我始终关注普通民众的生存状态（刘庆邦、何晶）	文学报	2017 年 5 月 19 日
数不清的细节组成我们的人生	延河	2019 年第 3 期
念难念的经（创作谈）	长篇小说选刊	2019 年第 3 期
湿地的诗意	人民日报	2019 年 7 月 31 日
我慎终如始，只写小说	新华社新媒体	2020 年 11 月 6 日
每个人的一生都值得书写	天津日报	2021 年 3 月 9 日
写作，是终生学习的过程	文艺报（文学观澜专刊）	2021 年 3 月 22 日
"平安"归来	文汇笔会	2021 年 7 月 11 日
十五岁的少年向往百草园	文汇笔会	2021 年 10 月 19 日
在童年和少年的记忆里，我整个冬天都不洗澡，一回都不洗，过年也不洗	文汇笔会	2021 年 11 月 30 日
关于《妻子是年》（创作谈）	长城	2022 年第 5 期

续表

作品名称	首发期刊/报纸	发表时间
让作家敞开心扉	文汇报	2022 年 7 月 2 日
蝈蝈	文汇笔会	2022 年 7 月 15 日
家有铁锅	长江日报	2022 年 8 月 4 日
写短篇小说很难吗？	原乡文学	2022 年 8 月 10 日

参考文献

[1] 刘庆邦.断层[M].北京:中国文联出版公司,1986.

[2] 刘庆邦.落英[M].石家庄:花山文艺出版社,2000.

[3] 刘庆邦.刘庆邦短篇小说编年卷(一)—(六):走窑汉、新娘、平地风雷、夜色、幸福票、手艺[M].上海:上海文艺出版社,2018.

[4] 刘庆邦.刘庆邦短篇小说编年(下)(一)—(六):摸鱼儿、扁豆花开一串白、西风芦花、清汤面、银扣子、燕子衔泥到梅家[M].郑州:河南文艺出版社,2019.

[5] 刘庆邦.别让我再哭了[M].上海:上海文艺出版社,2003.

[6] 刘庆邦.家园何处[M].上海:上海文艺出版社,2003.

[7] 刘庆邦.胡辣汤[M].北京:北京十月文艺出版社,2003.

[8] 刘庆邦.无望岁月[M].北京:中国工人出版社,2004.

[9] 刘庆邦.民间[M].乌鲁木齐:新疆人民出版社,2004.

[10] 刘庆邦.刘庆邦小说[M].北京:中国社会出版社,2006.

[11] 刘庆邦.刘庆邦短篇小说集·河南故事[M].北京:昆仑出版社,2004.

[12] 刘庆邦.红煤[M].北京:北京十月文艺出版社,2006.

[13] 刘庆邦.卧底[M].成都:四川文艺出版社,2007.

[14]刘庆邦.平原上的歌谣[M].北京:北京十月文艺出版社,2009.

[15]刘庆邦.遍地月光[M].北京:北京十月文艺出版社,2009.

[16]刘庆邦.在雨地里穿行[M].天津:百花文艺出版社,2010.

[17]刘庆邦.刘庆邦最新短篇小说集·风中的竹林[M].北京:求真出版社,2012.

[18]刘庆邦.远方诗意[M].合肥:安徽文艺出版社,2014.

[19]刘庆邦.黄泥地[M].北京:北京十月文艺出版社,2014.

[20]刘庆邦.大姐的婚事[M].郑州:河南文艺出版社,2014.

[21]刘庆邦.黑白男女[M].上海:上海文艺出版社,2015.

[22]刘庆邦.我就是我母亲:陪护母亲日记[M].郑州:河南文艺出版社,2017.

[23]刘庆邦.在夜晚的麦田里独行[M].郑州:大象出版社,2017.

[24]刘庆邦.杏花雨[M].北京:人民文学出版社,2018.

[25]刘庆邦.家长[M].北京:北京十月文艺出版社,2019.

[26]刘庆邦.女工绘[M].北京:作家出版社,2020.

[27]刘庆邦.送你一片月光[M].北京:人民日报出版社,2018.

[28]刘庆邦.女工绘[M].北京:作家出版社,2020.

[29]刘庆邦.犹如荷花[M].北京:中国文史出版社,2022.

[30]刘庆邦.到处有道[M].北京:作家出版社,2022.

[31]李云雷.如何讲述中国的故事[M].北京:作家出版社,2011.

[32]费孝通.乡土中国[M].上海:上海人民出版社,2006.

[33]丁帆.中国乡土小说史[M].北京:北京大学出版社,2007.

[34]雷达.近三十年中国文学思潮[M].兰州:兰州大学出版社,2009.

[35]陈晓明.表意的焦虑:历史祛魅与当代文学变革[M].北京:中央编译出

版社,2002.

[36]孟繁华.坚韧的叙事:新世纪文学真相[M].福州:福建教育出版社,2008.

[37]凌宇.从边城走向世界:对作为文学家的沈从文的研究[M].北京:三联书店,1985.

[38]曹文轩.20世纪末中国文学现象研究[M].北京:北京大学出版社,2002.

[39]王安忆.故事和讲故事[M].上海:复旦大学出版社,2011.

[40]李莉.中国新时期乡族小说论[M].北京:中国社会科学出版社,2008.

[41]谷显明.乡土中国的当代图景:新时期乡土小说研究[M].北京:中国社会科学出版社,2016.

[42]北乔.刘庆邦的女儿国[M].北京:社会科学文献出版社,2006.

[43]刘旭.底层叙述现代性话语的裂隙[M].上海:上海古籍出版社,2006.

[44]李丹梦.文学"乡土"的地方精神[M].北京:北京大学出版社,2014.

[45]杜琨.中原作家群研究资料丛刊·刘庆邦研究[M].开封:河南大学出版社,2015.

[46]刘保亮.河洛文化视野下:新时期河南文学的乡土风骚[M].郑州:河南人民出版社,2012.

[47]林建法.中国当代作家面面观[M].沈阳:春风文艺出版社,2003.

[48]李自芬.现代性体验与身份认同:中国现代小说的身体叙事研究[M].成都:四川出版集团,2009.

[49]左亚男.刘庆邦小说创作论[M].北京:知识产权出版社,2020.

[50]刁统菊.婚嫁礼俗[M].北京:中国社会出版社,2007.

[51]石应平.中外民俗概论[M].成都:四川大学出版社,2002.

[52]杜书瀛.文学原理:创作论[M].北京:人民文学出版社,2001.

[53]左亚男.刘庆邦小说创作论[M].北京:知识产权出版社,2020.

[54]西蒙娜·德·波伏娃.第二性[M].郑克鲁,译.上海:上海译文出版社,2011.

[55]阿尔弗雷德·格罗塞.身份认同的困境[M].王鲲,译.北京:社会科学文献出版社,2010.

[56]余志平.刘庆邦小说创作论[M].武汉:湖北人民出版社,2020.

[57]何志云.强悍而悸动不宁的灵魂:读刘庆邦的小说创作[J].当代作家评论,1990(05):31-35.

[58]翟墨.向心灵的暗井掘进:我读刘庆邦的小说[J].当代作家评论,1990(05):43-44.

[59]高海涛.浩烈情 迷茫劫:刘庆邦小说的文化精神[J].当代作家评论,1990(05):44-49.

[60]王必胜.我读刘庆邦[J].文艺争鸣,1992(06):53-55.

[61]雷达.季风与地火:刘庆邦小说面面观[J].文学评论,1992(06):16,35.

[62]程绍武.关于刘庆邦及短篇小说的一次闲谈[J].人民文学,1999(03):119-121.

[63]刘庆邦,夏榆.得地独厚的刘庆邦[J].作家,2000(11):74-76.

[64]林斤澜.吹响自己的唢呐[J].北京文学,2001(07):12.

[65]徐坤.好人刘庆邦[J].时代文学,2002(03):49-50.

[66]魏家骏.圣洁的爱和古典的美:读刘庆邦的小说《鞋》[J].名作欣赏,2002(05):9-11.

[67]娄奕娟.刘庆邦:守持与转变[J].当代文坛,2003(02):29.

[68]吴毓生.生命被吹响:读刘庆邦的短篇小说《响器》[J].名作欣赏,2003

(03):31-34.

[69]焦会生.刘庆邦短篇小说论[J].殷都学刊,2003(03):90-92.

[70]陈思和.在柔美与酷烈之外:刘庆邦短篇小说艺术谈[J].上海文学, 2003(12):18-20.

[71]柯贵文.少女母性生长史的诗化书写:读刘庆邦的《梅妞放羊》[J].名作 欣赏,2004(01):44-47.

[72]焦会生.展示"丑陋":改善人心:论刘庆邦的"审丑"小说[J].唐山师范 学院学报,2004(04):28-30.

[73]孙郁.刘庆邦:在温情与冷意之间[J].北京观察,2004(05):24-25.

[74]朱旭晨.刘庆邦中长篇小说中的自叙性分析[J].文艺争鸣,2005(02): 75-77.

[75]刘晓南.地火深处的泪光:刘庆邦近作评析[J].文艺理论与批评,2005 (03):41-45.

[76]吕政轩.民间世界的诗意抒写:刘庆邦乡村系列小说阅读笔记[J].小说 评论,2005(03):57-60.

[77]柯贵文.论刘庆邦的成长小说[J].五邑大学学报(社会科学版),2005 (04):63-66.

[78]刘伟厚.躲不开的悲剧:试论刘庆邦的矿井小说[J].南京师范大学文学 院学报,2005(04):68-72.

[79]李丹梦."谦恭"与"沉默":论刘庆邦的中短篇小说[J].山花,2006 (04):127-134.

[80]王海涛.在生活中的底层掘进:评刘庆邦长篇新作《红煤》[J].当代文 坛,2006(04):69-70.

[81]杨素平.论刘庆邦小说创作的文化背景[J].江苏工业学院学报(社会科

学版),2007(02):87-90.

[82]余志平.谁应对方良俊之死负责?:刘庆邦小说《黄胶泥》文化意味解读

[J].名作欣赏,2007(11):90-93.

[83]郭怀玉.论刘庆邦笔下的"失贞"女性[J].当代文坛,2007(04):

123-125.

[84]张华.异乡人的生存焦虑:评刘庆邦的《红煤》[J].理论与创作,2007

(04):99-101.

[85]余志平.浅论刘庆邦小说失怙少儿形象的塑造[J].名作欣赏,2007

(16):68-71.

[86]余志平.挣扎与夹缝中的女人:品评刘庆邦近作中的三个女性形象[J].

孝感学院学报,2008(05):14-17.

[87]陈英群.论刘庆邦小说中的民俗系列[J].文艺理论与批评,2009(03):

102-106.

[88]赵玉芬.乡味浓郁的河南民间风情画卷:"文学豫军"乡土小说创作特色

谈[J].语文学刊,2009(17):13-14.

[89]平原."底层写作"的性别冲突与和谐[J].小说评论,2010(03):14-17.

[90]任动.刘庆邦乡土短篇小说论[J].文艺理论与批评,2010(02):

129-131.

[91]杨静,祁宏超.苦难是人生的成人仪式:刘庆邦成长小说仪式考[J].文

学界(理论版),2010(04):69,74.

[92]王安忆.喧哗与静默[J].当代作家评论,2011(04):10-20.

[93]赵爱华.向人性更深处漫溯:评刘庆邦的矿难题材小说《哑炮》[J].作

家,2012(18):45.

[94]许心宏.城市外来者:农家女身体书写与文化表征[J].重庆师范大学学

报(哲学社会科学版),2013(02):43-48.

[95]孟繁华.都市深处的冷漠与荒寒:评刘庆邦的短篇小说《骗骗她就得了》[J].北京文学(精彩阅读),2013(03):35.

[96]史永修.改革视域下煤矿的文学书写:重读《跋涉者》和《断层》[J].中国矿业大学学报,2014(06):99-104.

后　记

　　2002 年的初春,在平顶山四矿院的桥头上,我第一次见到刚刚升井的矿工,他们除了眼睛里的亮光和白色的牙齿,其他通身都是黑色的,当时着实被这场景吓了一跳,以为遇到了外星人。2006 年读到了刘庆邦的《红煤》,当看到文中对刚升井的矿工形象的描写时,不禁想到自己第一次见到升井矿工的情形,从此我对矿工这一群体产生了兴趣,开始阅读庆邦老师的所有作品。

　　出身于农村、当过矿工的刘庆邦多年来一直执着于农村和矿山这两大富矿进行创作,我曾被他笔下的母亲魏月明们、小姐姐们的母性光辉而感动,曾为守明姑娘对爱情的守望与失望而感伤,曾为家属房里的女人们被哄骗失身而愤慨,曾为矿工工作的危险和生活的困苦而心疼,也曾为矿难给矿工及其家属带来的伤痛而难过……

　　2016 年在完成几篇有关刘庆邦创作的论文之后,很想系统地对刘老师的创作进行一下梳理和研究,我也动了写此书的念头,但完成此书已是九年之后。在这期间我先后到平煤集团五矿、六矿矿区进行实地调研,深入了解矿工的工作和生活状况;也暗地里(因怕给家属带来更多的伤痛)调查了解工亡矿工家属的生活状况;到周口市文学馆刘庆邦文学创作工作室调研刘庆邦老师的创作情况；今年 5 月份我又到了刘庆邦老师的老家周口市沈丘县刘庄店镇刘楼村，正是麦子成熟的季节，我看到了刘庆邦老师笔下家乡的那"遍地熟金一样的麦田"。刘老师说："那是一种生命的感动，深度的感动，源自人类原始的感动。它的美是自然之美，是壮美、大美和无言之美。"见到了刘庆邦老师的堂叔刘本耀、堂弟刘庆伟和弟媳马欢以及其他村民，他们热情地向我讲述着这个村庄以及刘老师对家乡的热爱和帮助。在这个 800 多人口的小村庄里，我被村民们的淳朴和热情感动着，更被刘老师那浓浓的乡情和无言的大爱所感动。

在本书的成书过程中，我也经常被师友、家人的帮助和支持感动着：刘庆邦老师本人通过微信不断向我提供调研的相关信息；武汉大学樊星教授百忙之中抽出时间审阅了全部的书稿，并提出了详细的修改意见并赐序；广西大学赵牧教授在创作年谱上给我提供了诸多信息；我的老领导秦方奇教授、陈建裕教授时刻关注着书稿的进程并给予我富有针对性的指导；我的老师、同事吕静教授、段纳教授、赵焕亭教授、焦洪涛博士、徐照航博士等都给我提供了很多资料；我的爱人安建钢在我写作遇到困难停滞不前时不断地给予我鼓励，并抽出时间陪我到矿区调研，为我讲述他所了解的矿区和矿工生活，在一定程度上拓宽了我的写作思路，推进了书稿的顺利完成；我的父母无数次打电话询问写作进程，不断为我鼓劲儿。在此，我向一直关注我、帮助我、给予我莫大支持和鼓励的师友和家人们表示感谢，有你们真好！

书虽已成，但因笔者能力有限难免有疏漏乃至错误之处，恳请各位专家、读者批评指正。

盖　伟

2023 年 5 月书于白龟湖畔